ŻANNA
SŁONIOWSKA

DAS LICHT DER FRAUEN

ROMAN

Aus dem Polnischen von
Olaf Kühl

K
A
M
P
A

Die Originalausgabe erschien 2015 unter dem Titel
Dom z witrażem im Verlag Znak, Krakau.

Das Motto auf S. 5 wurde entnommen:
James Joyce, *Ulysses*. Übersetzt von Hans Wollschläger.
Frankfurt: Suhrkamp 1979, S. 808.

KAMPA TV
Videoporträt von Żanna Słoniowska auf
www.kampaverlag.ch/kampa-tv

KAMPA POCKET
DIE ERSTE KLIMANEUTRALE TASCHENBUCHREIHE
Gedruckt auf säurefreiem und chlorfrei gebleichtem Papier aus verantwortungsvollen Quellen, zertifiziert durch das Forest Stewardship Council. Der Umschlag enthält kein Plastik. Kampa Pockets werden klimaneutral gedruckt, kampaverlag.ch/nachhaltig informiert über das unterstützte CO_2-Kompensationsprojekt.

Veröffentlicht im Juli 2020 als Kampa Pocket

Die Übersetzung wurde gefördert von
© POLAND Translation Program.

Covergestaltung und Satz: Herr K | Jan Kermes, Leipzig
Covermotiv: *Morning troubles* © Céleste Wallaert
Gesetzt aus der Stempel Garamond LT / 200120
Druck und Bindung: GGP Media GmbH, Pößneck
Auch als E-Book erhältlich
ISBN 978 3 311 15006 0

www.kampaverlag.ch

– Sie mutmaßen, erwiderte Stephen mit einer Art halbem Lachen, dass ich möglicherweise darum wichtig bin, weil ich zum *faubourg Saint Patrice* gehöre, kurz Irland genannt.

– Ich würde noch einen Schritt weiter gehen, deutete Mr. Bloom an.

– Aber ich mutmaße, unterbrach Stephen, daß Irland darum wichtig sein muß, weil es zu mir gehört.

Das Wort »Mama« ist für mich kein Bild, sondern ein Laut. Es beginnt im Bauch, zieht durch Lunge und Kehlkopf in die Luftröhre und bleibt im Rachen stecken. Du bist musikalisch völlig unbegabt, pflegte sie zu sagen, deshalb singe ich nie. Gleichwohl ist die Stimme, die in meinen Eingeweiden entsteht, ihre Stimme, ein Mezzosopran. Solange ich in ihrem Bauch saß, habe ich gedacht, diese Stimme gehöre zu mir, aber als ich geboren war, zeigte sich, es ist ausschließlich ihre. Diese unsere musikalische Verschiedenheit währte elf Jahre lang, bis zu ihrem Tod. Lange Zeit danach war nichts, kein Laut, keine Farbe, nur ein Loch neben dem Schulterblatt. Und als ich erwachsen war, stellte ich fest, dass jetzt sie es ist, die in meinem Bauch sitzt. Jetzt ist sie es, die nichts sehen kann. Wieder ist sie nur eine Stimme, ein schöner Mezzosopran. Und ich stelle mich vergeblich vor den Spiegel, öffne den Mund und versuche, sie aus mir herauszubekommen.

Der Tod

Am Tag ihres Todes erklang ihre Stimme und übertönte viele andere lärmige Laute. Der Tod aber, ihr Tod, war kein Laut, sondern eine Farbe. Sie trugen ihren Körper in einer großen blau-gelben Flagge nach Hause – der Flagge eines Staates, den es noch auf keiner Karte der Welt gab. Sie war straff darin eingewickelt wie eine ägyptische Mumie, an einer Stelle war ein dunkler blutiger Fleck nach außen gedrungen. Als ich da stand und auf diesen Fleck starrte, dachte ich, hier müsse ein Irrtum vorliegen. In der Schule wurde uns erklärt, alle Flaggen wären rot, weil sie in Heldenblut getränkt wären. Sie erzählten uns die Geschichte von dem Arbeiter, der erschossen wurde, als er auf die Straße ging, um mit einer weißen Flagge für seine Rechte zu kämpfen. Als die Schüsse der Gendarmen fielen, färbte sein Blut die Flagge rot. Aber seitdem ist alles anders geworden, inzwischen wusste ich, dass die rote Farbe öfter für Terror als für Befreiung stand. Und dennoch, als ich neben Mamas Leichnam stand, musste ich daran denken, dass Rot besser gepasst hätte. Die rote Flagge war erhaben und tragisch, die blau-gelbe lässig und kitschig. Sie hatte etwas von einem heißen Sommertag, von Ferien auf dem Land. Das Blau sei der Himmel, das Gelb die Getreideähren, sagte Mama. In manchen Augenblicken des Lebens kommt man auf seltsame, manchmal sehr unpassende Gedanken. Hätte Mama erfahren, was ich damals dachte, sie wäre empört gewesen. Kurz darauf, als die Männer, die sie ins Haus trugen, die Flagge abwickelten, um uns die offene Wunde am Schulterblatt zu zeigen, hörte ich auf, mich auf die Farben zu konzentrieren, und begann, an ihre Haut zu denken.

Mama zog sich oft vor dem großen Spiegel aus, ohne sich vor mir zu genieren, und stand nackt da, betrachtete sich und sang bisweilen währenddessen. Ich setzte mich neben sie und streichelte mit meinem Blick ihre weiße, sommersprossige Haut, ihre kleinen, festen Brüste, ihre langen Beine mit den feinen roten Härchen. Sie war meine persönliche Schneekönigin und zugleich all die nackten Venus und bekleideten Madonnen aus den Kunstbänden im Bücherregal. Ihr Leib sprach davon, dass er Geist war, und er wäre vollkommen gewesen, wenn es nicht einen bestimmten Makel gegeben hätte. Auf ihrem Rücken, neben ihrem linken Schulterblatt, verbarg sich eine satinweiße Vertiefung von der Größe eines Ahornblatts – die einzige Stelle ihrer Haut, die nicht von Sommersprossen übersäht war, und sie sah aus wie ein nachlässig angenähter Flicken. Ich verstand, dass das ein Makel war, aber ich liebte ihn von allem am meisten. Oft fragte ich Mama, woher er komme. Die Spur eines feindlichen Geschosses, erwiderte sie dann lächelnd. Als ich klein war, nahm ich diese Antwort sehr ernst und stellte mir vor, wie die Feinde unseres Systems sie eines dunklen Abends verfolgen, Hunde auf sie hetzen, wie sie sich in einer Telefonzelle versteckt, wie die Kugel das Glas in tausend scharfe, glitzernde Splitter zertrümmert, unter deren Hagel ihr Körper wehrlos zu Boden sinken muss. Die Wahrheit aber war eine andere: Als Mama ein Mädchen war, wuchs ihr auf dem Rücken eine Kette von Leberflecken – etwa so wie das Mal, das Gorbatschow auf der Stirn trug –, und die Ärzte beschlossen, sie herauszuschneiden. Auf diese Weise entstand die seidig-helle Delle.

Als nun ihr Leichnam, in eine ukrainische Flagge gewickelt, zu uns nach Hause getragen und vor unseren Augen enthüllt wurde, galt mein zweiter Gedanke genau dieser Stelle ihrer Haut. Ein echtes Geschoss war in ihr rechtes, sommersprossiges Schulterblatt eingedrungen, und ich verstand nicht, dass es auf diese Weise für eine Art Symmetrie gesorgt hatte: die seidige Delle links, das klaffende Loch rechts. Dieser Gedanke war – so wie der mit der Flagge – der Situation ganz sicher nicht angemessen. Ich stand also reglos und angespannt im Zimmer, wo trotz des grellen Sonnenlichts alle Lampen eingeschaltet waren, und versuchte alle unangemessenen Gedanken zu verdrängen. Das führte dazu, dass ein absolut leerer weißer Bereich in meinem Kopf entstand – ähnlich jener sommersprossenlosen Vertiefung in ihrer Haut, ich wusste nur nicht, ob in meiner rechten oder linken Gehirnhälfte. Es war Juli 1988, meine Mutter war im ungleichen Kampf gegen den sowjetischen Totalitarismus gefallen.

Am Tag ihrer Beerdigung fühlte es sich so an, als ob die Klänge des Militärorchesters die verschnörkelten Fassaden der Häuser in unserer Straße wegblasen würden.

Die ersten Noten öffneten viele Fenster, in denen Gesichter von Menschen erschienen, die ein Erdbeben oder Schlimmeres erwarteten.

»Feiertag, das sind für mich die Klänge eines Blasorchesters«, pflegte Mama zu sagen, wenn wir uns am ersten Mai oder am siebten November durch das Spalier der Milizionäre im Zentrum zu unserem Platz auf der Tribüne kämpften. Die Paraden waren damals die einzigen Massenveranstaltungen, die mir keine panische Angst einjagten. Da gab es Ballons, Fähnchen, vor allem aber eine unangreifbare, von vornherein festgelegte Ordnung. Bei der Menschenmenge von heute war das anders. Wenn eine Sintflut käme, wie in der Bibel, sähe es ähnlich aus. Auch da gäbe es keine Fluchtmöglichkeit. Ich stand am geschlossenen Fenster im ersten Stock, und die Flut an Menschen stieg immer höher. Obendrauf trieb der offene Sarg mit Mama.

Gegenüber unserem Wohnhaus befand sich eine Milizdienststelle, und einige Uniformierte drängten sich auf dem runden Balkon genau auf der Höhe meines Fensters. Was wäre, wenn einer von ihnen jetzt seine Waffe zöge und auf mich schösse, fragte ich mich. Müßige Phantasien! Ohne zu zögern wäre ich statt Mama gestorben, aber ich wusste nur zu gut, dass sie am Tag der Abrechnung Dutzende wie mich gegen eine wie sie gegeben hätten. Sie war groß. Sie wollte sterben. Und es war ihr gelungen.

Der Strom unbekannter Köpfe zog vorbei, seufzte, raunte. Jede seiner Bewegungen war an die in mir aufsteigende Angst gekoppelt. Er hatte die Macht, mich zu verschlingen. In der Menge waren schwanger aussehende Frauen mittleren Alters, eingehüllt in wadenlange Mäntel und graue Kopftücher. Ich wusste, was sie unter ihrer Kleidung verbargen. Dort waren auch schwarz gekleidete Männer mit angelähnlichen Stöcken unter den Armen. Ich konnte mir denken, was das bedeutete. Und zugleich hatte ich keine Ahnung, wer diese Leute waren und was sie mit Mama zu tun haben konnten. Mit ihrem Mezzosopran und der Plattensammlung aller Opern der Welt, mit ihrer hellen Haut und der Angewohnheit, beim Essen zu lesen, mit ihren sehr langen, mandelförmigen Fingernägeln. Sie hatte diese Leute nie nach Hause eingeladen, und sie waren nie auf ihren Konzerten gewesen. Sie hatten sich nie auf der Straße gegrüßt und auch nie gemeinsam Kaffee in der »Armenierin« getrunken. Sie hatten nicht mit ihr zusammengearbeitet und hatten ihr keines der Manuskripte gebracht, die in einer Nacht durchzulesen waren. Und jetzt waren sie hier und klagten, als wären sie ein Ast gewesen, der von ihrem Baum abgeschnitten worden ist! Gestern hatte eine unbekannte Frau an unserer Tür geklingelt und gefragt, wann das letzte Geleit für »unsere Marianna« beginne.

Waren sie schuld an ihrem Tod?

Ich weigerte mich strikt, an der Beerdigung teilzunehmen. Ich stand so lange am Fenster, bis der letzte junge Mann mit Angel hinter der Ecke des Gebäudes, das einem Transatlantik-Schiff ähnelte, verschwunden war, die Trompetenklänge sich in Luft aufgelöst hatten und auf den Pflastersteinen nur einige zerdrückte Zigarettenschachteln der Marke *Orbita* zurückgeblieben waren.

Dann wandte ich mich ab und ging Klavier spielen. Niemand außer mir hätte diese Katzenmusik so bezeichnet, abgesehen vielleicht von meiner Urgroßmutter. Wir verbrachten den Tag in ihrem Zimmer, ohne ein Wort miteinander zu sprechen. In den Übungspausen hörte ich, wie sie mit ihren manikürten, gelben Fingern an der Wand kratzte und wie der Baum auf unserem Hof wuchs.

Aba kam am Nachmittag nach Hause, mit dunklen Ringen unter den Augen, denen ich den frisch gefassten Entschluss ablas, mir von nun an ihr ganzes Leben zu widmen. Von der Beerdigung erzählte sie mir Folgendes:

Die Menschenmenge, die Mamas Sarg zum Lytschakiwski-Friedhof trug, wuchs zusehends an. Als ihr Anfang bereits auf der Hälfte der Piekarskastraße war und sich Medizinstudenten aus allen Institutsgebäuden der Reihe nach anschlossen, wand sich das Ende noch immer am Halicki-Platz. Gerüchte besagten, dass am Friedhof schon Milizeinheiten warteten, aber konnte das irgendetwas an der Ausbreitung des Tsunamis ändern? Ungefähr auf Höhe des Museums für Pathologische Anatomie, in dem seit vielen Jahren, immun gegen den Systemwandel, die Hände des städtischen Henkers in einem Glas mit Formalin schlummerten, hörte das Orchester auf, Chopin zu spielen. Auch die üblichen Sowjetmärsche blieben aus. Stattdessen stimmten die Trompeter das verbotene *Tscherwona Kalyna* an:

Wir aber sagen – Kopf hoch, Roter Schneeballstrauch,
Heiter soll unsere ruhmreiche Ukraine sein!

Nach und nach setzte der Gesang ein und begleitete die Trompeten – dramatisch und böse. Die Frauen holten Ikonen unter ihren Mänteln hervor, und bald flogen die Gesichter des Heiligen Georg und des Heiligen Mikolaj in die Höhe, aber auch das des Erzengels Michael, blass vom jahrelangen Liegen in Kellern und auf Dachböden.

»Schande über Mariannas Henker!«, rief jemand.

»Schaaande!«, riefen Tausende Kehlen zurück.

»Rächen wir Marianna?«

»Wir schwören, sie zu rächen!«

Wie zur Bestätigung dieser Worte begannen die Männer, vorsichtig die Angelruten zu schwenken und die daran befestigten verbotenen blau-gelben Flaggen zu zeigen. Der Trauerzug schritt voran und näherte sich unaufhörlich den drei Bögen am Haupteingang des Friedhofs. Auf einer Querstraße der Piekarska, der Miecznikowa, war bereits der Straßenbahnverkehr eingestellt worden, und an der gesamten Länge der Friedhofsmauer stand eine Milizionärskette, abgeschottet von einer Reihe gepanzerter Fahrzeuge. Ungeachtet dessen bewegte sich der Demonstrationszug vorwärts.

Als die Sargträger die Höhe der Gleise erreicht hatten, riss der Dirigent, ein kleiner, kahlköpfiger Herr, die Hände in die Höhe. Das war ein unmissverständliches Zeichen: Die Menschen stimmten *Noch ist die Ukraine nicht verloren* an.

Auch die Milizionäre schienen auf diesen Moment gewartet zu haben. Dem Zeichen gehorchend, begannen sie, den Frauen die Ikonen und den Männern die Flaggen zu entreißen. Dies wiederum setzte die Herren in den schwarzen Kunstlederjacken in Bewegung, die große Schäferhunde an der Leine hielten. Sie stürzten sich auf jene, die in die Seitengassen flohen, sich die bunten Stoffe unter die Arme klemmten und im Laufen die Angelstöcke wegwarfen. Wer gefasst wurde, landete in ihren Wagen.

Aba erinnerte sich an einen Jungen mit einer Flagge, der auf der Flucht zu einem Telefonhäuschen rannte und, da es besetzt war, auf sein Dach kletterte. Dort fühlte er sich sicher: Er steckte sich den Fahnenmast zwischen die Beine und zeigte den Beamten fröhlich den Mittelfinger. Ein Mann in Schwarz gab ein kurzes Kommando, und nach wenigen Sekunden war sein abgerichteter Hund schon auf dem Dach des Häuschens. Wie diese Szene ausging, bekam Aba nicht mehr mit – der Trauerzug hatte den Friedhof erreicht und schritt den Berg hinauf, vorbei an den Gräbern der polnischen Schriftstellerin Maria Konopnicka, des ukrainischen Dichters Iwan Franko und der ukrainischen Opernsängerin Salome Kruschelnytska. Der Dissident Wjatscheslaw Tschornowil, heute mit dunklen Schatten unter den Augen, ging den ganzen Weg neben dem Sarg her. Das erste Mal im Leben schien er nicht zu bemerken, dass seine Leute von Hunden gehetzt, mit Knüppeln verprügelt und in Gewahrsam genommen wurden. Er schritt voran, den Blick geradeaus gerichtet. Gewiss dachte er, dass er hätte sterben sollen, nicht Marianna.

Nur wenige Menschen kamen bis zur Grabstätte, vor allem diejenigen, die Mama persönlich gekannt hatten. Von hier, vom Hügel aus, sahen sie den verwüsteten

Friedhof der Jungadler, die Endhaltestelle der Sieben und die abgelegenen Villen von Pohulanka.

»Das ukrainische Volk kann stolz sein auf seine Tochter Marianna, die ihr Leben geopfert hat«, sagte Tschornowil würdevoll, und niemandem wäre es in den Sinn gekommen, darauf hinzuweisen, dass Mama diesem Volk *de facto* gar nicht angehört hatte.

»Diejenigen, die sie getötet haben, denken, sie hätten unser Lied zum Verstummen gebracht. Doch sogar heute konnten sie sich davon überzeugen, dass es nur umso lauter erklingt!« – In diesem Augenblick heulten wie in einer böswilligen Nachäffung seiner Worte die Milizsirenen auf: Der Abtransport der Demonstranten ging weiter. Ein Weißstorch flog durch den klaren Julihimmel. Heute war Mama nicht mehr in die Flagge gewickelt, das blutdurchtränkte Tuch lag über ihr wie ein Laken. Die Totengräber schlossen den Sarg und ließen ihn vorsichtig in die Grube hinab. In dem Moment fing Aba an zu weinen. Viel später erfuhr ich, woran sie damals gedacht hat: So wie eine schwangere Frau leichter wird, wenn sie niederkommt, so beginnt eine Mutter, die ihr Kind der Erde übergibt, weniger zu wiegen. Vielleicht gelang es ihr deshalb, ohne fremde Hilfe die gewundenen Pfade des Friedhofs nach unten zu gehen, dorthin, wo große orangefarbene Wagen mit der Aufschrift »Wasser« riesige Fontänen auf dem Schlachtfeld verspritzten. Ihre Beine, von der rheumatoiden Gelenkentzündung hässlich verbogen, schritten energischer als üblich. Sie hatten es eilig, zu mir zurückzukommen.

An jenem Tag passierte noch etwas. Ich bekam zum

ersten Mal meine Regel. Doch wider Erwarten zierten statt eines majestätischen Stroms von Purpur und Karminrot zwei spärliche schmutzig braune Streifen meine Unterhose. Die Welt schien ein anderer Ort zu sein, als ich mir vorgestellt hatte.

Die Schachteln

Viel später erfuhr ich, dass ich nicht die einzige Deserteurin gewesen war. Gemeint sind keineswegs die falschen Freunde vom Theater oder diejenigen, die aus Angst um ihr Leben nicht auf Mamas Begräbnis erschienen waren. Gemeint ist jemand, der ebenso wie ich bereit war, jeden Tropfen seines eigenen Bluts mit ihr zu teilen. Gemeint ist Mikolaj.

Er war bis zur Hälfte der Piekarska mit dem Trauerzug gegangen und dann unbemerkt in eine kleine Seitenstraße abgebogen, die zuerst die Majakowski- und dann die Zielonastraße kreuzte. Er wohnte in der Lew-Tolstoi-Straße. Auf ganzer Länge dieser Straße wuchsen alte Eichen, wie Säulen, die das Gewölbe eines unsichtbaren Tempels stützten. Seiner Meinung nach ein viel besserer Ort, um um Marianna zu trauern, als der Massenaufzug auf dem Weg zum Friedhof.

Seit Jahren betrachtete er die heruntergekommene Villa an der Tolstoistraße wie einen menschlichen Leib: Die Zweizimmerwohnung im Erdgeschoss, die er seit seiner Geburt kannte, war der Bauch; das Atelier im Keller, das er vor ein paar Jahren von seinem Vater geerbt hatte, der Bereich unterhalb der Gürtellinie; und der Dachboden, der einst seiner beruflichen Leidenschaft die Richtung gewiesen hatte, war der Kopf. (Es gab noch das

Stockwerk mit der Wohnung der Nachbarinnen, aber diesen Ort blendete er aus, wenn er an das Haus dachte.) Niemals mehr, verstand er plötzlich, würde er Marianna die Geschichte erzählen, die sich auf dem Dachboden ereignet hatte, und es kam ihm vor, als hätte die Kugel des Scharfschützen nicht ihre Brust, sondern seinen Kopf in Stücke gerissen.

Er schloss die Haustür auf, stieg die Treppe hinab, stieß eine, zwei und eine dritte Tür auf, machte Licht und legte sich auf das mit einem alten Plaid bedeckte Sofa. Der unberührte Bristolkarton auf der Staffelei, der dunkle Vinylsee auf dem Plattenteller, das noch dunklere Meer des ramponierten Flügels, die Möwenflügel der auf dem Bauch liegenden Bücher – alles war wie immer.

Der Tod ist wie ein Keller voller Skizzen, dachte er. Wenn ich sterbe, werden sie in meinem Atelier nichts finden als Skizzen – so als hätte ich nie etwas vollendet. Und den alten Flügel, auf dem ich geklimpert habe.

Von der Zimmerdecke war ein lautes Klopfen zu hören – jemand im Stockwerk über ihm hämmerte mit einem schweren Gegenstand auf den Boden.

»Nicht jetzt!«, rief er gereizt.

Doch die Schläge – hartnäckig, gleichmäßig – verstummten nicht. Er zählte bis zehn und brüllte:

»Mama, lass mich! Ich habe keinen Hunger!«

An einer Wand des Ateliers hing die Fotografie einer jungen Frau, aus deren funkelnden Augen die Überzeugung sprach, dass sie bald gen Himmel fahren würde – es war nicht Marianna.

In einer plötzlichen Eingebung stand er auf, ging zur

Wand, nahm das Foto ab und legte es auf den Tisch. Dann stellte er die Leiter an das Bücherregal und holte vom obersten Brett Schachteln herunter, die mit dunklem Stoff verkleidet waren. Darin befanden sich Fotos, sortiert und beschriftet. Er nahm sie heraus und warf sie auf den Tisch, der sich rasch mit Gesichtsfragmenten *en face* und im Profil, mit Händen und Füßen füllte. Eine Weile mischte er die Fotos wie Spielkarten. Nur wenig später waren sie vom zitternden Spinnennetz der Asche seiner Zigaretten bedeckt.

Die Fotografie der Frau, die bereit ist für ihre Fahrt in den Himmel, lag in der Mitte. Sie hatte die gleichen dunklen und funkelnden, ein wenig zu weit auseinanderstehenden Augen wie er, das gleiche kräftige und dichte Haar. Damals, 1988, trug Mikolaj einen Bürstenschnitt, aber mit dem fortschreitenden Zerfall des Imperiums wurde sein Haar immer länger, ähnlich dem langen, glatten Haar seiner Mutter, das sie gern nach oben kämmte, damit es so etwas wie einen seidigen Hügel bildete.

Ringsherum, wie die Strahlen einer Sonne, ordnete er sieben Porträts von sich selbst aus der Grundschulzeit an. Auf jedem, sogar auf denen aus den offiziellen Klassenalben, hatte er einen leicht stieren Blick, schnitt eine Grimasse oder streckte die Zunge heraus. Bei dem Anblick konnte er sich nicht des Eindrucks erwehren, dass er ein etwas zurückgebliebenes Kind gewesen sein musste. In der Sowjetunion wurden solche Kinder weggesperrt. Die leicht Behinderten wurden auf normale Schulen geschickt, und es wurde so getan, als unterschieden sie sich in nichts von anderen Kindern.

Die Kindheitsporträts umgab er mit späteren Fotos seiner Mutter, die mit der Zeit ihre Heilserwartungen abgelegt und dafür ordentlich zugenommen hatte. Für eines ihrer Porträts besaß er eine besondere Schwäche. Dort stand sie mit ausgebreiteten Armen auf einem Berggipfel, als wollte sie der ganzen Welt verkünden, dass sie diesen Berg geschenkt bekommen habe und mit dieser Geste ihr ewiges Eigentumsrecht bekräftige. In gewisser Weise traf das auch zu. Sie stammte aus den Karpaten, und auf diesem Berg, einige hundert Meter tiefer, stand ihr Elternhaus, das sie verlassen hatte, um zum Studium nach Lemberg zu ziehen, wo sie Mikolajs Vater kennenlernte. Sein Bild platzierte er zu ihren Füßen. Eine vollständige Umkehrung der tatsächlichen Verhältnisse.

Die langen Arme und Beine seines Vaters passten selten ins Bild. Mikolaj hatte seine Statur geerbt. Der Blick seines Vaters, schon in der Jugend düster, schien die Macht zu haben, die Wände und die Decke des Ateliers zu sprengen. Auch sein Porträt umgab Mikolaj mit Fotos eines verrückt spielenden Kindes. Grimassen zu ziehen war damals eine der wenigen ihm zur Verfügung stehenden Formen des Protests gegen die gnadenlosen Lebensregeln, die ihm auferlegt wurden: nicht mit Freunden nach draußen gehen, lernen und Klavier spielen. War sein Vater nicht zu Hause, sorgte die eingeschüchterte Mutter für die Einhaltung der Regeln. Jahre später begriff Mikolaj, dass auch sie in einer Art Gefangenschaft lebte: Sie drohte, zwischen den massiven Mietshäusern der fremden Stadt, in den langen Schlangen vor den Geschäften zu ersticken. Ein anderes Leben führten sie nur in den Ferien, wenn sie zu zweit mit der Vorstadtbahn in die Karpaten fuhren, ins Heimatdorf seiner Mutter, und mit Rucksäcken auf den Berg kletterten, den auch Mikolaj als sein Eigentum betrachtete, auch wenn das durch kein Foto dokumentiert war.

Dieses Mal kam das Klopfen aus größerer Nähe – sie war unten vor seiner Tür. Er seufzte, drückte die Zigarette aus und ging öffnen. Da stand sie, ein Tablett mit der Suppenterrine und dick geschnittenen Weckenscheiben, einer Art langem Weißbrot, in den Händen. Das verwaschene geblümte Kleid und die Filzpantoffeln passten nicht zu ihrer ordentlichen Frisur. Im Alter war sie noch runder geworden, und ihr Blick strahlte einen neuen, unersättlichen Besitzanspruch aus – ein einziger Berg war ihr nicht mehr genug.

»In Lytschakiw haben sie Hunde auf die Menschen gehetzt und sie in Milizwannen gesperrt«, sagte sie weinerlich.

Er nahm wortlos das Tablett und machte ihr die Tür vor der Nase zu.

Die Collage verwandelte sich allmählich in ein Gemenge. Er war es leid, die Fotos zu sortieren, und begann, die Bilder ohne Sinn und Verstand aus den Schachteln zu schütten: seine Bühnenbilder, Proben mit den Schauspielern, Landschaften der Krim und Lemberger Denkmäler. Irgendwann fiel eine Serie mit einem abgemagerten Jüngling in Schlaghose heraus, aus einer Zeit, als er seinen Vater nicht mehr um Erlaubnis gefragt hatte, wenn er rausgehen wollte, und ganze Tage in der künstlerischen Werkstatt von Walery Bortjakow vom Polnischen Volkstheater saß. Dort zeichnete er, schnitt Glas für Mosaikfenster und half, das Bühnenbild zu bauen.

Von der Decke starrten zwei leere Augenhöhlen auf das Chaos auf dem Tisch – die Totenmaske seines Vaters nannte er insgeheim »Auge der Vorsehung«.

Er dachte an den heutigen Morgen zurück. Irgendein Typ hatte Marianna im offenen Sarg fotografiert. Das war unwirklich: Unmittelbar vor seinen Augen wurde die Frau, die er liebte, zu einem Denkmal ihrer selbst, erstarrt zu einer Skulptur, bar jeder Intimität, eingehüllt in die Nationalflagge. Bei diesem Anblick empfand er zwei widersprüchliche Wünsche: sich neben sie zu legen und wegzulaufen, dorthin, wo der Pfeffer wächst. Er war überzeugt, dass sie ein Denkmal verdient hätte, aber ihm wäre ein anderes lieber gewesen, unsichtbar für die Augen, ganz aus Lauten gewebt. Weniger Denkmal als vielmehr ein Ort, an dem die Luft von den von ihr gesungenen Arien vibrierte, immer neu beginnend, sobald sie endeten, ohne Ermüdung, ohne Pause, ohne Beifall. Die Vorstellung des unsichtbaren Grabsteins belebte ihn ein wenig, aber gleich danach kam ihm in den Sinn, dass sie, wenn sie schon hatte gehen müssen, wenigstens ihre Stimme hätte zurücklassen können. Hätte man sie auf wundersame Weise erhalten können, so hätte er sie verwahrt, hätte sie konserviert, hier in seinem Atelier. Es war vor allem ihre Stimme, die er zu berühren und zu besitzen versucht hatte, wenn er Marianna berührt hatte. Seine Phantasie trug ihn noch weiter fort. Er stellte sich vor, er würde zu ihrem Haus laufen, an den Sarg stürzen und dem Nichts diese unvergleichliche Stimme entreißen, sie unter seinen Mantel stecken und damit nach Hause eilen, vorbei an Milizionären und Patrioten, und sich dann für immer mit ihr im Keller einschließen: Ein Perverser war er also, dem ein Teil seiner geliebten Frau genügt.

Ein Windhauch fuhr durchs Fenster und fegte einige Fotos auf den Boden – durcheinander und falsch herum lagen sie dort wie ungewollte Gegenstände. Dies rief noch lebhafter das Bild des Leichnams im offenen Sarg und des Fotografen hervor, der etwas festzuhalten versuchte, was ohnehin schon fest und regungslos war. Er erinnerte sich auch an Mariannas Brustwarzen, wie sie unter seinen Händen hart wurden, und dachte, dass der Tod ein hemmungsloser und erbarmungsloser Liebhaber sei.

Noch eine Zigarette wurde bis zum Filter aufgeraucht, eine weitere Kippe wurde ins Beet des Aschenbechers gepflanzt. Gleich darauf sammelte Mikolaj sämtliche Fotos vom Tisch und vom Boden, stopfte sie in einen Leinenbeutel. Die leeren Schachteln stellte er zurück ins Regal. Er zählte: zehn Schachteln, in jeder ungefähr hundert Fotos. Zehn Schachteln, tausend Fotos, sein ganzes bisheriges Leben. Eine weitere, die elfte, war unberührt geblieben: Statt entwickelter Fotos lagen darin altmodische Fotoplatten. Er hatte sie vor langer Zeit auf dem Dachboden der Villa gefunden, sie waren Teil der Legende, von der er Marianna nicht mehr hatte erzählen können. Anschließend nahm er den Beutel, trug ihn auf den Hof, warf den Inhalt in eine rostige Mülltonne und zündete sie an.

Das kleine Müllfeuer wurde zur Sensation für die Nachbarinnen im ersten Stock, die Mikolaj ignorierte. Sie legten ihre Brüste auf das abgegriffene Balkongeländer und schauten ihm mit schweigender Missbilligung zu. Er stand mit dem Rücken zu ihnen, das Gesicht auf die Tonne gerichtet, aus der dunkle Rauchfahnen aufstiegen. Er dachte darüber nach, dass er nicht ein Foto von Marianna gemacht hatte.

Die Türen

Jeden Abend verschloss Urgroßmutter die Wohnungstür nach ihrem eigenen, ausgeklügelten Ritual – als glaubte sie, sie könnte uns vor ungebetenen Gästen schützen, den gleichen, die ihr Haus im Jahr 1937 aufgesucht und ihren Mann mitgenommen hatten, für immer. Sie selbst kam nie auf diese Geschichte zu sprechen, Aba dagegen rief sie uns regelmäßig in Erinnerung:

»Abends klingelte es an der Tür. Papa sagte, das sei ein Irrtum, er komme gleich zurück, küsste mich zum Abschied und ging mit den Unbekannten weg. Ich habe ihn nie wiedergesehen.«

Das war in Leningrad gewesen, wo Aba und Urgroßmutter vor dem Krieg gelebt hatten. Kein Wunder, dass ich schon früh Angst vor unerwartetem Klingeln an der Tür hatte.

Urgroßmutter prüfte nun immer zuerst, ob die äußere, dunkel gestrichene Tür richtig geschlossen war, dann drehte sie den Schlüssel zweimal im Schloss, hängte die massive Metallkette ein und besiegelte dies mit der anderen, weißen Tür, die sie ebenfalls, aber mit einem anderen Schlüssel verschloss. Diese Konstruktion ließ sich von außen nicht öffnen, worüber Mama sich ärgerte, weil sie gern spät nach Hause kam und dann entweder das ganze Haus wecken oder zulassen musste, dass Urgroßmutter stundenlang aufblieb und auf ihre Rückkehr wartete.

Jede von uns hatte einen eigenen Satz Schlüssel: Der lange und dünne sang im Falsett und öffnete die dunkle Tür, der kurze mit der untypisch runden Endung seufzte im Bass und war für die Haustür unten, der moderne flache Schlüssel passte in den Briefkasten und war schlichtweg unfähig, einen Laut hervorzubringen. Den Schlüssel zur weißen Tür besaß nur Urgroßmutter, und niemand wusste, wo sie ihn tagsüber versteckte.

Diese Türen waren für mich eine furchtbare Qual. Zweifach verschlossen und verriegelt, verstärkten sie mein Gefühl der Unsicherheit noch. Als wäre ich in einer belagerten Festung, und wenn ich sie nur einfach abschlösse, würden die Samen der Gefahr gesät werden und wir dem Eindringen von Fremden ausgesetzt sein, in deren Macht es stand, unsere Welt zu vernichten.

Die äußere, dunkle Tür war leicht. Ich konnte sie schwungvoll zuknallen, um meinen Gefühlen Ausdruck zu verleihen – wenn ich sauer auf Aba war, weil sie mich zwang, mich wärmer anzuziehen, bevor ich das Haus verließ. Die dunkle Tür enthielt ein »Auge« – einen runden Spion aus gewöhnlichem Glas, der von innen mit einem Stück abgewetzter Pappe abgedeckt wurde. Auch darin witterte Urgroßmutter Gefahr: Erstens merkte der Mensch auf der anderen Seite, wenn der Pappvorhang angehoben wurde, dass er beobachtet wurde, und erfuhr so, dass jemand zu Hause war. Und zweitens hatte er die Möglichkeit, wie Urgroßmutter meinte, durch den Spion anzugreifen.

»Mach erst nur einen winzigen Spalt auf, um dich zu vergewissern, ob es ein Fremder ist oder einer von uns«, brachte sie mir bei. »Ein Fremder steckt einen Metallstab hindurch und sticht dir das Auge aus.«

Der Fremde war immer ein Mann.

Wenn jemand an unserer Gegensprechanlage klingelte, galt es, auf den Balkon zu laufen und nachzuschauen, wer da vor der Haustür stand, und wenn es ein Unbekannter war, zu rufen:

»Zum wem?!«

Das diente der Einschüchterung: Die Person unten wusste nicht, woher die Stimme kam, und suchte verwundert mit der Miene eines Blinden nach dem Fragesteller. Einen Stock höher zu sein verschaffte uns einen Vorteil, ermöglichte uns, die Attacke abzuwehren:

»So jemand wohnt hier nicht!«

Irrtümer kamen häufig vor und beunruhigten Aba und Urgroßmutter sehr. Angenommen, da kam ein Herr, der einen gewissen Pawel Iwanowitsch Pietrow suchte. Nichts Außergewöhnliches, aber man hörte sofort die Anspannung in ihren Stimmen. Lange überlegten sie, wer der Fremde sein und was das alles verheißen könnte – nichts Gutes, natürlich.

Wir wohnten im Stadtzentrum, und nicht selten begann jemand, mitten in der Nacht an unsere Tür zu klopfen. Die unerwartete Störung, wenn wir alle schon im Bett waren, donnerte wie die Engelstrompeten vor dem Jüngsten Gericht, trennte das weiche, häusliche Ebengerade von dem gewalttätigen Jetzt. Das konnten *sie* sein, und *sie* besaßen absolute Macht über die Menschen und durften alles: entführen, töten, foltern. Die Knechte der Finsternis waren zwangsläufig schwarz gekleidet.

Die nächtliche weiße Tür war trist und von Melancholie durchdrungen. Sie hing schwer in den Scharnieren, gab einen dumpfen Laut von sich, hatte keinen Spion, und der lange Schlüssel ließ sich nur mit Mühe im Schloss drehen. Wenn ich nachts aufstand und sah, dass die weiße Tür verschlossen war, erfassten mich Hoffnungslosigkeit und Klaustrophobie. Ihre einförmige Fläche ließ mich an das russische Wort *глухомань* denken, »Einöde«. Die weiße Tür enthielt das weite, grenzenlose Sibirien, die langen Etappen der Zwangsarbeit, endlose weiße Ebenen, das Klicken der Handschellen.

Wie schon gesagt, zwischen der dunklen und der hellen Tür war noch eine Kette. Tagsüber half sie beim Lüften unserer erbärmlichen fensterlosen Küche. Dank der Kette gab es einen Spalt, der Laute und Luft, nicht aber Menschen durchließ: die perfekte Illustration dieses Schwebezustands, der beunruhigenden Existenz hier und zugleich dort. Ich suchte nach Gelegenheiten, diese Ungewissheit zu beenden, öffnete zum Beispiel die Tür sperrangelweit, angeblich, um die Küche gründlich zu lüften, oder ich schloss sie, unter dem Vorwand, dass mir zu kalt sei. Welche Lust lag in diesem eigenmächtigen Öffnen oder Schließen der Tür, welche süße Illusion von Macht! Wenn ich sie öffnete, zeigte der im Flur hängende Spiegel die Glasmalerei im Treppenhaus, und die Küche begann, statt nach gekochten Mohrrüben nach Wald zu duften, während nach dem Schließen für einen Augenblick der kindliche Glaube zurückkehrte, im Haus wären wir sicher.

Urgroßmutter traute der Kette nicht. War sie zwischen Tür und Außenwelt gespannt, sagte sie, wir sollten horchen, ob da nicht jemand komme und sie mit einer Metallzange zerschneiden wolle.

Und tatsächlich waren bisweilen rasche Schritte auf der Treppe zu hören und jemand erschien auf der anderen Seite. Zwei wendige Finger glitten durch den Spalt und tasteten in allen Richtungen nach dem eingehängten Ende der Kette, einer reckte sich, um es zu fassen zu bekommen, während ich nur zusah, statt die Hand auszustrecken und von innen zu helfen. Und wenn dann das Gezerre begann und die Finger mit dem Metall kämpften, begann ich vor Aufregung auf der Stelle zu tanzen, bis es zur Auflösung kam: Die Finger lösten die Metallfessel, besiegt schlug die Kette ans Holz, die Tür öffnete sich weit und herein schritt eine Göttin – luftige, laute und lebhafte Mama.

Die Rituale beim Schließen der Türen wurden jahrelang unverändert vollführt, aber je heftiger es in allen Fugen der Sowjetunion krachte, desto mehr Herzblut legte Urgroßmutter hinein. Sie hat es nie laut gesagt, aber ich kann mir denken, dass sie keine Anhängerin des Sowjetsystems war, allerdings auch nicht mit denen sympathisierte, die es stürzen wollten. Höchstwahrscheinlich gehörte sie zu den Menschen, die das Gesicht des Systems, in dem sie zu leben haben, erst dann erkennen, wenn es in ihr eigenes Fenster blickt. Was sie im Jahre 1937 gesehen hatte, hat sie für immer geprägt. Je öfter also die

Menschen in Lemberg auf die Straße gingen, je lauter sie Dinge aussprachen, die zuvor von Schweigen umhüllt waren, desto eifriger prüfte sie abends, ob unsere Wohnungstüren fest verschlossen waren.

Als Mama ungefähr ein Jahr vor ihrem Tod unerwartet vom Russischen zum Ukrainischen wechselte, wurde die Zeremonie des Abschließens um ein neues Element erweitert. Nach der Beendigung des gewöhnlichen Rituals lehnte Urgroßmutter einen Weidenkorb mit schmutziger Wäsche an die Tür, und vom nächsten Tag an tat sie das immer. Damals begann sie auch, immer häufiger von den *Banderowzen* zu sprechen, womit sie alle ukrainischen Freiheitskämpfer über einen Kamm scherte. Wenn wir allein waren, erzählte sie mir, dass der Waggon, in dem sie im Jahre 1944 nach Lemberg kam, von ihnen beschossen wurde und sie große Angst vor ihnen hatte – fast so große wie vor den Deutschen. Jetzt ging es ihr ähnlich: Wieder wollten sie in ihren Waggon, und wenn sie den Kopf aus dem Fenster steckte, sah sie, dass an ihrer Spitze niemand anders als ihre Enkelin stand – meine Mama. Das Mädchen, mit dem sie seit vielen Jahren kein Wort gesprochen hatte. Das Mädchen, das gegen ihren Willen Sängerin geworden war und sich ihren Vorstellungen vom Leben widersetzte, indem sie für eine unabhängige Ukraine kämpfte. Der Wäschekorb wurde ein weiteres Bollwerk der Barrikade, die sie seit Jahren zwischen sich errichteten.

Damals war es auch, dass Urgroßmutter sich angewöhnte, mich verbal einzuschüchtern. Sie fing mich im Flur ab und stellte sich mir in den Weg.

»Sprich niemals laut Russisch!«, belehrte sie mich. »Eh du dich versiehst, ziehen sie dich in einen leeren Hauseingang und massakrieren dich!«

Beim nächsten Mal fragte sie, ob ich Schewtschenkos Gedicht *Zapowit* auswendig könne.

»Sie fangen Frauen und Kinder, verschleppen sie an einen geheimen Ort und befehlen ihnen, es aufzusagen. Machst du nur einen Fehler, vergewaltigen und foltern sie dich.«

Ich hatte keine Angst: Ich konnte mir nicht vorstellen, dass mir jemand auf der Straße Vorhaltungen wegen meiner Literaturkenntnisse machen würde, und ich glaubte nicht, dass Poesie und Gewalt etwas gemein haben könnten.

Am Abend des Tages, an dem Mamas Leiche in eine blau-gelbe Flagge gewickelt in unser Haus getragen wurde, vernachlässigte Urgroßmutter das Ritual der Sicherung der Wohnungstüren, sie wurden nicht einmal ordentlich geschlossen. Das war ein Zeichen ihrer Kapitulation: So sehr Urgroßmutter sich auch bemüht hatte, *sie* waren dennoch gekommen und hatten ihre Welt zerstört. Mama wurde im mittleren Zimmer auf den Tisch gelegt, an den Seiten wurden lange Kerzen angezündet. Das geschmolzene Wachs hinterließ helle Spuren auf dem Eichenparkett. Viel später erfuhr ich, dass Aba mehrere Entscheidungsträger bestechen musste, damit von einer Obduktion abgesehen und die Leiche nicht im Totenhaus zurückgehalten wurde. Es gelang ihr dank ihrer Beziehungen in medizinische Kreise, sie war eine gefragte Ärztin gewesen.

Dass der KGB nicht intervenierte, überraschte sie dennoch. Man hätte meinen können, jetzt würden *sie* dafür sorgen, den Tod, an dem sie schuld waren, zu leugnen, zu vertuschen, zu verwischen. Dieser Schuss war in jeder Hinsicht absurd gewesen: Nicht nur, dass er sein Ziel verfehlt hatte, er erklang für Lemberg auch wie ein Glockengeläut, das den Rest der Unentschlossenen auf die Straßen rief. Mama hätte sich nichts anderes gewünscht (anders Aba, ich oder Urgroßmutter). In den ersten Tagen nach dem Schuss sprachen alle von den Umständen ihres Todes: von der illegalen Demonstration auf der Klumba, dem Lemberger Hyde Park, bei der freie Wahlen gefordert wurden; von dem Scharfschützen auf dem Dach des nahegelegenen Wohnhauses, in dem sich vor dem Krieg das prachtvolle »Wiener Café« befunden hatte. Der Scharfschütze, so hieß es, sollte den Befehl bekommen haben, auf Tschornowil zu schießen, aber Marianna bewegte sich so energisch auf der Ladefläche des Lastwagens, dass sie den Dissidenten verdeckte. Man hatte eine Luftdruckwaffe benutzt, deshalb hörte niemand den Schuss. Erst beim Anblick des blutigen Flecks, der auf dem beigen Kleid der Sängerin erblühte, suchte ein Teil der Leute das Weite. Wjatscheslaw Maksimowitsch setzte die Versammlung fort. Er hatte den Tod akzeptiert. Nicht im Sinne einer inneren Gleichgültigkeit, aber er hatte in den Jahren im Lager einen unerschütterlichen Mut entwickelt. Ehemalige Mithäftlinge sprachen sogar von einem »pathologischen« Mut. In der Menge meldete sich ein Arzt. Tschornowil gab Marianna in seine Obhut und setzte die Versammlung fort. Man versuchte, ihn abzuschirmen, wollte ihn sogar mit Gewalt vom Lastwagen ziehen. Aber es fielen keine weiteren Schüsse – bis heute weiß niemand, warum. Jedenfalls bekam Tschornowil an jenem Tag von meiner Mama zusätzliche elf Lebensjahre geschenkt. Ich denke, er wird im Jahr 1999, als sein Auto auf der Strecke nach Borispol von einem Lkw erfasst wurde, daran gedacht haben.

Andere erinnerten sich auch, aber nicht lange. In den ersten Tagen redeten die Leute und schrien, sie riefen an und kamen zu uns. Das verschlimmerte die Situation für mich derart, dass ich in hilfloser Wut versteinerte. Auch nach vielen Jahren geriet ich erneut in diesen Zustand, wenn ich flüssiges Wachs auf den Boden tropfen sah. Entgegen der Tradition, die eine Bestattung drei Tage nach dem Tod vorsah, sollte die Beerdigung schon am nächsten Tag stattfinden. Und niemand – o Wunder – widersetzte sich, als Aba sich um einen Platz auf dem Lytschakiwski-Friedhof bemühte, der wichtigsten Begräbnisstätte Lembergs. Zwar waren Beerdigungen dort in den achtziger Jahren noch nicht verboten, aber schon damals benötigte man viele Sondergenehmigungen, die Aba blitzschnell beschaffte. Gewiss, die Demonstration, zu der sich die Beerdigung auswuchs, wurde brutal zerschlagen, gewiss, jemand von *ihnen* kam zum Direktor der Oper und bedrängte ihn mit Fragen über Marianna, gewiss, in den folgenden Monaten beseitigte immer wieder jemand die dicke Schicht Kunstblumen, die das Grab jeden Tag aufs Neue bedeckte. Aber über letzteres habe ich mich sogar gefreut. Die Plastiknarzissen gefielen mir nicht und schienen mich noch weiter von Mama zu entfernen. Später ließen sie auch das, und die Blumen blieben dauerhaft auf der Steinplatte liegen. Der Herbst breitete seine Laubdecke über sie.

Vom ersten Tag an wartete Aba auf die Vorladung, *du weißt schon wohin*. Sie sagte mir später, diesen Besuch habe sie sich Tausende Male ausgemalt. Der Gedanke begleitete sie seit ihrer frühen Kindheit: Als sie sieben war und in Leningrad wohnte, ermordeten *sie* ihren Vater; als sie fast sechzig war und in Lemberg wohnte, töteten *sie* ihre Tochter. Zwischen dem einen und dem anderen Ereignis hatte sie nie aufgehört, *sie* zu hassen und das auch mehr oder weniger offen zum Ausdruck zu bringen. Als sie im Jahre 1944 nach Lemberg kam, beschloss sie, eine Ein-Frau-Widerstandsbewegung zu werden. Sie fertigte Flugblätter an und verteilte sie persönlich in die Briefkästen. Darin hieß es, Stalin sei ein Verbrecher. Bis heute begreife ich nicht, warum sie nie dafür belangt wurde. Ich habe keine andere Erklärung als die besondere Fürsorge eines Schutzengels. Das *graue Gebäude* in der Dzierżyńskistraße besuchte sie nur ein einziges Mal, kurz nach Stalins Tod: Sie bombardierte *sie* mit offiziellen Anfragen nach dem Schicksal ihres Vaters. Doch auf dem Weg *dorthin* entfernte sie den Hass aus ihrem Gesicht und grundierte es neu, wie eine Leinwand. Sie malte einen neuen Ausdruck darauf – alles nur, um *ihnen* irgendeine Information zu entlocken. *Dort* empfing sie ein zynisch lächelnder Major. Er hielt die Akte ihres Vaters in der Hand – trotz ihrer Bitten ließ er sie nicht darin lesen. Geheimnisvoll erklärte er, ihr Vater sei

»irgendwo im Norden« gestorben. Von jetzt an, so fügte er hinzu, sei sie nicht mehr als Tochter eines »Volksfeindes« gebrandmarkt – die Opfer des Stalinterrors wurden rehabilitiert. Nach wie vor kannte sie weder das Datum noch den Ort, an dem ihr Vater gestorben ist. *Sie* legten großen Wert darauf, dass die Menschen über Jahre im Schatten ihrer gleichsam halbtoten Angehörigen lebten.

Ganz anders war es bei Mama: Ihr Tod wurde in eine Leere gesogen, er versank in der Kluft zwischen den Epochen. Dieses Mal wurde Aba nirgendwo vorgeladen – *sie* hatten plötzlich andere Sorgen.

Nach jenem Schuss begann eine neue Zeitrechnung. Das ist schwer zu beschreiben, denn sie galoppierte wie wild und stand dennoch auf der Stelle, verschwand womöglich ganz. Im Rijksmuseum in Amsterdam gibt es eine seltsame Uhr: Hinter dem matten Glas des Zifferblatts kommt ein Menschlein hervor, das den Minutenzeiger wegwischt und ihn an einer neuen Stelle aufmalt, dann verschwindet und nach einer Minute erneut erscheint, um das Ritual zu wiederholen. Ich frage mich, wie diese Amsterdamer Uhr in den Tagen, die ich hier beschreibe, ausgesehen haben könnte, und ich glaube, das Menschlein konnte die neuen Zeiger zeichnen, ohne die alten wegzuwischen. Und sobald das Zifferblatt einer Sonne mit sechzig Strahlen ähnelte, hat es von seiner Arbeit abgelassen und war irgendwo in der Ecke eingenickt. Die Gegenwart war weich und warm geworden – die steinernen Träger, auf denen sie ruhte, schmolzen wie Wachs. Die Vergangenheit wurde neu geschrieben. Mit jedem Tag wurden neue Lügen entlarvt, auf die sich das alte System gestützt hatte. Die Zukunft, frisch und anders, schien zum Greifen nah – als wären wir auf einem Schiff, von dessen Deck man eine wunderbare Insel sehen konnte, so klar, dass man sogar die Farben der Blumen dort erkennen konnte. Auf dieser neuen Erde sollte alles von selbst gut werden! Wie auch sonst, wenn das Böse besiegt war, die Ketten zerrissen waren und das Gefängnistor offenstand? So trieben wir auf dem Gewässer zwischen den Felsen zweier Epochen, und selbst ich konnte mich der Begeisterung und Ekstase hingeben, denn ich sah diese neue Zukunft so, wie Mama es getan hätte, deren Hoffnungen sich sämtlich vor unseren Augen erfüllten. »Karneval« war draußen auf der Straße und zugleich auf dem Fernsehbildschirm: Die letzten sowjetischen Panzer verließen Afghanistan. Die Berliner Mauer fiel – Mstislaw Rostropowitsch spielte dazu auf dem Violoncello. Die Polen nahmen an den ersten freien Wahlen teil. Die Rumänen brachten ihren Diktator Ceauşescu um. Litauen erklärte seine Unabhängigkeit. Die russischen Städte legten ihre sowjetischen Namen ab.

Mitte Juli 1988 war auf Wjatscheslaw Tschornowil, ein Gegner des Systems, geschossen worden. Anfang September gründete er den *Narodnyj Ruch*, die Nationalbewegung und erste Alternative zu der einen und herrschenden Partei, und wurde im April 1990 als ihr Kandidat zum Vorsitzenden des Lemberger Bezirksrats gewählt. Er hatte seinen Amtssitz in dem Gebäude, in das er früher zu unangenehmen Gesprächen vorgeladen wurde, und wurde von Lehrerinnen und einer Schar

Knirpse in bestickten Trachten mit Brot und Salz begrüßt.

Sie hatten natürlich auch Wind vom geänderten Zeitenrhythmus bekommen. Den Befehl, Tschornowil zu erschießen, musste irgendein wirklichkeitsfremder Altkommunist erteilt haben, geblendet von falschen Machtphantasien. Die anderen hatten Dringenderes zu tun. Sie verbrannten die Archive, bereiteten sich auf die Flucht oder den Farbwechsel vor und machten Pläne zur Privatisierung der Unternehmen. Niemand hielt die Fernsehteams auf, die das Echo vom Tod der Lemberger Sängerin erst nach Moskau und von dort in alle Winkel des Imperiums trugen. Sie wurde zur Hauptnachricht – für einen Tag. In der Oper tat man schon am nächsten Tag so, als hätte es sie nie gegeben. Nur wenige ihrer Kollegen kamen zur Beerdigung. Ihre Rollen wurden sofort neu verteilt, ihr Name vom Spielplan getilgt. Was hatte es schon zu bedeuten, dass die Menge ihren Namen auf den Straßen skandierte?

Ich begann zu rebellieren. Ich schrieb an Zeitschriften und an den Operndirektor. Ich spielte in der Schule Kassetten vor, auf denen Mamas Stimme noch lebendig war. Ich schnauzte den Geschichtslehrer an, einen Kommunisten, der sich spöttische Bemerkungen über ihren Tod erlaubt hatte. Ich trug ihre Kleider und ordnete ihre Papiere. In ihrem Zimmer richtete ich so etwas wie ein Museum ein mit ihren Lieblingssachen an den Stellen, wo sie gelegen hatten. Dieser Kampf gegen das Vergessen wurde zu meiner Obsession und half mir durch die ersten schrecklichen Jahre ohne sie.

Doch auch das musste zwangsläufig enden – das Schiff segelte weiter.

Es kamen die neunziger Jahre: Hunger, Kälte und geplante Stromausfälle. Ich war älter geworden, und alles Ukrainische kam mir rückständig, hässlich und fremd vor. Ich habe in meiner Erinnerung jenen ohnehin lautlosen Schuss zum Verstummen gebracht, und auch all ihre Opernarien. Ich wusste nicht, wie ich der Frage entkommen sollte, ob Mama für die richtige Sache gestorben war. Ich zog in ihr Zimmer. Statt des Porträts von Salome Kruschelnytska hängte ich dort Freddie Mercury und Jesus Christus auf.

In den ersten Jahren nach dem Schuss vernachlässigte Urgroßmutter das rituelle Türabschließen. Wir legten uns ohne zusätzliche Sicherungen schlafen, und ich fand das in gewisser Weise erleichternd: Das Schlimmste war schon passiert, fürs Erste brauchte man keine Angst mehr zu haben. Doch irgendwann begann alles von Neuem: die dunkle Tür, die Kette, die helle Tür. Vielleicht tat sie das meinetwegen. Nur den Wäschekorb stellte sie nicht mehr dazu. Das morsche Weidengeflecht war schon so löchrig, dass man ihn nicht mehr hin- und herschieben konnte – er wäre sonst bestimmt auseinandergefallen.

Das Haus

Ihr Schaffellmantel ähnelte der Haut eines Tieres, ihre Haare waren tief unters Kopftuch geschoben. Sie hatte keinen Vor- und keinen Nachnamen, keine Adresse, aber von Zeit zu Zeit erschien sie in ihren Gummistiefeln in unserem schwach beleuchteten Flur und hinterließ nasse Flecken. Sie nahm den Beutel aus dreckigem Stoff von den Schultern und breitete ihn auf dem Tisch aus.

»Frisches Kalb, die Dame, nehmen Sie!«

Das Fleisch lag da: Die zerhackten Stücke waren mit weißem Fett übersät, als wären sie mit Schnee bestäubt, voll Fell und Blutspuren.

»Erst heute Morgen habe ich das Kalb geschlachtet, die Dame, nehmen Sie!«

Ich weiß noch, wie sehr es mich wunderte, dass Aba sie als »junge Frau« bezeichnete. Das konnte sie nicht ernst meinen. Sie war weder Mann noch Frau, weder jung noch alt, nicht Teil dieser Welt, in der man Straßenbahn fährt, Kuchen in der Konditorei kauft und kleine Hunde an der Leine führt.

»Ganz frisch, die Dame, ich mache Ihnen einen guten Preis!«

Ich schaute auf dieses Etwas im Laken, das heute früh noch ein lebendiges Tier gewesen war. Ich stellte mir vor, wie sie sich ihm mit gewetztem Beil nähert.

»Frisch, liebste Dame!«

Zack, zack – Blut fließt, die Beine des Kälbchens geben nach, sie schneidet es in Stücke, packt sie in ihren Beutel und eilt damit zur Vorortbahn. Niemand hält sie auf, prüft ihre Papiere, obwohl braune Flüssigkeit ihren Weg markiert.

Aba handelte hartnäckig:

»Gebt's ein bisschen billiger, Frau!«

Sie legte die abgehauenen Stücke vom Laken auf die Küchenwaage, betrachtete sie ohne Ekel von allen Seiten.

Ich dachte an die Beinchen des getöteten Kalbes, das nie mehr laufen würde. Die Fremde trug dicke Wollstrümpfe – so etwas hatten in der Stadt nur Kinder an, ein weiterer Beweis, dass sie keine Frau sein konnte.

Über den Preis wurde man sich einig, die Teile des Tieres wurden für immer getrennt: ein paar kleine Stücke wanderten in unseren Kühlschrank, der Rest zurück in das Laken. Nun war es an der Zeit für Höflichkeiten.

»Mann? Kinder? Mutter? Schon gesät? Aufgegangen?«

»Gut! Gut! Gut!«, antwortete die Frau und seufzte schwer, als würde sie in Wahrheit sagen: »Schlecht! Schlecht! Schlecht!«

Niemals legte sie den Schafpelz ab, niemals betrat sie einen anderen Raum als den dunklen Flur.

Zack, zack mit der Axt, dachte ich, und auch wenn sie schon gegangen war, hörte ich noch ihre Stimme:

»Frisches Kalb, gut, erst heute früh erschlagen.«

Ein Bild in Urgroßmutters Zimmer: ein dunkles Gesicht, blutüberströmt.

»Böse Menschen haben ihn getötet, haben ihm die Hände mit spitzen Nägeln gespalten.«

Wann? Wie? Wofür? Weiß man nicht. Ich durfte Urgroßmutter nicht zuhören und das Bild auch nicht ansehen, denn es war böse. Die Alte mit dem Fleisch war nicht böse.

In Urgroßmutters Zimmer wurden fast nie die Vorhänge aufgezogen und auch nicht gelüftet. Das ungemachte Bett mit dem schmutzig gelben Laken, daneben stand ein großer emaillierter Nachttopf mit Deckel. Von früh bis spät lief Urgroßmutter im Schlafrock herum und verließ nur selten das Haus. Wie ein Weihnachtsbaum mit Girlanden war sie mit Lappen weißer runzliger Haut behängt, die sich gut anfühlten. Am Kopf war ihre Haut straff und rosig, bedeckt von dünner werdenden weißen Haaren, zu einer Pagenfrisur geschnitten. Ihre Augen, verzerrt durch dicke Brillengläser, ähnelten zwei Algenfressern, die sich an der Aquariumscheibe festgesogen haben.

Ich wollte dort Klavier spielen, aber zuerst musste ich mir etwas über den Gott auf dem Bild anhören: grünes Gesicht, lange Haare, ein Kranz aus Ästen auf dem Kopf.

»Es hat dem Jesuslein sehr, sehr wehgetan, als die bösen Menschen ihm die Hände durchbohrten. Das Blut spritzte in alle Richtungen. Und sie schlugen ihm weiter mit dem Hammer Nägel in die Hände.«

Urgroßmutter drängte mich sanft an die Wand, und ich starrte ihre zwei dunklen Zähne an, die einzigen, die ihr im Oberkiefer geblieben waren. Über Gott sprach sie immer auf Polnisch.

»Sie setzten ihm eine Krone aus spitzen Dornen auf, die ihn fürchterlich verletzten. Das Blut rann ihm in die Augen.«

»Es gibt keinen Gott. Gagarin war im All und hat das überprüft.«

»Er hat diejenigen bestraft, die es überprüfen wollten! Hat schreckliches Unheil über sie gebracht, Krankheiten, Behinderungen.«

Während sie das sagte, nahm sie den emaillierten Deckel vom Nachttopf, hob die Schöße ihres Baumwollschlafrocks und pinkelte im Stehen. Sie hatte kein Höschen an, ich sah den warmen, stinkenden Flaum, der sich zwischen ihren faltigen Beinen verbarg.

»Du möchtest gern spielen, mein Liebes?«

Ich legte die schwarz-weißen Zähne des Klaviers frei. Das Instrument war verstimmt, und ich konnte keine Noten lesen. Urgroßmutter nahm auf dem Bett Platz und setzte ein liebliches Gesicht auf, das jederzeit in Tränen der Rührung zerfließen konnte. Es kam vor, dass sie ein gewöhnliches Küchenmesser vom Tisch nahm und sich damit mit einem Ausdruck sinnlicher Lust den Rücken kratzte.

Mir war es verboten, Urgroßmutter zu besuchen, aber wenn Mama nicht zu Hause war, tat Aba so, als wüsste sie nicht, wo ich war.

Es war Aba, die das Porträt von Jesu mit der Dornenkrone gemalt hatte. Sie hatte sich das Blut und das grüne Haar ausgedacht, ebenso wie den halb geöffneten Mund, durch den man die Lücke zwischen seinen Vorderzähnen sehen konnte. Sie hatte auch viele andere

Bilder gemalt, die in unserer Wohnung an den Wänden hingen.

»Wenn ich sterbe, tragt ihr sie alle in den Keller«, sagte sie, wenn sie schlecht gelaunt war. Und ich stellte mir den Tod als einen Keller voller Gemälde vor.

Aba sammelte auch Bildbände. In einem davon sah ich das Bildnis einer Frau in einem indigoblauen Kleid, eine ihrer Hände war fünfmal so groß wie die andere:

»Warum ist ihre Hand so groß?«

»So hat der Künstler sie gesehen. Künstler sehen die Welt anders als gewöhnliche Menschen.«

»Ich will auch Künstlerin werden!«

»Du wirst, wer du sein willst!«, rief Aba, und Zorn verdunkelte ihren Blick.

Sie wäre sehr gern Malerin geworden, aber Urgroßmutter hatte es nicht erlaubt. Das muss etwa so ausgesehen haben:

»Mama, ich habe mich bei der Akademie der Schönen Künste beworben, im Fachbereich Grafik.«

»Kommt nicht infrage.«

»Mama, ich habe mich schon beworben.«

»Dann gehst du hin und ziehst die Bewerbung zurück.«

»Mama, ich bin Malerin. Das ist meine Berufung.«

»Du hast kein Talent, du wirst in Armut leben.«

»Mama …«

»Schluss jetzt, meine Liebe. Vergiss nie, dass ich dir im Krieg den letzten Bissen Brot gegeben habe.«

Wie von Urgroßmutter vorgesehen, wurde Aba Ärztin. Bald darauf ereilte sie eine unheilbare Gelenkerkrankung. Jede Bewegung bereitete ihr solche Schmerzen, als würde sie von Tausenden spitzen Messern gestochen werden. Abas Hände waren überproportional groß und geschwollen wie die Hand der Frau aus dem Album, und dennoch machte sie alles mit ihnen: Gemüse und Fleisch schneiden, Wäsche waschen, den Fußboden schrubben. Ihr Gesicht war aus warmem und durchsichtigem Stoff gewebt, die Gesichtszüge entzogen sich jeglicher Beschreibung, und über ihrem Kopf leuchtete Tag und Nacht ein leicht in Mitleidenschaft gezogener Heiligenschein. An ihren Körper dagegen erinnere ich mich gut – schwer und klobig, grob gezimmert, wie alle sowjetischen Geräte, die immerzu kaputtgehen. Sie sprach immer Russisch, betonte aber häufig:

»Ich bin Polin mit Haut und Haar.«

Dabei traten ihr immer Tränen in die Augen, und so dachte ich lange, Polnisch zu sein sei so etwas wie eine unheilbare Krankheit, gegen die es keine Medikamente gab.

Ein anderer Pole war Tadeusz Kościuszko von dem Bild über ihrem Bett. Er und seine Gefährten trugen Sensen auf dem Rücken. Auch die eleganten Herren mit Hüten waren Polen, die sogar einer Halbwüchsigen wie Aba die Hand küssten, als sie 1944 nach Lemberg kam und sich endlich wie zu Hause, das heißt in Polen, fühlte. Doch in den folgenden Jahren verschwand Polen mit seinen schicken Männern aus Lemberg. Wohin? Irgendwohin weit weg, ins Ausland. Warum? Weiß man nicht. Aba blieb zurück, weil sie nicht mitgenommen wurde.

»Wenn ich weggegangen wäre, würde es weder deine

Mutter noch dich geben«, tröstete sie sich. »Oder ihr wärt jemand völlig anderes.«

Als Mama erwachsen war, beschloss sie, Sängerin zu werden, doch das war auch nicht einfach. Es muss mehr oder weniger so ausgesehen haben:

»Großmutter, ich will mich am Konservatorium bewerben.«

»Kommt nicht infrage.«

»Großmutter, ich habe meine Bewerbung schon eingereicht.«

»Dann gehst du hin und ziehst sie zurück.«

»Großmutter, ich bin Sängerin. Das ist meine Berufung.«

»Du hast kein Talent, du wirst in Armut leben.«

»Großmutter …«

»Schluss jetzt, meine Liebe. Ich habe dir mein ganzes Leben geopfert, so dankst du es mir?«

»Ich werde Sängerin, auch wenn du dafür sterben musst.«

Als Antwort riss Urgroßmutter das Fenster auf und schrie mit schriller, lauter Stimme:

»Hilfe! Rettet mich! Ruft die Miliz! Mord und Totschlag!«

Aber niemand nahm ihre Schreie zur Kenntnis. Mama blieb stur, kam ans Konservatorium und redete nicht mehr mit Urgroßmutter.

Wenn ich mit Aba zur Premiere ins Theater ging, dachte ich bisweilen an Selbstmord. Jemand hatte mir erzählt, dass sich der Architekt Zygmunt Gorgolewski das Leben genommen habe, nachdem das nach seinen Entwürfen gebaute Große Theater wegzusacken und zusammenzubrechen drohte. War das womöglich die Strafe dafür, dass Gorgolewski die Peltew unter die Erde verlegt hatte, fragte ich mich, während wir die mit leuchtenden Nelken, den Symbolen der Oktoberrevolution, verzierte Allee entlanggingen? Genau hier war sie einst geflossen, aber er hatte sie in ein Korsett aus Steinplatten gezwängt. In den unterirdischen Fluss wurden die Abwässer geleitet, deshalb stank die Leiche der Peltew ständig. Wer schön sein will, muss leiden, sagte Aba, während sie mir Zöpfe flocht. War die Oper vielleicht so eine Schönheit, die Zygmunt Gorgolewski verschlungen hatte, nachdem er zuvor die Peltew vertilgt hatte?

Mama war auf der Bühne viel größer als im wahren Leben, und ehrlich gesagt, war sie nicht Mama. Ich schloss die Augen, um nicht zu sehen, wie unecht sie in ihrem Kostüm aussah. Ich faltete die Hände auf der Brust – ihre Stimme drohte mein Innerstes zu zerreißen. Zu Hause sang Mama keine Opernarien, sodass ich bei jeder Vorstellung aufs Neue diese andere Stimme in ihr wiederentdeckte. Sie durchdrang mich trotz des Schutzschildes meiner Finger, ließ mich an die Sirenen denken, die die Seeleute mit ihrem Gesang zu den steilen Klippen locken. Der Zuschauerraum war das Schiff und die Bühne die Insel der Sirenen. Ich segelte auf die im Orchestergraben verborgenen Felsen zu, das gewaltige Vibrato wurde schneller, und ich konnte ihm nicht widerstehen. Die Vorahnung einer drohenden Katastrophe schmeckte süß wie die rosa Barbaris-Fruchtbonbons, die ich heimlich lutschte und deren scharfe Ränder mir in Zunge und Gaumen schnitten. Wenn das Schiff kurz vor dem Untergang war, hielt ich mir mit einer raschen, diskreten Bewegung die Ohren zu, öffnete dann die Augen und musterte das seidige Bordeauxrot der Sessellehnen.

Nach der Vorstellung drehte Mama sich in der Garderobe auf ihrem Stuhl um, wusch die Schminke ab und setzte mir das Diadem der Aida oder die Perücke der Carmen auf. Auch jenseits der Bühne hatte sie eine volle Stimme. Ihr kurzes, helles lockiges Haar schien sie nach oben zu ziehen, statt nach unten zu fallen, sodass ich dachte, sie besitze die Gabe, über der Erde zu schweben. Wenn ich sie nicht sehe, stellte ich mir vor, wohnt sie bestimmt in einem Palast aus Wolken und Eis, so wie die Schneekönigin.

»Habe ich heute gut gesungen?«, fragte sie.

Statt zu antworten gab ich mich jünger, als ich war: Ich senkte den Blick, knabberte an meiner Bluse. Dann ließ sie angewidert von mir ab und fragte Aba.

»Großartig, Marianna«, bekam sie zur Antwort. »Ausgezeichnet. Wunderbar.«

Ich hätte auch gern aufrecht dastehen und würdevoll sagen mögen:

»Großartig. Ausgezeichnet. Wunderbar.«

Doch das war unmöglich. Schon vor längerer Zeit war entdeckt worden, dass ich kein Gehör für Musik hatte – absolut gar keins, ohne Aussicht auf Besserung. Aus diesem Grund wurde das Klavier in Urgroßmutters Zimmer getragen, wo ich keinen Zutritt hatte. Ich musste mit meinem Geklimper in den Untergrund gehen, wie die

Peltew. Ich war der Oper nicht würdig, der Premieren nicht und Mama nicht. Ich wollte nach Hause.

Die Topografie unserer Wohnung stand ein für alle Mal fest: So wie Meere, Berge und Wüsten ihre Position auf der Landkarte nicht verändern, so war bei uns die Verteilung der Möbel, Geräte und Einrichtungsgegenstände unveränderlich. Diese Beständigkeit der Dinge war vermutlich die Antwort auf die Instabilität der menschlichen Schicksale. Der Mann meiner Urgroßmutter, mein Urgroßvater, wurde 1937 in Leningrad bei der »polnischen Säuberung« verhaftet und ist danach spurlos verschwunden. Der Mann meiner Großmutter, also mein Großvater, hat als Offizier der Roten Armee den Krieg überlebt und ist bis nach Berlin gekommen, um dann Mitte der sechziger Jahre an etwas zu sterben, was wir heute als chronische Depression und Leberzirrhose bezeichnen würden. Was meinen Vater betrifft, so hatte ich Zweifel, ob es ihn überhaupt gegeben hatte.

Ich war die Frucht einer kurzen, poetischen Romanze im Sommer 1977. Am 1. Juni lernten meine Eltern – Mama war im letzten Jahr ihres Gesangsstudiums, mein Vater war ein junger Architekt aus Moskau – sich auf einer Party kennen und trugen sich anschließend den ganzen Monat, Nacht für Nacht, russische Gedichte aus dem Silbernen Zeitalter vor, die sie auswendig kannten. Mama kannte sich am besten mit Zwetajewa aus, mein Vater zog Blok entschieden vor. Die Legende besagt, dass sie keine Nacht ausließen. Ich weiß nicht, ob sie tagsüber neue Gedichte auswendig lernen mussten oder ob ihr bisheriger poetischer Vorrat ausreichend groß war. Man muss schon eine Menge Gedichte auswendig können, damit es für dreißig Nächte reicht. Ich weiß nicht, ob Zwetajewa und Blok überhaupt so viele geschrieben haben. In dem Sommer damals machten Aba und Urgroßmutter Urlaub am Schwarzen Meer, sodass der poetische Marathon, dem ich mein Leben verdanke, in unserer Wohnung stattfinden konnte.

Das letzte Mal haben meine Eltern sich am 30. Juni auf einem Bahnsteig am Hauptbahnhof getroffen. Der Zug von Lemberg nach Moskau bebte von den Schlägen des Bahnmitarbeiters, der den Zustand der Waggons überprüfte, die befruchtete Eizelle vibrierte in meiner Mutter, mein Vater zitterte. Ihre Abschiedsworte waren von Majakowski:

»Hört mal! Wenn die Sterne entzündet werden – heißt das, jemand braucht sie des Nachts?«, fragte Mama.

»Es heißt: Für jemanden glitzert diese Spucke gleich Perlen«, rief mein Vater zurück, und der Zug setzte sich langsam in Bewegung. Danach haben sie sich nie wieder gesehen.

Bemerkbar habe ich mich das erste Mal gemacht, als Mama einen Tag vor ihrem Examen ihre weiße Nylonbluse bügelte und sich die Welt vor ihren Augen drehte. Die gemeine Toxikose hielt man anfangs irrtümlicherweise für eine gewöhnliche Lebensmittelvergiftung und glaubte später noch lange, es handele sich um ein Symptom einer anderen chronischen Krankheit.

Es wäre kein Problem gewesen, mich abzutreiben, doch Mama schaltete auf stur. Alle Argumente von einem verfehlten Start ins Leben blieben ungehört. Sie sagte auch meinem Vater nichts. Wie sie später erklärte, wollte sie in ihrer beider Poesie keine Prosa. Und alle Entscheidungen, die meine Mutter je getroffen hatte, waren unverrückbar wie ein Fels.

Als dann der Schnee taute und die alten Frauen auf die Straßen gingen, um die Krokusse zu verkaufen, über die sie schützend ihre Hände hielten, wurde ich nach Hause gebracht. Der Überlieferung nach war es der erste richtige Frühlingstag, eine Sintflut von Wärme und Licht. Als wäre die Sonne zur Überprüfung in die Wohnung eingefallen, um jeden auch noch so unscheinbaren Fleck auf den Fensterscheiben zu durchleuchten. Aber zu meiner Ankunft waren die Fenster perfekt geputzt. Im Gegensatz zu der Glasmalerei in unserem Treppenhaus – sie musste viele Jahre warten, bis jemand mit einem Lappen kam und sie gründlich säuberte.

Erst viel später erfuhr ich, dass nicht in jedem Wohnhaus eine Glasmalerei verborgen ist, und wenn eine da ist, dann eine viel kleinere. Unsere nahm das ganze Treppenhaus ein. Wie ein Vorhang trennte sie das Innere des Hauses vom Hof, zog sich durch alle Stockwerke von oben nach unten – oder umgekehrt. Wir wohnten im ersten Stock und brauchten nur die Tür zu öffnen, um ihren Mittelteil zu sehen: Reste einer feurig-braunen Unterwelt, aus der ein langer, einsamer Baumstamm herauswuchs, der einen türkisblauen See in der Mitte durchschnitt. Die Nachbarn über uns sahen das gegenüberliegende Ufer, an dem grüne Berge mit blauen Tannen aufragten. Wenn jemand auf den Dachboden stieg, sah er sie in das Weiß und Lila der Wolken übergehen. Die Nachbarin von unten, die verrückte Luba, sah gar nichts – der unterste Teil der Glasmalerei war vor langer Zeit verlorengegangen. An seine Stelle hatte man durchsichtige Scheiben eingesetzt, die die Enge unseres Innenhofs bloßlegten. Aus dieser Perspektive sahen die Hausmeisterin und ihre zahlreichen Kinder das Mosaik. Jeden Morgen zeigte sich eines von ihnen mit einem großen zu entleerenden Eimer am Abwassergitter und hob den Blick zur Unterseite des Mosaiks. Es war grau und ausgebaucht.

»Sie haben keinen Komfort zu Hause«, sagte Aba in einem Ton, der mehr verurteilend als mitfühlend war.

Glasmalerei 1

Aus meiner Kindheit hatte ich keine Erinnerungen an Mikolaj, deshalb bezeichnet der Tag, an dem die Glasmalerei geputzt wurde, für mich unsere erste Begegnung. Es war an einem Herbsttag Ende der neunziger Jahre. Vorboten waren ungebetene Gäste in unserem Treppenhaus.

Sie kamen nachts, das neue Ziffernschloss an der Haustür hielt sie nicht ab. Offenbar kannten sie die Zahlenkombination. Sie tranken eine farblose Flüssigkeit aus Plastikflaschen, die sie auf der Treppe liegen ließen, und warfen bis zum Filter aufgerauchte Zigaretten weg. Manchmal konnte man hören, wie sie Lieder von Nirvana auf der Gitarre spielten. Sie pinkelten im Hof in die Ecken. Sie suchten das Weite, wenn Luba mit der Scheuerbürste einschritt. Immer mal wieder ging Luba zur Dienststelle auf der anderen Straßenseite, um sie bei den Milizionären anzuzeigen.

»Sie machen Dreck!«, rief sie. »Drogenabhängige! Asoziales Verhalten!«

Die Ordnungshüter in ihren zerknitterten blauen Hemden mit den schief angesetzten Schulterstücken standen während ihrer stundenlangen Zigarettenpausen unter unserem Balkon. Sie hatten die traurigen Gesichter von Hirten fernab der heimischen Karpaten, pflichteten

Luba bei, spuckten auf den Boden und übersäten den Bürgersteig mit Kippen der gleichen Marke, die auch die nächtlichen Besucher rauchten. Sie hatten ihre Gründe, warum sie nicht eingriffen.

Nach jedem nächtlichen Besuch fehlten ein oder zwei Glasstücke aus dem Mosaik.

Barbaren, ärgerte ich mich. Stecken sich ein Kunstwerk in ihre löchrigen Taschen. Einfach so zum Spaß. Bald haben sie alles weggetragen, und was dann?

Eines Nachts ging Aba im Schlafrock zu ihnen.

»Ein Meisterwerk!« Ich hörte nur einzelne Worte. »Einzigartig! Hundert Jahre alt! Unersetzlich und für die Ewigkeit!«

Die jungen Leute nickten gleichgültig, so wie die Milizionäre, aber von da an verschwanden keine Glasstücke mehr – die Gesellschaft hatte sich woandershin verzogen. Doch nach wie vor ging von den Leerstellen der gestohlenen Teile ein Gefühl der Bedrohung aus.

Ein paar Monate später tauchten neue Gäste im Haus auf. Sie kamen tagsüber. Sie hatten Fotoapparate, machten Aufnahmen, maßen das Mosaik aus und zeichneten etwas auf einen Bristolkarton, der auf dem Fensterbrett ausgebreitet war. Ich fürchtete sie mehr als ihre Vorgänger. Sie sahen aus wie Wissenschaftler, und das verhieß nichts Gutes. Sie haben sich eine Genehmigung zum Abbau des Mosaiks bei der Stadt erschlichen, dachte ich entsetzt. Sie wollen es in irgendein Museum in Kiew bringen, es wird beim Transport kaputtgehen, und dann stürzt unser ganzes Haus ein, denn niemand kann eine Operation überleben, bei der ihm das Herz herausgeschnitten wird. Luba beobachtete die Neuankömmlinge nur halbherzig, denn sie machten keinen Dreck.

»Haben Sie eine Genehmigung für die Untersuchungen?«, konnte sich Aba einmal nicht beherrschen zu fragen.

Ihr antwortete ein großer Mann mittleren Alters, der wirkte, als sei er mit der Leitung betraut. Er sprach leise, ich konnte ihn kaum verstehen, obwohl ich mich mit meinem ganzen Gewicht gegen den Spion lehnte.

»Machen Sie sich keine Sorgen. Wir dokumentieren die Glasmalerei im Auftrag des Lehrstuhls für Glas der Lemberger Akademie der Künste. Wir registrieren jeden Abschnitt. Wir wollen fertigwerden, bevor es zu spät ist.«

Zu spät? Wie konnte er so etwas sagen?

»Ich habe Sie nicht erkannt, guten Tag.« Abas Ton änderte sich plötzlich.

Ich sah ihn mir genauer an: groß, lange Haare. Warum hatte ich nicht solche Dozenten? Meine trugen zerknitterte Anzüge und erweckten den Eindruck, zufällig an der Hochschule gelandet zu sein. Dieser hier schien bereit, für jedes seiner Worte mit dem Leben einzustehen. Vielleicht hatte er das schon getan und es auf einem mir unbekannten Altar abgelegt.

Ich stand noch immer am Spion. Aba bot ihm an, auf einen Tee hineinzukommen, doch er lehnte ab.

Als er auf dem Weg nach oben an unserer Tür vorbeikam, sah ich mir seine Schuhe an. Unnatürlich lange Lederschuhe. Einst streckten sie ihre Fühler durch den halben Flur, wuchsen stundenlang auf der gestreiften

Fußmatte, ängstigten mich mit ihrer unbestreitbaren Männlichkeit. Schuhe aus vergangenen Jahren.

Am nächsten Tag kam er in Turnschuhen, sportlich gekleidet, und holte Lappen und einen Eimer aus einer großen Tasche. Er klingelte an unserer Tür.

»Darf ich um etwas Wasser bitten?«

Ich führte ihn ins Badezimmer und wieder zurück, ließ die Wohnungstür angelehnt und beobachtete, wie der Schaum im Eimer aufstieg und er begann, das Mosaik zu putzen. Er hatte einen Stab, mit dem er auch die unzugänglichsten Partien erreichte. Ich weiß, dass Luba ihn dieses Mal durch den Spion beobachtete.

Ich stand auf der Türschwelle, als er die weißen und lila Wolken und die Berggipfel scheuerte. Ich setzte mich auf die Stufen, als die Seifenströme mit dem Blau des Sees zusammenflossen. Ich trat ans Fensterbrett, als sich herausstellte, dass die schrägen Dächer der auf dem Berghang verteilten Hütten einen hellgelben Ton hatten und keineswegs einen smaragden, wie ich immer gedacht hatte. Ich hielt den Eimer, als seine langen Finger den alten Schmutz zwischen den Wurzeln des braunen Baumes entfernten. Sie waren gleich groß, er und die gläserne Eiche, sie rangen miteinander wie zwei Kolosse, kämpften darum, wer wem mehr von dem Sonnenlicht nahm, das überraschend das ganze Treppenhaus durchflutete, und mir kam der Gedanke, dass in diesen Hauseingang eine kleine, aber wohlklingende Orgel passen würde. Die farblosen Gläser gegenüber von Lubas Tür reinigte ich selbst und versuchte zu verheimlichen, dass ich in meinem Leben noch kein einziges Fenster geputzt hatte.

»Was empfinden wohl die Leute, die Michelangelos Pietà abstauben?«, fragte ich ihn später, als er zu einer Tasse Tee hereingekommen war. Aba war nicht zu Hause, und Urgroßmutter hatte sich zurückgezogen.

»Ich war lange nicht mehr hier, nichts hat sich verändert«, sagte er zusammenhanglos.

Sein Haar, das ihm sanft auf die Schultern fiel, schimmerte grau. Im linken Ohr trug er einen winzigen Ring – eine unglaubliche Extravaganz für damalige Zeiten.

»Mir ist so, als hätte jemand die Windschutzscheibe des Autos gewaschen, mit dem ich fahre.«

»Und mir, als hätte jemand die Zeit zurückgedreht«, sagte er lächelnd, während er in Mamas Schallplattensammlung stöberte. »Die meisten dieser Platten habe ich vor langer Zeit selbst hierhergebracht.«

Bald darauf gingen wir ins Treppenhaus zurück, um die wiedergewonnenen Farben zu genießen.

»Ich habe überall gesucht, in Lemberg und im Ausland, aber dieses Mosaik ist einmalig. Man findet ab und zu kleinere Glasmalereifenster, aber keine elf Meter hohe Aussparung in der Fassade. Dieses Haus ist an die Malerei angepasst worden, nicht umgekehrt.«

Mich schauderte. Ich hatte schon immer etwas über das Mosaik erfahren wollen.

»Was die Farben angeht«, fuhr er fort, »habe ich zweiundsiebzig zählen können. Im Mittelalter verwendete man zehn. Das hier ist der reinste Impressionismus. Leider weiß niemand, wer es gestaltet hat.« Er hob die Stimme etwas, weil ich auf dem Treppenabsatz über ihm stand. »In den Krakauer Werkstätten der Żeleńskis, wo vor dem Krieg die meisten Lemberger Glasmalereien gefertigt wurden, weiß man nichts darüber.

Erde, Wasser, Himmel – das Bild entwickelt sich thematisch von unten nach oben. Der unterste Teil, die Unterwelt, fehlt – niemand weiß, was damit passiert ist. Dieses Mosaik ist eine Allegorie für den schwierigen Weg des Lebens. Es begleitet jeden, der die gewundene Treppe hinauf- oder hinuntersteigt.«

»Wo kann ich Ihre Vorlesungen hören?«, fragte ich, doch er antwortete nicht. Er nahm seinen Lappen und den Eimer und ging, ohne sich zu verabschieden. Ich kehrte in die Wohnung zurück und notierte alles, was er gesagt hatte.

Aida

Später, als schon viel zwischen uns passiert war, gab Mikolaj meinen Bitten nach und erzählte mir von seinem ersten Abend mit Mama. Nicht vom ersten Mal, als er sie gesehen hatte, sondern von dem Tag, an dem er verstand, dass er sie liebte. Das war im ersten Frühling des Jahres 1986, bei der *Aida*, als während der Vorstellung ein Mensch im Zuschauerraum starb.

Für Mikolaj war es nur ein weiterer Abend, an dem er nach der Arbeit unter einem Vorwand ins Theater gegangen war. Mit einer alten Ledertasche in der Hand, wenige Minuten bevor der Vorhang aufging, betrat er den bis auf den letzten Platz besetzten Saal, küsste unterwegs Nilowna, der betagten Kartenkontrolleurin im blauen Anzug, die Hand. Ihre hohe Frisur und ihr edles Profil signalisierten, dass nun rasch die Sänfte mit der schäbigen Sphinx auf die Bühne getragen würde. Mikolaj erspähte einen Platz in der dritten Reihe. Der besagte Mann saß in der zweiten.

An jenem Abend gestand Mikolaj sich zum ersten Mal ein, dass Mariannas Stimme eine besondere Wirkung auf ihn hatte. Sie schien in seinem Innern eine Tür zu öffnen, deren Existenz er lange schon vergessen hatte. Sie führte in die Karpaten, nach Hrebenne, in das Heimatdorf seiner Mutter. Ein Hirte in Gummistiefeln, Milch direkt von der Kuh und vor allem die Schaukel, zu groß für den Knirps, der er damals war. Wenn er sie ganz hoch schwingen ließ, bis über die Berge, verschwanden Zeit und Gedanken. Stattdessen wurde das Bewusstsein freigesetzt, dass er existierte – die reine ontologische Essenz, die er weder jetzt noch damals benennen konnte. Als Erwachsener fühlte er es wieder, sobald er Mariannas Mezzosopran hörte. Und als die ersten Töne der *Aida* erklangen, sah er vor seinem inneren Auge die ersehnte, ferne Wirklichkeit, während die organischen Augen aus der Perspektive des Fachmanns die Tatsachen zur Kenntnis nahmen: die Unzulänglichkeit des altmodischen Bühnenbildes, die anachronistischen Kostüme und besonders die Hässlichkeit von Amneris' Kleid. Er wusste, dass die kommunistische Partei für diesen schmutzig grünen Ton verantwortlich war.

Sobald die Solisten verstummten und der Chor auftrat, stellte Mikolaj sich einen Fluss voller Fische vor. Groß und klein, bewegten sie sich mit wechselnder Geschwindigkeit in unterschiedlichen Tiefen. Die an der Oberfläche wurden von der Sonne beleuchtet, das waren die Soprane. Darunter wanden sich größere und dunklere, wie Schleifen – die Altstimmen. Den Grund des Gewässers bedeckten schwere, langsame Fische mit langen Barthaaren, die sich kaum vom sandigen Schlamm abhoben – die Bässe. Die Tenöre waren nicht wahrnehmbar. Während er auf Amneris' nächsten Auftritt wartete, rief sich Mikolaj den Inhalt seiner Tasche in Erinnerung. Dort war eine Flasche trockener Tokajer versteckt, die er vor der Vorstellung geschenkt bekommen hatte.

Gegen Ende des zweiten Aktes, als der Pharao Radamès die Hand seiner Tochter versprach und Amneris den Augenblick des Triumphes auskostete, geschah etwas Unerwartetes. Der Kopf direkt vor Mikolaj, den er vorher nicht beachtet hatte, weil er nicht über die anderen hinausragte, schwankte erst nach rechts, dann nach links und sank dann nach unten. Die Frauen, die neben ihm saßen, beugten sich über den Mann. Die eine kreischte:

»Einen Arzt!«

Mikolaj stürzte zu Nilowna, die das Licht im Saal anmachte. Mariannas Stimme zitterte, gab zwei falsche Töne von sich und verstummte. Das Orchester spielte einen Augenblick weiter, als wäre nichts gewesen, dann erstarb es auch. Im Publikum meldete sich ein Arzt. Nach einer kurzen Untersuchung bat er Mikolaj, ihm zu helfen, den Mann auf den Flur zu tragen. Siemiradzkis Vorhang rauschte zur Hälfte nach unten. Ein Raunen ging durch den Saal:

»Aortenaneurysma geplatzt.«

Im schwach erleuchteten Foyer fand Mikolaj ein Telefon, wählte die Notrufnummer 03 und rief einen Rettungswagen. Der langsam erstarrende Körper im schlecht sitzenden Anzug lag neben der Paradetreppe, Nilowna wachte über ihn und verscheuchte die Gaffer. Mikolaj konnte den Blick nicht von der Hornbrille wenden, die an einer Seite mit einer Kette befestigt war. Sie hing quer über dem Gesicht mit den geschlossenen Augen. Es war klar, dass der Besitzer sie nie wieder brauchen würde.

Der Arzt und er gingen nach draußen, keiner von ihnen zog einen Mantel an, beide griffen nach Zigaretten und Streichhölzern. Es nieselte, unter den Kastanien zitterten die Lichter der eleganten Laternen. Es war keine Menschenseele unterwegs.

»Sollte man ihn nicht zudecken?«

Der Arzt, ein schlanker Mann mit grauem Schnurrbart, winkte ab.

»So schnell würde ich auch gern sterben – eins, zwei, drei, vorbei!«, gestand er seufzend.

»Er war noch nicht alt«, stellte Mikolaj fest.

»Sechsundfünfzig«, erwiderte der Arzt und zeigte den Ausweis des Verstorbenen. »Zum Glück hatte er ihn bei sich.«

Achtundzwanzig plus achtundzwanzig sind sechsundfünfzig – ich bin genau in der Mitte des Lebens, dachte Mikolaj und blätterte in Andrej Andrejewitsch Fjetisows Pass. Diese überraschende Rechnung ließ ihn bis zum Ende jenes langen und ereignisreichen Abends nicht los.

Die Vorstellung wurde fortgesetzt. Mikolaj und der Arzt hatten viel Zeit, um sich auszutauschen, und froren bis auf die Knochen, aber ein Rettungswagen war immer noch nicht da. Er tauchte erst auf, kurz bevor die Zuschauer auf den Platz vor dem Theater strömten. Sie lachten und schwatzten, rauchten und spuckten wie immer – nichts deutete darauf hin, dass noch jemand über den Vorfall nachdachte. Ganz offensichtlich war Fjetisow allein in die *Aida* gegangen.

Nachdem Mikolaj seine Pflicht erfüllt hatte, ging er ins Theater zurück. Er wechselte ein paar Worte mit Nilowna, warf einen Blick auf die leere Stelle neben der Paradetreppe und ging nach unten in die Maske. Schon im Flur wusste er, an welcher Tür er klopfen musste. Ihre Stimme hallte wider und wies ihm den Weg.

»Ich war unheimlich erschrocken! Ich habe mich versungen!«, sagte sie verzweifelt. Sie saß vor dem dreiteiligen Spiegel, das auf den Kosmetiktuben liegende, aufgeknöpfte schmutzig grüne Kleid erinnerte an den geöffneten Bauch einer ausgenommenen Forelle. Die Maskenbildnerin half Marianna, ihr Haar in Ordnung zu bringen. Vor nicht allzu langer Zeit war dieses Kleid Gesprächsthema Nummer eins im Theater gewesen: Die neue *Aida*-Inszenierung musste, wie jede sowjetische Aufführung, vor der Premiere von einer Kommission abgenommen werden, die aus einem breiten Kreis von Frauen aus der Partei bestand, die nach versteckten regimefeindlichen Anspielungen oder sonstigen Äußerungen politischer Unkorrektheit fahndeten. Diesmal hatten sie etwas an Amneris' Kleid auszusetzen. Der Regisseur hatte vorgesehen, dass es blau wie das Mittelmeer und golden wie der Schmuck der alten Ägypterinnen sein sollte. Verdächtige Farbkombination! Das musste jedem klar sein: An einem Ort wie diesem durfte nicht einmal die Tochter des Pharao so auftreten.

»Entschuldigung«, sagte Mikolaj. Er stand in der offenen Tür. Bislang hatte er nur einmal persönlich mit Marianna gesprochen: Der Beleuchter hatte sie am Buffet miteinander bekannt gemacht. »Bezaubernde Frau, eiskalte Schlampe«, hatte er Mikolaj gewarnt, bevor sie sich ihrem Tisch näherten.

»Ich habe gehört, Sie haben bei dieser schrecklichen Sache geholfen«, sie senkte ihre Stimme, drehte sich um und streckte beide Hände nach ihm aus. Mikolaj war sich der Theatralik dieser Geste bewusst, ging aber ohne eine Sekunde zu zögern einen Schritt auf sie zu und legte sogar ihre eiskalten Hände an seine Brust. Die Maskenbildnerin verschwand.

Mariannas Hände bewiesen unerwartete Geschicklichkeit, und sie war es schließlich, die den Tokajer öffnete. Sie hatten es mit einem Kugelschreiber versucht, mit einem Schraubenzieher und mit einem Schlüssel. Am Ende gewann ihr Schlüssel, der kurze und kräftige Haustürschlüssel. Er besaß ein untypisches ovales Ende, mit dem sie den Korken in die Flasche drücken konnten, ohne ihn zu zerkrümeln. Sie saßen in dem kleinen, nach der Schauspielerin Zańkowiecka benannten Theater-Café und öffneten den Wein unter dem Tisch – man schrieb die düsteren Jahre der Gorbatschow'schen Prohibition –, und ihre Hände berührten sich immer wieder. Sie bestellten sogenannte Cocktails: Traubensaft mit einer Kugel Eis. Sie waren allein im Saal, im Hintergrund liefen Alla Pugatschowas Hits. Hinter der Theke beobachtete sie aus halbgeschlossenen Trinkeraugen ein dicke alte Frau mit weißer Haube, die sie sich ins Haar geklemmt hatte. Gleich wie – Marianna hatte darauf bestanden, die Oper so schnell wie möglich zu verlassen und etwas zu tun, das ihr helfen würde, den Todesfall im Publikum zu vergessen.

Sie redete ohne Ende. Über den heutigen Vorfall und über die *Aida*-Inszenierungen in anderen Theatern, über Nilownas harte Zeit im Krieg und das Gemurmel der unterirdischen Peltew, das in manchen Winkeln der Oper zu hören war. Und Mikolaj entdeckte, dass jedes der Themen, die sie mit gleichbleibender Begeisterung vorbrachte, auf ihn wirkte wie ihr Gesang – es war wie Christi Ruf an Lazarus. Ihm lief ein Schauer über den Rücken, wie er ihn noch nie gefühlt hatte, verschiedene Teile seines Körpers erwachten zum Leben: Plötzlich wurde ihm bewusst, dass er Knöchel und Zehen an den Füßen hatte, eine Lunge und Rippen, einen Adamsapfel und Wangenknochen, Handgelenke und einen Solarplexus. Die Wärme wanderte seinen Körper rauf und runter, als würde ihn jemand in ein Netz von Sonnenstrahlen einspinnen. Er sorgte sich nur, ob unter seinen Achseln nasse Flecken sichtbar würden, und goss unter dem Tisch den Wein in die Gläser mit den Resten des »Cocktails«. Das letzte Thema, die Verbindung von Oper und Peltew, bewegte Marianna besonders.

»Es besteht kein Zweifel: Die Orchestermitglieder können sie hören«, sagte sie. »Und ich kann nicht aufhören, darüber nachzudenken.«

Mikolaj ging unsicheren Schrittes zur Bar, bat um ein Glas und goss der Frau mit der Haube etwas Tokajer ein. Sie räusperte sich dankbar, trank das Glas mit einem Schluck aus, als wäre es Wodka, schaltete die Pugatschowa aus und verschwand in den hinteren Räumen.

»Ich habe mir vorgestellt, wie Andrej Andrejewitsch und seine leblose Brille von einem Charon mit Nilownas Gesicht die Peltew hinuntergetragen wird«, sagte er, als er zu Marianna zurückkam.

Ihre Stirn ist faltig, kein Wunder bei dieser lebhaften

Mimik, dachte er, und ihr helles, leicht gewelltes Haar prangt triumphaler auf dem Kopf als ein Diadem es je könnte. Eine Amphore, dachte er weiter, sie ist eine Amphore voll unbekannter Flüssigkeit, und ich drohe zu verdursten.

Es gab keinen rationalen Grund, warum sie die Flasche nicht im Café ausgetrunken hatten, sondern versuchten, sie senkrecht in seiner Tasche zu transportieren. Genauer gesagt war das seine Aufgabe, Marianna tastete nur von Zeit zu Zeit mit bloßer Hand danach. Gemeinsam erörterten sie das Schicksal des darin gefangenen Korkens – keine Kraft der Welt hätte ihn dort herausbekommen, ohne das Glas zu zerschlagen. Sie liefen ohne Ziel, streiften sich mit der Ungezwungenheit langjähriger Liebenden an den Mantelärmeln, machten Witze über plötzliche Todesfälle im Theater.

»Kommst du mit mir in den Untergrund der Oper?«, fragte Marianna, nachdem sie sich auf eine feuchte Bank im Kościuszko-Park gesetzt hatten.

»Pionierehrenwort«, erwiderte Mikolaj, holte den Tokajer heraus und nahm einen Schluck. Da regte sich etwas in dem nahegelegenen Gebüsch. Zwei Männer sprangen heraus, und Mariannas Schrei hallte durch den halben Park.

»Bürgerwehr«, sagten die Herren und zeigten ihre Ausweise. »Kein Grund zu schreien, liebe Bürgerin. Ihre Papiere, bitte.«

Sie begriff sofort, was ihr blühte: Alkoholkonsum im Park bedeutete Geldbuße, Meldung beim Arbeitgeber, dort einberufene Partei- und Gewerkschaftsversammlungen. Gegen die Antialkohollinie des Zentralkomitees der Kommunistischen Partei der Sowjetunion zu verstoßen, hatte einen Eintrag in die Personalakte und die Streichung des dreizehnten Gehalts zur Folge.

Das ganze Theater wird über meinen Abend mit dem jungen Bühnenbildner tratschen, dachte sie gleich darauf.

Mikolaj hielt verblüfft den Ausweis des Mannes von der Bürgerwehr in der Hand. Daraus ging hervor, dass er ebenfalls Andrej Andrejewitsch hieß.

»Genosse!«, rief Marianna. »Waren Sie je verliebt? So, dass Sie im Kalten schwitzten, dass Ihr ganzer Leib lebendig war und schmerzte vor Leben und die Kehle Arien sang?«

»Nein«, erwiderte der Bürgerwehrmann, und sein Ton verriet, dass er unsicher wurde.

»Ich liebe diesen Mann. Auf Gedeih und Verderb. Heute habe ich das verstanden. Und wir wollten das feiern. Um das zu beweisen, werde ich etwas für Sie singen, Genosse.«

Marianna stand auf und intonierte leise die *Moskauer Nächte*.

Der Mann, der seinen Ausweis gezeigt hatte, stand neben ihr und hörte zu, der zweite redete derweil mit Mikolaj. Marianna sollte nie erfahren, worüber sie sprachen, und auch nicht, ob dem Hüter der öffentlichen Ordnung diskret ein 25-Rubel-Schein in die Hand gedrückt wurde.

Letzte Station dieses Abends war der Eingang des Hauses, in dem Marianna wohnte. Erschöpft standen sie im Dunkel des Parterres, die Glühbirne im Aufgang war durchgebrannt.

»Mit der Liebe hast du wohl übertrieben«, sagte Mikolaj leise. Er war enttäuscht und angewidert von dem Zwischenfall im Park. Erhofft hatte er sich etwas ganz anderes: dass er ihr erzählen würde, wie er die Schachtel auf dem Dachboden in der Lew-Tolstoi-Straße gefunden hatte, dass er sie küssen würde. Ihm wurde kalt, er spürte die Müdigkeit im ganzen Körper.

Marianna antwortete mit einem so lauten Lachen, dass hinter der Wohnungstür, vor der sie standen, der Boden knarrte und offensichtlich jemand an den Spion trat.

»Was mich wirklich bewegt, ist Musik. Das wundert mich, denn ich bin eher kaltblütig und habe Nerven aus Stahl.« Gleich darauf fügte sie hinzu: »Das war ein Zitat aus den Briefen von Salome Kruschelnytska. Hast du sie gelesen?«

Mikolaj schwieg.

»Aber zurück zu der Glasmalerei. Man weiß weder, wer sie erschaffen hat, noch wann. Ein völliges Rätsel, wie so vieles in dieser Stadt. Ich habe keine Ahnung, wo man Informationen finden kann. Ich habe sie noch nie jemandem im Dunkeln gezeigt. Findest du nicht, das ist eine Auszeichnung für dich und dein Talent?«, stellte sie mehr fest als zu fragen und legte dann ihre Lippen auf die seinen. Bei diesem Kuss blieben beide Münder geschlossen. Dann nahm sie seine Hand und legte sie auf das Glas.

»Hier sind vier Elemente abgebildet. Von oben: Luft, Erde, Wasser und Feuer. Du hast die Hand gerade auf dem Feuer. Der einzige Teil, der nicht erhalten geblieben ist.«

Das Mosaik war eiskalt, und Mikolaj zog rasch seine Hand zurück. Er glaubte plötzlich, am Glas festzufrieren und für immer in diesem Hauseingang bleiben zu müssen. Er ging, ohne ein Wort zu sagen, und bog rasch in die Akademicka ein.

Die Akademicka

Die Straße, die um die Ecke von unserer Wohnung begann, nannten wir Akademicka, obwohl auf den Schildern ein anderer Name stand: Taras-Schwetschenko-Prospekt. Es gab dort drei Kinos, viele Geschäfte und eine Allee von hohen Pappeln auf dem Mittelstreifen, wo früher die Peltew geflossen war. Alle paar Tage ließen Aba und ich uns dort treiben, leider sehr langsam. Ständig musste man in irgendeinem Hafen, also einem Laden, vor Anker gehen. Darin bestand das von mir gehasste Einkaufen.

Die Akademicka begann an einem Platz, auf dem früher der steinerne Sessel des polnischen Dramatikers Aleksander Fredro gestanden hatte, mit ihm selbst darin. Heute allerdings waren Sessel und der, der in ihm gesessen hatte, verschwunden. Nur die Tauben schaukelten auf den schweren Ketten, die den Platz umgrenzten. Jedes Glied endete in einer Steinkugel mit spitzen Dornen. Ein Wettrüsten, dachte ich jedes Mal, wenn ich sie betrachtete.

Die Akademicka, das war auch das Eckhaus mit dem Kino, das nach dem Revolutionär Mikolaj Schtschors benannt war. Und daneben stand ein Automat mit Sprudelwasser, in den man eine Münze werfen musste. Dann schoss die Flüssigkeit aus dem oberen Teil des Fensterchens in ein dickwandiges Glas, das man nach dem Trinken umdrehen und mit dem von unten hochspritzenden Wasser auswaschen musste. Anfang der neunziger Jahre wurden die Gläser mit Ketten befestigt und Ende des Jahrzehnts die Automaten entfernt. Aber ich spreche jetzt von den achtziger Jahren.

Auf den handgemalten Plakaten las ich:

»Andrei Tarkowski. *Nostalghia.*« Vor dem Kino war eine Schlange, so lang wie die halbe Straße.

»Was ist Nostalgie?«, fragte ich Aba.

»Sehnsucht nach der Heimat«, erwiderte sie und wandte den Blick ab. Ich weiß nicht, ob sie an Leningrad-Petersburg dachte, wo sie geboren war und vor dem Krieg gelebt hatte, oder an Polen, von dem sie immer geträumt hatte und das aus Lemberg verschwunden ist.

Hinter dem Kino war ein Laden, der »Galanteria« hieß. Er roch nach Parfum und Schweiß, und ich verstand nicht, was wir dort suchten, wenn wir nichts kaufen wollten. Doch ich folgte Aba gehorsam und versuchte, nicht durch die Nase zu atmen. Auf gläsernen Regalen standen aufgedrehte Lippenstifte wie startende Raketen, Puderdosen rollten wie Panzer neben bedrohlichen Nagellack-Panzerfäusten, dunklen Regenschirmen wie Radare und den geöffneten Fallschirmen der Büstenhalter. Es herrschte Gedränge und Geschrei, fette Damen eilten zur Ladentheke, holten ohne Umschweife ihre blassen Brüste aus den Kleidern und probierten die Büstenhalter an. Aus der Theke ragten schwarze Herrenhandschuhe aus Kunstleder, und mir schien, sie müssten gleich nach dieser faltigen Haut, den brüllenden

Kehlen, den schwammigen Brustwarzen greifen und sie attackieren. Die Frauen, die man in der Akademicka sah, waren wirklich abstoßend: behängt mit Taschen voller Einkäufe, meckernde Kinder hinter sich, sie waren schweißnass und schrien sich gegenseitig an. Anders die Männer. Sie waren reiner und leiser, gingen mit schweren Schritten vorbei, trugen identische graue Mäntel und Hüte mit schmalen Krempen, die sie würdevoll lüfteten, sobald sie einem Bekannten begegneten.

In der Akademicka gab es ein Café Snihuroczka, die »Schneekönigin«, mit zwei identischen Sälen in zwei benachbarten Häusern. Dort arbeiteten eineiige Zwillinge mit violetten Haaren, servierten *Plombier*-Eis in Metallschüsselchen, dazu gab es nach Wunsch Marmelade, Kakao oder Nüsse.

Ich mochte das Geschäft »Chlib«, ukrainisch für »Brot«, und die rotwangigen Verkäuferinnen mit den weißen Hauben im Haar. Sie schrien nie, erinnerten mich an aufmerksame Ärzte, waren sogar noch wichtiger, weil sie die Leute mit Brot versorgten, während vor gar nicht so langer Zeit Menschen verhungert sind. Wir kauften ein »Wecke« genanntes Franzosenbrötchen und einen halben dunklen Laib, wir kauften halbmondförmige Brötchen zu sechs Kopeken und kleine runde zu drei. Damit konnte man sich unterwegs vollstopfen. »Chlib« hatte auch eine Abteilung mit Konditorwaren, dort war es allerdings für gewöhnlich leer. Nur selten erblickte man in den Auslagen die Rundungen von Torten. Dann bildete sich rasch eine Schlange gewiefter Weiber, und sofort war alles wieder weg. Wir waren nicht gewieft. Von einer Torte konnte ich nur träumen, zum Beispiel von einer mit der Kakaosilhouette des Rathauses vor weißem Creme-Hintergrund, mit der unscharfen, wie mit süßem Schnee hingehauchten Aufschrift »Lviv«.

»Diese Creme ist aus Margarine«, sagte Aba, um mich zu trösten. Ich wusste, dass man Margarine ohne Anstehen bekam. Sie roch ungenießbar, und es war eine Beleidigung und Betrug, sie für die »Lviv«-Torte zu verwenden.

Hinter dem »Chlib« lag das Geschäft »Kowbasa«, »Wurst«. Bevor ich hineinging, verschränkte ich die Arme vor der Brust, um in der Menge nicht zerquetscht zu werden. Drinnen waren drei Schlangen. Man wusste nicht, worin sie sich unterschieden, also stellten wir uns an zwei gleichzeitig an, falls eine von ihnen schneller wäre. Die Menge wogte, schob und versetzte mich von einem Ort an den anderen. Ich roch Karakulfelle und Wollmäntel, betrachtete Aktentaschen mit Ziffernschlössern aus der Nähe, schmuddelige Einkaufsnetze und kleine angeleinte Hunde. Die Verkäuferinnen hier waren unerreichbar und unerbittlich wie Königinnen, ihre ausladenden Formen passten kaum in die faltenbesetzten Schürzen. Sie aßen zu viel *Kowbasy*, fraßen sie wie die Schweine, natürlich, denn sie mussten nicht endlos dafür anstehen. Sie schummelten beim Abwiegen, versteckten unter der Theke Ware für Bekannte, und den anderen sagten sie: »Gibt's nicht und kommt nicht wieder rein.« Sie erinnerten an die Menschenhändler aus *Onkel Toms Hütte*, nur die Peitschen fehlten. Ich träumte davon, dass der aus allen Nähten platzende

Laden gegen ihre Herrschaft aufbegehren, eine Revolution anzetteln würde, dass wir gemeinsam gegen sie zu Felde ziehen, sie vom Thron stoßen, die ganze *Kowbasa* mitnehmen, sie brüderlich teilen und uns rasch wieder in unsere Häuser zurückziehen würden. Stattdessen warteten wir geduldig, jeder an seinem Platz. Heute war ausnahmsweise auch Butter »reingekommen«, meine Anwesenheit war also unverzichtbar. Zweihundert Gramm gab es pro Person, und ganze Familien standen an, um möglichst viele Rationen zu ergattern. Meine Schlange war schneller als die von Aba. Ich erreichte die Theke, drückte meine Stirn dagegen und fürchtete, sie könnte unter meinem Gewicht zerspringen, so gewaltig war der Druck von hinten. Erst hier sah ich die Emailletabletts mit pflastersteinähnlichen Brocken unterschiedlicher Sorten sowjetischer Mortadella: mit großen oder kleinen Fettstückchen oder fein, ganz ohne Fett. Ich war so nah am Ziel und dennoch in Sorge, ob die vor mir nicht zu viel nehmen, ob die Verkäuferinnen nicht rufen: *»Skintschylos«* – »ausgegangen«, und demonstrativ das letzte Stück auf die große Metallwaage werfen würden. Aber wir schafften es, und unsere Portion wurde in steifes Papier gewickelt, das sofort dunkle Flecken bekam. Wir drängten zum Ausgang: Bitte Vorsicht mit dem Kind, aufpassen, könnten Sie von meinem Fuß gehen? Was für eine ungezogene Person! Banausin! Ich bahnte mir den Weg, die Fäuste an den Brustkorb gedrückt, und entdeckte am Ende der Schlange meine Urgroßmutter. Aba warf ihr ein nachlässiges »Guten Tag« zu und ging weiter, ich blieb wie angewurzelt stehen, beunruhigt von dem

Gegensatz zwischen ihrem vertrauten Gesicht zu Hause und dem Ausgehhut auf ihrem schütteren weißen Haar und dem schönen Velourmantel mit dem Bernsteinschmetterling am Kragen. War das wirklich sie, der ich täglich auf dem Weg zwischen Bad und ihrem Schlafzimmer über den Weg lief? Sie, die immer ihren Schlafrock trug und vor aller Augen in den Nachttopf pinkelte? Hier, unter fremden Leuten, wirkte sie auf mich wie eine distinguierte Filmheldin, und Abas nüchterne, offizielle Begrüßung verstärkte diesen Eindruck noch.

»Warum muss Urgroßmutter ein zweites Mal in derselben Schlange stehen?«, fragte ich, als wir draußen waren.

Aba antwortete nicht gleich.

»Seit sie sich mit Mama gestritten hat, führen wir getrennte Haushalte.«

Der angriffslustige Ton, in dem sie von Ereignissen vor meiner Geburt sprach, verriet so etwas wie Schuldgefühle.

Wir gingen weiter, in den Laden »Tiutiun«, »Tabak«. Dorthin führte uns eine geheime Angewohnheit von Mama, die niemand erwähnen durfte und die, wie Aba behauptete, ihr die Stimme rauben und ihre Gesangskarriere beenden würde. Decke und Wände waren von Kosakenfiguren bedeckt, halb auf der Seite liegend neben ihren Pferden, im Dunst der eigenen Tabakpfeifen, die schönen dunklen Augen halb geschlossen. Die Füße ragten lang aus den blauen Pluderhosen heraus, die Nägel gepflegt, die *Oseledets*, die Haarlocken, wuchsen in die krausen Mähnen der Pferde hinein. Im »Tiutiun« dösten auch die Verkäuferinnen, und in den Auslagen gab es nichts außer weißblauen Päckchen *Bjelomorkanal*, Zigaretten ohne Filter, die die Arbeiter auf den Baustellen rauchten. Wir aber suchten für Mama *Orbita*-Zigaretten, die ausgerechnet heute »aus waren«.

Als nächstes kam der »Ryba« – »Fisch«. Vor dem Laden stand ein nasser Lkw, daneben ein trauriger Mann mit blauer Schürze, mit Augen und Schnurrbart wie die Kosaken an der Decke des »Tiutiun«. Er fischte mit einem Netz die lebenden Karpfen und reichte sie den Frauen in der Schlange. Einmal haben wir so einen Karpfen gekauft. Er schwamm in unserer Badewanne herum, rosig wie Matisses Frau mit der großen Hand. Man brauchte nur den Stöpsel zu ziehen, um ihn ums Leben zu bringen.

Im Laden »Switocz«, »Fackel«, in den trotz der großen Fenster nicht viel Licht fiel, waren die Auslagen mit einzelnen Bonbons und sogenannten Schokoersatzprodukten gefüllt. Immer roch es dort nach Zigaretten. Der Rauch stieg die Treppen hoch und hüllte den Topf-Fikus in graue Watte. Wir kauften rosa Barbaris-Fruchtbonbons, und ich mied den Blick zu der Treppe aus Angst, ich könnte, sobald ich ihr zu nahekäme, in einen Abgrund entführt werden wie das Entlein aus den tschechischen Volksmärchen, das einen Pakt mit dem Teufel geschlossen hat. Einmal erklärte Aba mir, dort unten im Laden »Switocz« sei eine *Spelunke*. Werktätige suchten solche Orte nicht auf. Die Leute, die dort sitzen, sind Faulenzer und Alkoholiker, sie rauchen und trinken, auch Frauen seien unter ihnen.

Es gibt nichts Schlimmeres auf der Welt als eine Frau, die vor die Hunde gegangen ist. Frauen seien nämlich von Natur aus klüger, schöner und scharfsinniger als Männer, deshalb sei der Absturz eines solchen Wesens viel schlimmer als der Niedergang eines von Natur aus weniger gescheiten Geschöpfes, wie der Mann es ist, erklärte mir Aba. Manchmal saßen die gefallenen Frauen auf den Geländern am Eingang zum »Switocz«. Sie hatten geschwollene Augen, waren grell geschminkt, mit bizarren, unordentlichen Frisuren. Ich weiß nicht, warum sie immer Hosen anhatten, im Unterschied zu Aba und anderen werktätigen Frauen, die ausnahmslos dunkle, wadenlange Röcke trugen. Die überzogenen Gesten und rauchigen Stimmen der gefallenen Frauen verrieten eine Freiheit und Lässigkeit, die die Frauen mit Arbeit nicht kannten. Sie waren faszinierend und abstoßend zugleich, wie Tiger, die hinter den Gittern ihrer Käfige im Zoo auf und ab schleichen.

Am Ende der Akademicka lag ein großer Lebensmittelladen, im Volksmund »Durchzug« genannt, weil man quer durch ihn hindurchgehen konnte. Die Auslagen waren unübersehbar leer, den dicken Verkäuferinnen fehlte der Glanz des »Kowbasa«. Sie waren wie ans Ufer gespülte Seelöwen. Der Handel mit Streichhölzern, Graupen und Wackelpuddingpulver war nicht gerade inspirierend. Von dort bogen wir zum Kino »Ukraina« ab, auch hier wurde *Nostalghia* gezeigt, die Plakate hatte aber jemand anderes gemalt. Durch die geöffnete Tür der Eingangshalle sah man die grünen und roten Lichter der Spielautomaten blinken. Das »Ukraina« befand sich so wie das »Schtschors« in einem Eckhaus. Über dem Eingang sah ich ein Medaillon mit einem eingravierten Leninzitat: »Die Kunst gehört dem Volk.« Wem sollte sie sonst gehören, wunderte ich mich. Hier endete die Akademicka, ich drehte mich um und sah, dass Urgroßmutter uns mit einigem Abstand folgte.

»Warum wohnen wir immer noch bei ihr?«, fragte ich.

»Du hast keine Ahnung von der Wohnungsproblematik«, ärgerte sich Aba. »Woher sollten wir getrennte Wohnungen bekommen?«

Ihrer Verärgerung entnahm ich, dass Aba im Grunde mit Urgroßmutter zusammenwohnen *wollte*, auch wenn sie sie nicht mochte.

Der etwas weiter entfernt gelegene Halicki-Platz hatte ein hohes eisernes Tor. Doch wie hätte es die Flut des Basars aufhalten können, die durch seine schmiedeeisernen Gitter schwappte, um in Form von Topfkakteen, illegalen Schneeglöckchen und winselnden, noch ungeschlachteten Schweinen in geschlossenen Rollkoffern in die anliegenden Gassen zu strömen? Auf dem Platz kündeten keine Schilder mehr von Lebensmitteln. Hier gab es weder Preislisten noch Warteschlangen, niemand sprach sich mit »Genosse« an. Stattdessen hörte man jetzt »Herr« und »Dame«, und sogar »lieber Herr« und »liebes Fräulein«. Die Händlerinnen kamen aus den Dörfern in die Stadt und standen leicht erhöht hinter Bergen von Kartoffeln und Mohrrüben, Eiern und Fleisch. Sie schrien und gestikulierten, ohne sich ihrer dicken, schmutzigen Finger zu schämen. Sie sagten »billiger« statt *»deschewsche«*, »Erdbeeren« statt *»Klubnika«*,

»Quark« statt *»syr«*. Sie scheuten nicht, wie ich, vor den Schweinefüßen zurück, schnitten weiße Käsescheiben ab und gaben sie mir zum Probieren, öffneten Flaschen mit Sonnenblumenöl und gossen mir davon reichlich auf die Hand. Die Marktfrauen trugen Kopftücher, die Käuferinnen Hüte. Die Frauen aus dem Dorf sprachen Ukrainisch, die Damen aus der Stadt Ukrainisch und Russisch. Auf dem Basar war alles sehr teuer. Aba feilschte, und wir kauften nur Allerweltswaren wie Rote Bete und Kartoffeln. Am Ende betraten wir den überdachten Teil, wo nicht mehr unsere lokalen Händler standen, sondern Herren mit dunklen Bartstoppeln, starkem Akzent und grauen flachen Schirmmützen. Auch sie standen auf Podesten, vor ihnen aber ragten Hügel auf, die eine andere Sonne abbekommen hatten – aus Georgien und Armenien brachten sie Granatäpfel und Apfelsinen, Zitronen und Kakis. Bei ihnen kauften vorwiegend Herren mit Hüten ein, sie öffneten ihre großen Taschen mit Zifferschlössern, verstauten behutsam die bauchigen Tüten darin und verschlossen sie wieder bedächtig. Aus dieser Geste las ich ein indirektes Schuldgeständnis, schließlich wussten wir alle, dass das Leben anders geplant gewesen war: Gleich sollten alle Bürger sein und gleich viele Rechte und Pflichten haben, gleich viele Orangen und Aprikosen. Aber es kam anders. Wir konnten uns fast nichts leisten, sie so gut wie alles.

»Als wir während des Krieges nach Kasan evakuiert wurden, hat Urgroßmutter mir ihre Ration Brot überlassen«, sagte Aba unvermittelt. »Ich hatte immer Hunger, weil ich wuchs«, fügte sie hinzu. »Ich träumte von der

Brotrinde, die ich vor dem Krieg immer unter meinem Tellerrand versteckt hatte.«

Ich drehte mich um, um noch einmal Urgroßmutter in ihrem Mantel und mit Hut zu sehen. Ich war sehr überrascht, als sie mir einmal Fotos aus ihrer Jugend zeigte, auf denen sie unterschiedliche Karnevalskostüme trug, einen Turban mit Feder, ein Kleid mit Sternenmuster, elegante Pluderhosen. Als sie von den Kostümbällen erzählte, die sie geliebt hatte, erwachte sie zum Leben. Sie begann, ausführlich den Stoff und Schnitt jener Kreationen zu beschreiben, und gestand mit gedämpfter Stimme, dass sie einmal an Silvester fast verbrannt wäre, als die Schleppe ihres Kleides sich an den Weihnachtsbaumkerzen entzündete – das war noch vor dem Krieg, in Leningrad. Während sie davon erzählte, hob sie immer wieder die Hand zu ihrem Haar, als wollte sie eine erlesene Frisur zurechtrücken. Auf die Pflege von Haar und Fingernägeln legte sie großen Wert, anders als beim Rest ihres Körpers. Sie ging zum Friseur, der ihr eine Pagenfrisur schnitt, und später rasierte sie sich selbst mit einem Rasiermesser den Nacken aus. Als ich kleiner war, habe ich einmal dieses Rasiermesser mit einer Nagelfeile verwechselt und mir in den Finger geschnitten – das Blut floss in Strömen, wie bei Jesus auf dem Bild. Bei der Gelegenheit erfuhr Mama, dass ich mich nicht an ihr Verbot hielt, und war sehr böse auf mich. Mich aber zog es weiterhin in die dunkle Höhle mit dem Klavier.

Schwer mit Einkaufstaschen beladen gingen wir auf der Mitte der Akademicka nach Hause, ohne weitere

Geschäfte aufzusuchen. Trotzdem fand ich, dass wir zu langsam gingen, bei jeder Pappel haltmachten.

»Warum kriechen wir wie Schildkröten?« Ich war selbst überrascht von der Schärfe meines Tones. »Warum kannst du nicht so schnell gehen wie ich«, fragte ich weiter, weil Aba nicht reagierte. »Ich weiß, dass du krank bist. Aber warum bist du krank? Sag mir, warum ist das so?«

Sie antwortete noch immer nicht, was bedeutete, dass ich eine Grenze überschritten hatte, die nicht überschritten werden, eine Frage gestellt, die nicht gestellt werden, Worte gesagt, die nicht gesagt werden durften. Doch rückgängig machen ließ sich das nicht. Das Wort entschlüpft als Spatz und kommt als Ochse zurück – deshalb verbrannte ich endgültig alle Brücken hinter mir:

»Ich will dir nicht hinterhertrotten! Das hält man nicht aus! Ich will laufen! Ich habe diese Taschen satt!«

Ich drehte mich um und ging mit raschem Schritt weiter. Sie blieb allein zurück, apathisch und schweigend, und ich lief davon, war gleich darauf am Ende der Allee, oder ihrem Anfang, je nachdem von welcher Seite man guckt. Ich hüpfte auf einem Bein und fühlte mich immer schlechter, beäugte Aba weiter, sah ihre krummen Beine in den geflickten Strumpfhosen, umgeben von einer Traube Einkaufsnetze, die sie nicht schleppen konnte, die Wecken und die Wurst standen heraus. Wenn sie nur sorglos und frei wäre, dachte ich, nicht langsam und krank. Wenn sie sich mit etwas anderem beschäftigen würde als mit Einkaufen und Kochen, wenn sie nur endlich aufhören würde, mich zu quälen. Ich wusste, dass das gemeine Gedanken waren, aber was sollte ich tun, wenn sie mir doch in den Sinn kamen? Dann war ich bestimmt auch selbst gemein, da hatte ich den Salat. Aus dieser Gemeinheit gab es kein Entrinnen, sie hatte mich in ihrer Gewalt. Ich war schon zu weit weggelaufen und wusste auch nicht wohin. Zu Hause wartete niemand auf mich. Da stand ich reglos auf dem Rasen, statt Fredros, den die Polen zu sich geholt hatten, guckte zum Kino Schtschors. Die Schlange hatte sich zerstreut, der Film lief längst. Ich fütterte die Tauben mit dem Rest Wecken, schaukelte auf den Dornenketten. Aba hatte bestimmt Urgroßmutter getroffen, die ihr half, auch wenn sie älter war, denn immerhin war sie gesund. Irgendwie würden sie es gemeinsam nach Hause schaffen. Ich beschloss, bis zum Abend alleine hier zu bleiben. Ich hatte begriffen, dass ich ein böses Mädchen bin, und böse Kinder müssen einsam bleiben.

Der italienische Hof

Wir begegneten uns nie auf den staubigen Fluren der Akademie der Künste, an der er lehrte und ich studierte, aber immer öfter sah ich ihn im Stadtzentrum. Jeder von uns war eine Frucht Lembergs, ein von dieser Stadt ausgebrütetes Ei, geschlüpft auf ihren Straßen und in sie eingeschrieben: Er war der gekreuzigte Heilige, der Schmerzensmann auf der Boim-Kapelle, ich das in ihren Sockel gemeißelte Löwenmaul, er die geborstene Treppe in der dominikanischen Kirche, ich die abgewetzte, tannenzapfenförmige Klinke an der Tür des Renaissance-Hauses, er das gewölbte Pflaster in der Piekarska, ich der Klöppel der vor Kurzem noch tonlosen Glocke auf dem Turm von Korniakt. Schon immer waren wir durch dieselben Straßen gegangen, erst jetzt begannen wir, uns zu erkennen – Guten Tag – Hallo – Wie geht es Ihnen – Was gibt es Neues? Ich bewunderte, mit welcher Anstrengung er seinen von Trauer überladenen Kopf trug. Es schien mir, als zerreiße ihn ein Kummer, der über die Kraft eines durchschnittlichen Menschen hinausgeht. Er führte mich hier und dort hin, zeigte mir hässliche Gedenktafeln, die jüngst an schönen Häusern sprossen, kritisierte die Gestaltung der neuen Denkmäler und rühmte die vorzüglichen Anatomiekenntnisse der alten Bildhauer. Immer hatte ich versucht, die Stadt wie ein Buch zu lesen, nun stellte sich heraus, dass er derjenige war, der ihr Alphabet kannte. Als wir vor der Fassade eines Wohnhauses standen, von dem der Putz abblätterte, sagte er:

»Das ist Jiddisch: ›Kaffee, Tee, Milch‹. Jedes Jahr im Frühling häutet Lemberg sich und legt an seinen Fassaden Buchstaben aus verschiedenen Alphabeten frei. Die jetzigen Machthaber behandeln das Phänomen wie eine gefährliche Krankheit. So etwas wie einen Ausschlag. An einem Ort ausgelöscht, tauchen die Symptome an immer neuen wieder auf. Doch die Quacksalber sind von ihrer Qualifikation und der gewählten Therapie überzeugt.«

»Und es gelingt nie?«

»Bislang nicht. Aber ... es wird nicht mehr lange dauern. Für mich ist die Glasmalerei in deinem Treppenhaus die letzte kulturelle Membran der Stadt. Wenn sie zerreißt, ist Lemberg nicht mehr zu retten.«

»Der Untergang Roms?«, fragte ich unsicher.

Er sah mich eindringlich an, vielleicht zu sehr, und dieses tiefe Durchdringen seines Blickes machte mir Angst. Ich blickte auf seine Hand, der Ring an seinem Finger war wie ein Siegel meiner Unantastbarkeit. Er liebkoste mit seinem Blick die jüdischen Denkmäler ebenso zärtlich wie den gläsernen Baum in unserem Treppenhaus. Ich senkte den Blick auf seine alten Schnürschuhe, schwarz und glänzend wie die Vinylplatte mit den besten Opernaufführungen, nach der in unserem Haus seit Jahren niemand mehr gegriffen hatte.

»Wo kann man Ihre Vorlesungen hören?«, fragte ich, aber er tat so, als hörte er mich nicht, war wieder abgetaucht in seinen allwissenden Kummer, zu dem ich keinen Zutritt hatte.

»Ich lade dich morgen zum Kaffee ein, um vier auf dem italienischen Hof«, sagte er, als ich schon glaubte, er hätte vergessen, dass ich neben ihm stand. »Auf Wiedersehen!« Er winkte mir kurz zu, ohne auch nur einen Schritt von den Buchstaben an der Fassade zurückzutreten, als wollte er, dass sie für immer an diesem Ort konserviert blieben.

Am nächsten Tag trafen wir uns auf dem Arkadenhof, wo einmal ein Veteran aus dem Afghanistankrieg als Verkörperung des Romeo ohne Sicherungsseil vom zweiten Stock direkt in Julias Arme gesprungen war. Noch früher war König Jan Sobieskis Frau Marysieńka hier spazieren gegangen. Jetzt aber waren weder Romeo noch Marysieńka hier, nur die grauen Mitarbeiter des Historischen Museums huschten auf den Balkonen hin und her, und unten an den Tischchen saßen Herren mit Bärten und Damen mit hochhackigen Schuhen, die sich den Kaffee und das Gespräch über Kunst leisten konnten. Schlitzäugige Kellnerinnen balancierten ihre Tabletts an der weiß gestrichenen Temida-Statue vorbei, die vielleicht auch Schlitzaugen hatte, man konnte das nur nicht wissen, weil sie ein für alle Mal verbunden waren. Das war gut so, sonst hätte sie gesehen, wie die polnischen Studenten auf den Hof gelangt waren. Sie hatten dem Wachmann am Eingang gesagt, sie würden einen Kaffee trinken gehen, und saßen dann unter den Arkaden, ohne etwas zu bestellen, und machten kostenlos Fotos von jedem einzelnen Arkadenbogen, phantasierten dabei vom Sieg bei Wien und ignorierten die horrenden Haushaltslücken des ukrainischen Museums.

Mikolaj war schon da, das Gesicht hinter Rauchschwaden verborgen. Er rauchte die mir wohlbekannten *Orbita*, und seine Hände nahmen die ganze Tischplatte ein. Ich setzte mich neben ihn, konnte mich aber nicht auf das Gespräch konzentrieren, dachte obsessiv an meine Beine, die unter dem Tisch in einem kurzen, engen Rock steckten – ich trug sonst im Alltag selten etwas anderes als Jeans. Der Kaffee, den er für mich bestellt hatte, schmeckte süß und bitter. Darin verbarg sich etwas wie Fruchtfleisch, ich zermahlte es mit der Zunge und schluckte es runter.

»Zu Hause trinke ich löslichen Kaffee«, gestand ich.

»Schmeckt dir der hier?«

»Ja«, log ich.

»Er heißt *Fort*, wird von Przemyśl nach Lemberg gebracht. Eine Packung kostet eine Hrywna auf dem Halicki-Platz. Ich brühe mir fünf, sechs solcher Kaffees täglich.«

Ich hob den Blick zu ihm und sah, dass ihm statt der langen Haare Kaffeesatz von *Fort* auf dem Kopf wuchs, bitter und süß. Mein Herz verkrampfte sich. Kaffee wirkt vor allem auf das Herz, sagte Aba immer. Jeder seiner Finger war eine brennende Zigarette, er hüllte den Hof in Rauchschwaden, so wie ich es einmal im Fernsehen gesehen hatte, als Alla Pugatschowa ein trauriges Liebeslied sang. Was Aba wohl sagen würde, wenn ich anfange, so ungesunden Kaffee zu trinken. Es spielt keine Rolle, ich bin volljährig und habe heute, zu meiner eigenen Überraschung, einen Minirock angezogen. Ich schluckte die letzten Kügelchen Kaffeefleisch herunter und spürte, wie meine Beine sich aus dem Rock lösten und zu einer eigenständigen Klettertour über die Arkaden aufbrachen. Gar nicht übel, meine Beine, dachte ich unwillkürlich, schlank, eingefasst in eine schwarze Strumpfhose, auf der die Sonnenstrahlen spielten. Ich wollte nach ihnen greifen und sie rasch wieder an Ort und Stelle setzen, nur war der Rock keine allzu effektive Falle, und sie hatten schon Gefallen an den höchsten Partien des Hofes gefunden, kletterten darauf herum wie Katzen, während ich, beinlos und unbeweglich, ihre Rückkehr abwarten musste, ehe Mikolaj merkte, was vor sich ging.

»Hast du Lust auf einen Spaziergang?«, fragte er und drückte seine Zigarette aus.

Ich stimmte erleichtert zu. Als wir über den Markplatz gingen, waren alle Teile meines Körpers wieder unter Kontrolle und funktionierten zuverlässig wie die in der deutschen Wilhelm-Stiehle-Fabrik gefertigte Rathausuhr. Wir näherten uns der Boim-Kapelle, als er sagte:

»Sag du zu mir.«

Ich nickte, doch schon im nächsten Satz stieß ich statt eines leichten und selbstsicheren »Du« nur auf und verschluckte mich. Ich konnte es nicht einfach so sagen, fühlte mich unwohl, ich brauchte Zeit, mich daran zu gewöhnen. Wir betraten irgendeinen Hauseingang, stiegen die Treppen hoch, drückten uns an altem Gerümpel vorbei. Das ungehobelte Holz riss mir zwei Löcher in die Strumpfhose. Egal, dachte ich, geschieht ihnen recht nach dem, was sich meine Beine auf dem italienischen Hof mit mir erlaubt haben. Wir standen auf einem kleinen Balkon, der Turm der Kathedrale war zu nah. Ich hatte den Eindruck, er müsse uns gleich auf die Köpfe fallen.

Ich fürchtete, er würde mich jetzt küssen, doch er fing an zu reden, beugte sich über die Brüstung, wandte sich einmal zu mir und kehrte dann wieder zu der Pose *urbi et orbi* zurück.

»Weißt du, dass mein Vater Direktor der Oper war? Ich habe meine ganze Kindheit dort verbracht, kannte alle Inszenierungen auswendig. Als ich sieben war, brach während des *Nussknackers* auf der Bühne ein Feuer aus. Der Feuerschutzvorhang wurde heruntergelassen, er trennt die Bühne vom Zuschauerraum. Panik brach aus, die Leute stürzten zu den Ausgängen. Aber ich hatte überhaupt keine Angst. Ich saß da und dachte, dies sei ein interessanteres Bühnenbild als das vorherige. Damals begriff ich, dass ich Bühnenbildner werden wollte, auch wenn ich das Wort dafür noch nicht kannte. Hat deine Mama dir erzählt, dass während der *Aida* einmal ein Zuschauer gestorben ist?«

Er konfrontierte mich mit Dutzenden von Opernerinnerungen, wie Steine aus einer Schleuder, und ich wuchs in den steinernen Boden des Balkons hinein. Ich fürchtete das Feuer so sehr wie die Zuschauer des unseligen *Nussknackers* – denn seine Worte entzündeten in mir die erloschene Flamme des Schmerzes, zerstörten das mühsam erarbeitete Gleichgewicht, schienen Unheil zu verkünden. Ich wusste, dass ich diesmal nicht damit fertigwerden würde: Zuerst würde die Kathedrale in Brand geraten, von dort würde das Feuer auf die umliegenden Häuser überspringen, den Balkon, auf dem wir stehen, erfassen und dann die ganze Stadt verschlingen – so geschehen im Jahre 1527. Und danach fragten sich die Einwohner, ob es sich lohne, Lemberg an derselben Stelle wiederaufzubauen.

»Ich muss gehen«, rief ich und lief die Treppen hinab, wobei ich versuchte, die Löcher in meiner Strumpfhose mit den Händen zu verdecken. Er ging mir nach, ohne seine Schritte zu beschleunigen. Auf meine Abschiedsworte antwortete er nicht.

Die Demonstration

Ich lag auf der Erde, umklammerte ihre Beine. Aba hielt ihre Arme. Sie schaute keine von uns beiden an, lehnte sich aus dem weit geöffneten Fenster, hatte vergessen, es mit dem Haken zu befestigen. Menschenmassen strömten in unsere schmale Straße und stauten sich teigig vor den Stufen des Milizgebäudes.

»Festgenommen? Wie viele? Um wie viel Uhr?«, rief Mama in den Hörer.

Es war der Lärm vor dem Fenster, der Aba und mich in ihr Zimmer geführt hatte.

»Wir müssen um jeden Preis ein Blutvergießen verhindern. Ich komme runter.«

Leichter gesagt als getan. Ihre Arme und Beine waren in lebende Fesseln gelegt.

»Die Menge tobt. Sie haben Steine in den Händen. Wenn sie versuchen, die Dienststelle zu stürmen, wird es nicht dabei bleiben. Die Miliz braucht einen Vorwand, um Gewalt anzuwenden. Ich muss dorthin.«

Meine Finger schlossen sich noch fester um ihre Knöchel.

»Ha …?«, fragte Aba vielsagend.

»Wjatscheslaw Maksimowitsch ist schon unterwegs, aber bevor er eintrifft, kann viel passieren.«

Sie begann, mit den Beinen zu strampeln, versuchte

erfolglos, sich zu befreien, fragte die Person am anderen Ende der Leitung:

»Handelt es sich bei den festgenommenen Jungs um Studenten?«

Das dunkle Fleckchen Parkett, auf dem mein Gesicht lag, roch nach Staub. Irgendwann hatte irgendein Fuß eine kleine, krumme Rille hineingegraben, die mich anzog. Wenn ich mich nur so klein machen könnte wie der Däumling, und Mama auch, sie an der Hand nehmen wie die alte Feldmaus Däumelinchen und sie durch die Ritze unter die Erde führen, wo uns ein Zimmerchen mit gedecktem Tisch erwartet, in einem netten weißen Häuschen am Ufer eines Flusses, desselben, auf dem Marie mit dem Nussknacker gesegelt ist, nachdem der sich wieder in den hübschen Prinzen verwandelt hatte.

In der Zwischenzeit hatte sie sich zur mir herabgebeugt und mit einigen geschickten Griffen meine Hände geöffnet, ohne mich auch nur anzusehen. Die Ouvertüre war verklungen, die Flötisten waren rauchen gegangen, der Kontrabassist lehnte an der Sessellehne, und nur die Geiger warteten achtsam auf den wie immer starken Einsatz der Solistin.

Ich hörte die Wohnungstür ins Schloss fallen. Ich beugte mich aus dem Fenster, sah, wie sie sich den Weg zum Eingang der Dienststelle bahnte, sah, wie die Menschen auseinandertraten und eine Gasse für sie bildeten, wie sie ihren dreisilbigen russischen Namen skandierten. Sie ging etwas unsicher, aber nur wegen der hohen Absätze, die auf den Pflastersteinen rutschten. Sie trug ein blaues Kleid mit Puffärmeln, die von ihren Schultern abstanden. Sie erreichte die Stufen am Eingang, nahm die erste, machte mit den Armen eine Geste, als wollte sie sich in die Lüfte schwingen. Die Menschen wurden etwas ruhiger.

»*Oi, auf der Wiese steht gebeugt der Rote Schneeballstrauch,*

Oi, wie betrübt sehen wir unsere ruhmreiche Ukraine«, intonierte sie in einem grauslichen Sirenensopran, und die Menge stimmte mit tiefen, bösen Stimmen in das Lied ein.

»*Oi, auf dem Felde wogt golden der Sommerweizen,*

wenn die Sitscher Schützen den Moskowitern einheizen …«

Ich traute meinen Ohren nicht. Sie hatte mit Tschornowil vereinbart, diese Strophe immer auszulassen. Nicht aus Angst vor den Machthabern – um Gottes willen –, sondern um die nationale Spaltung nicht noch zu betonen und niemanden mit russischen Wurzeln zu verletzen.

»Brüder!«, rief sie nach der letzten Strophe. »Wozu haben wir uns heute an diesem Ort versammelt?«

»Unsere Jungs«, schallte es von unten herauf, »wollen wir befreien …«

»Seid ihr einverstanden, dass ich eure Abgesandte bin, dass ich in eurem Namen zur Miliz gehe und herauszufinden versuche, ob es irgendwelche Gründe gibt, sie im Arrest zu behalten?«, fuhr sie fort, und mir wurde klar, dass sie ihre Stimme gerade überstrapazierte. Da halfen auch die rohen Eier, die sie trank, und die Kräuterumschläge nicht. Heute Abend wird sie nicht auftreten können, und nicht einmal Maria Pietrowna von der

Personalabteilung, die fröhliche Dicke, die sich immer an den ersten zwei Tagen ihrer Periode für die Sängerinnen einsetzte, wird sie entschuldigen können. Diese Tage sind für jede von ihnen ein offizieller Grund, sich krankzumelden. Pietrowna führte einen öffentlich zugänglichen Kalender über den Zyklus der Sängerinnen, und wenn ein Termin nahte, prophezeite sie: »Am dritten wird die oder die ausfallen.« Was Mama getan hatte, war auch ein »Ausfallen«, von dem die Zuschauer allerdings nichts erfahren würden. Sie werden den Siemiradzki-Vorhang mit ihren vergoldeten Operngläsern mustern, werden dann vor Ungeduld mit den Fingern auf den Lehnen der Samtsessel trommeln, und dann kommt der Theaterdirektor auf die Bühne und verkündet, dass die Primadonna heute nicht auftritt, weil sie gerade für die Unabhängigkeit der Ukraine kämpft. Werden sie bei dieser Nachricht von ihren Plätzen hochfahren und Beifall klatschen? Werden sie die Libretto-Heftchen zertrampeln und einhellig zum Ausgang streben, um zu uns zu laufen und unter unseren Fenstern die *Tscherwona Kalyna* zu singen? Oder wird Marianna ganz einfach von einer der anderen Solistinnen vertreten werden, die seit Langem auf eine Gelegenheit warten, sie aus dem Theater zu ekeln?

Sie war aus freiem Willen zur Miliz gegangen. Sie würde dort übel zugerichtet und getötet werden, dachte ich, ging ins Bett und versuchte, mich in den Schlaf zu retten. Meine Puppen waren sehr erschöpft, alle drei. Alina, Arina und Aglaja. Sie hatten ein eigenes Zimmerchen am

Fußende meines Bettes, und in dem Zimmerchen alle notwendigen Möbel: Couchs, ein Tischchen und sogar einen Schrank, der sehr echt aussah. Ich hatte ihnen auf einer Singer-Nähmaschine Kleider genäht, ich kämmte sie und flocht ihnen Zöpfe. Wenn sie unartig waren, zog ich sie aus und haute sie auf die nackten Popos. War ich wütend, zerstörte ich mit meinen Füßen ihr ganzes Haus, trat auf die Möbel, das Geschirr und die Kleider, und am nächsten Tag richtete ich alles wieder her, und sie setzten sich frisch gewaschen und gekämmt, in schönen roten Schühchen, zum Tee. Meine Puppen traten auf einer Bühne auf, sie konnten singen, aber eher Popmusik wie Sofia Rotaru, keine Opern wie meine Mama.

»Das ist Widerstand durch Gesang«, sagte Aba zu jemandem im angrenzenden Zimmer, und in ihrer Stimme schwang Erschöpfung mit. »Typisch für das ukrainische Volk. Was bleibt ihnen auch noch?«

Ich konnte schlafen – anders als die Menschen vor meinem Fenster, die nicht nach Hause gegangen waren, ihre Transparente nicht eingerollt und sich nicht beruhigt hatten.

»Sie singen schon seit zwei Stunden!«, sagte Aba zu jemandem am Telefon, als ich aufgewacht war. »Marianna? Sie ist leider immer noch im Milizgebäude.«

Sie legte auf und ging auf den Balkon. Sie sah die Metalltür, die sich hinter ihrer Tochter geschlossen hatte. Bestimmt dachte sie an die sowjetische Redensart: »Ein Mensch verschwindet, als hätte es ihn nie gegeben.« Einen Augenblick lang stellte sie sich vor, dass die in der schmalen Gasse zusammengedrängten Menschen einfach eine Schlange bildeten, eine von vielen in diesem weiten Land des Mangels, nur dass sie jetzt nicht für Wurst, Butter oder Kapron-Strumpfhosen anstanden, sondern, um verhaftet zu werden, jeder einzelne von ihnen, weil sie das, was in diesen Gefilden Freiheit genannt wurde, nach all den Zeiten in Sibirien, Kasachstan und der Irrenanstalt einfach nicht länger ertragen konnten.

»Wo ist sie nun wieder hin? Sie werden sie vergewaltigen, foltern, ihr den Hals umdrehen. Weißt du nicht mehr …?!« Urgroßmutter sprach entsetzlich laut, nur um dann plötzlich vielsagend innezuhalten. Das machte sie immer so, denn die Wörter *Verhaftungen*, *Repressionen* und *1937* kamen ihr nicht über die Lippen.

»Leise, leise, leise«, beruhigte Aba sie und schob sie sanft vom Balkon. »Das Kind schläft.«

»Weg, Idiotin!«, fauchte Urgroßmutter sie an. Sie blieb an meinem Bett stehen und sah mich so lange an, bis ich die Augen öffnete. Wenn in unserem Haus jemand zu untypischer Zeit schlief, fürchtete Urgroßmutter, er könnte gestorben sein, und versuchte, ihn mit allen Mitteln aufzuwecken. Diese Angewohnheit hatte sie aus dem Krieg, als sie viele Male Zeugin des menschlichen Todes geworden war. Ich sah ihr Gesicht über mir, mit den schief aufgemalten Augenbrauen und der langen Spalte der Lippen. Wie ist es möglich, dass sie immer noch eine Frau ist?, dachte ich und blickte sie durch meine Wimpern an.

Plötzlich erschien Mama in Gesellschaft zweier Majore auf dem Balkon des Milizgebäudes. Sie standen so nah neben ihr, dass ihre Schulterstücke die Puffärmel an ihren Oberarmen berührten, den dünnen Stoff zerknitterten. Die Jugendstil-Brüstung war zu hoch, als dass Aba Mamas Hände hätte sehen können. Bestimmt waren sie in die verschlungenen Pflanzenornamente des Balkongeländers hineingewachsen, das die Mitarbeiter der Einrichtung nur durch ein Versehen noch nicht gewaltsam geradegebogen hatten. Mutter und Tochter befanden sich auf gleicher Höhe, aber Marianna sah nicht zu Aba herüber. Sie rief den Versammelten zu:

»Verehrte Gemeinde! Brüder!«

Ein Raunen ging durch die Menge.

»Unsere Jungs werden gleich freikommen! Die Herren neben mir haben mir ihr Wort gegeben.« Sie hielt kurz inne und fügte dann hinzu: »Aber uns geht es hier heute um mehr. Das Wichtigste ist, dass die Mauern in Kürze fallen und der Lüge ein Ende gesetzt wird.«

Beifall erklang, jemand stimmte wehmütig die *Tscherwona Kalyna* an, das Menschenmeer wogte, spie die beiden festgenommenen Studenten aus und verschlang sie kurz darauf wieder.

»Sie leben hoch! Hoch! Hoch!«, wurde ihnen zu Ehren gerufen, und es begann zu nieseln. Aba hatte ihre feuchte Brille abgesetzt.

»Freunde«, rief Wjatscheslaw Tschornowil, der endlich die Treppe zum Milizgebäude erreicht hatte. »Zeit, nach Hause zu gehen.«

Seine Worte waren ein Befehl: Das Meer drohte erneut, die Ufer der Häuser zu fluten, und im Puppenzimmer war ein Sturm aufgezogen. Boden, Betten und Tische schwankten, die Türen des kleinen Schranks gingen auf, und heraus fielen Blusen, Röcke und am Ende eine kleine Tasche mit den Dingen, die jeder Sowjetbürger für alle Fälle im Haus haben sollte.

Ich hörte Mamas Stimme, sie war zurück. Sie packte, musste dringend nach Kiew, obwohl niemand sie bei der Abendvorstellung vertreten konnte. Egal, sie wäre heute ohnehin nicht in der Lage gewesen, zu singen.

Ich lag im Bett und lauschte ihren Worten, horchte auch auf den abklingenden Lärm draußen vor dem Fenster.

»Oi, Kalyna auf der Wiese,
Oi, Kalyna auf der Wiese,
Kalyna-Kalyna …«

»Noch ein Stück über die Kalyna?«

»Dieses hat Salome Kruschelnytska gemocht.«

»Kalyna-Kalyna …«

Wie schön sie sang! Kurz darauf lag ich wieder neben ihr auf dem Boden, so als hätten wir uns seit dem Morgen nicht vom Fleck gerührt. Ihre schlanken Beine waren umhüllt vom Netz der schwarzen, vom Schweiß leicht feuchten Strumpfhose, die lange nicht rasierten Härchen piekten, und sie rochen ein bisschen nach unfrischem Körper, so wie manchmal ihr Bett roch, wenn sie morgens aufstand und unter die Dusche ging, ohne zu wissen, dass ich währenddessen reinkroch und mich in ihre Laken hüllte. So unhygienisch, hätte Aba gesagt, aber für mich enthielt dieser Geruch Substanzen, die ich zum Leben brauchte. Ich versuchte, ihn dem zerknitterten Stoff zu entreißen und für mich zu behalten, aber er verflog sogleich, und ich blieb allein zurück, mit offenem Mund und gespreizten Fingern.

»Fahr nicht!«

»Ich muss. Es ist sehr wichtig. Da ist etwas, was niemand außer mir erledigen kann.«

»Du hast immer wichtige Sachen zu erledigen. Ich hasse diese Sachen.«

Sie ignorierte meine Worte und das Gewicht meines Körpers an ihren Füßen, blätterte in irgendwelchen Unterlagen und packte einen Teil davon in ihren Koffer.

»Oi, auf der Wiese …«

»Ich verspreche, dass ich nicht stören werde. Ich sage kein Wort, als wäre ich taubstumm.«

Sie unterbrach ihren Gesang und sah mich unter ihren naturschwarzen Augenbrauen, die gewölbt waren wie die Streben eines schmiedeeisernen Balkongeländers der Renaissance, an, mit einem Blick, dem ich nur Sekunden standhalten konnte. Die folgenden Worte landeten wie Schläge auf meinem Haupt:

»Dort! Wo! Ich! Hinfahre! Ist! Kein! Platz! Für! Kinder!«

Ich lockerte meinen Griff. Wozu sollte ich sie halten, wenn sie sowieso zum Himmel fahren würde, eingehüllt in Wolken wie Federbetten, sich aufschwingen würde in unerreichbare Höhen.

»Bleib bei mir.«

»Geh sofort zurück an die Hausaufgaben! Zu deinen Puppen! In einer halben Stunde kommt mein Taxi, ich muss packen!«

Mit der Nase im Staub kroch ich zur Tür. Jetzt würde

sie bis zu ihrer Abreise nicht mehr singen, und das war meine Schuld. Auf dem tränennassen Bezug der Couch erschien ein Stadtplan, auf dessen verschlungenen Straßen noch immer Droschken verkehrten, mit der gleichen Funktion wie heute die Taxis, und ich stellte mir vor, dass eine von ihnen, mit verhängten Fenstern, auch eine Sängerin transportierte, nicht Mama, sondern Salome, und nicht zum Bahnhof, sondern zur Oper.

Aba hatte gerade gekocht und setzte sich in ihr Zimmer. Aus der schwarzen Schatulle, auf deren Deckel das Profil eines Mannes mit großer Adlernase eingraviert war, nahm sie Zeichnungen. Sie verließ mich nie. Ihr taten die Beine weh, sie konnte nicht weg.

Sie zeigte mir Porträts von Opernsängerinnen, die sie in ihrer Jugend mit der Zeichenfeder oder in Aquarell gefertigt hatte.

»Ich weiß, dass du Medizin studieren musstest«, sagte ich, »aber du hättest doch in deiner Freizeit weitermalen können.«

»O nein, nein, nein, meine Liebe, ganz sicher nicht während des Medizinstudiums, dazu in der neuen Sprache, die ich gerade erst lernte. Jeden Abend nahm ich mir ein ukrainisches Buch und las es laut, bis ich heiser war.«

»Und nach dem Studium?«

»Hast du mal was von der *Zuweisung* gehört? Niemand bekam in diesen Tagen unmittelbar nach dem Studium Arbeit in Lemberg. Für einige Jahre landete ich in einem abgelegenen Dorf in der Gegend von Sambor. Ich habe dort ein bisschen gezeichnet, aber ich hätte einen

Lehrer gebraucht. Da ich keinen hatte, bin ich nicht über das Niveau einer Amateurin hinausgekommen.«

In diesem Dorf entdeckte sie zum ersten Mal, wie sehr ihr Lemberg fehlte. Die ausladende Kastanie auf dem Hof, die ihre Äste jeden Frühling immer weiter auf den Balkon schob – als wollte sie ihr die helfende Hand eines Riesen reichen und sie irgendwohin versetzen, wo sie allein nicht hinkam.

Als sie im Jahr 1944 nach Lemberg zog, bestand ihr Leben aus Gerüchen und Lauten, für die Farben musste sie selbst sorgen. Im Zimmer ihrer Mutter stand ein Klavier, abends drangen Tabakgestank und Geklimper durch den Türspalt, auch das Knallen von Militärstiefeln und das Klackern von Damenabsätzen, abgewechselt von dröhnendem Gelächter. Sie schloss die Tür und wickelte sich ein Handtuch um den Kopf, sie malte Porträts von Operndiven, Porträts von Bekannten, sie malte den Jüngling mit dem markanten Profil.

»Deine Farben stinken. Mach die Tür zu, wenn du malst«, hörte sie ihre Mutter sagen.

Eines Morgens stand Urgroßmutter im Schlafrock in der Küche, beide Hände in die abgemagerte Hüfte gestemmt, als wollte sie seinen unausweichlichen Zerfall verhindern.

»Sag deinem Kavalier, der da stundenlang vor unseren Fenstern rumsteht, er soll sich eine andere suchen!«, rief sie und fügte gleich darauf spöttisch hinzu: »Chopin!«

Aba sah ihre Mutter an und fühlte, wie ihr von dem nur schwer erträglichen Mitleid die Beine weich wurden. Seit Kriegsende waren Jahre vergangen, aber ihre Mutter sah immer noch unterernährt aus. Der Anblick ihres Körpers wühlte Aba jedes Mal auf.

»Ja, Mamalein! Ganz wie du willst!«, sagte sie weihevoll.

»Hast du diesen Chopin geliebt?«

»Tsss!« Aba wurde ärgerlich und winkte ab. »Was spielt das für eine Rolle? Ich kam nach Lemberg zurück, begann im Krankenhaus zu arbeiten, oft mit Überstunden. Dann habe ich geheiratet und eine Tochter bekommen. Wie du weißt, bin ich gleich nach der Geburt an einer rheumatoiden Gelenkentzündung erkrankt.«

Die Farben begannen erst Jahre später in den Vordergrund zu rücken – als sie die Wohnung in dem Haus mit der Glasmalerei bekommen hatte. Sie schrieb sich für Malerei-Abendkurse für Studenten ein, das war ihr nicht peinlich. Sie sagte, sie »flog« zu diesen Übungen. Sie schwankte, gestützt auf ihr gesundes Bein, und ihr Körper schoss nach vorn – sie flog tatsächlich. Damals malte sie einen Großteil der Bilder, die bei uns an den Wänden hingen.

»Was hältst du von diesem Strauß?« Sie zeigte mir eine Skizze auf der Staffelei, während sie die schwarze Schatulle mit den Zeichnungen schloss. Der Sonnenblumenstrauß gefiel mir, aber der Ton, in dem sie diese Frage stellte, war kindlich und unsicher. So wie meine Puppen Sängerinnen sind, dachte ich damals, so ist auch Aba nur eine gespielte Malerin.

Balkone

In jenem Winter, es war das Jahr 1999, begannen die Balkone den Leuten auf die Köpfe zu fallen, und es wurde gefährlich, zu nah an den Häusern vorbeizugehen.

»Pass auf deinen Kopf auf«, sagte man, wenn jemand das Haus verließ.

»Gestern fiel in der Straße soundso an der Hausnummer sechs der Stuck von einem Balkon im zweiten Stock einer vorbeigehenden Frau auf den Kopf«, las ich in der Zeitung. »Trotz des geringen Gewichts der Bauteile kam sie schwerverletzt ins Krankenhaus. Mitarbeiter der Bezirksverwaltung entfernten heute alle vorstehenden Elemente der denkmalgeschützten Fassade, um ähnliche Vorfälle in Zukunft zu vermeiden.« Ich stellte mir vor, wie Mikolaj vor Zorn schmale Augen bekam und auf die Suche nach den Elementen der entweihten Fassade ging. »Es ist unkalkulierbar, wie viele ungesicherte Balkone wir heute in der Stadt haben«, erklärten die Stadtratsmitglieder und sicherten sich so für den Fall weiterer Abstürze ab. Nicht selten stürzten die Balkone mitsamt den sich darauf befindenden Menschen ab. Und es kam auch vor, dass die Balkone aus einem höheren Stockwerk die darunterliegenden mitrissen.

Die Überreste der abgestürzten Balkone wurden nur selten entfernt, noch seltener kümmerte man sich um die klaffenden Löcher in der Fassade. In der Stadt, so wie auch bei uns in der Wohnung, galt jede Veränderung als ein Wink des Schicksals. Mikolaj behauptete, es sei besser so. Bei einem professionellen Eingriff drohte die Gefahr, dass buntes Plastik aus dem edlen Grau zu sprießen begann, und das wäre viel schlimmer als der langsame, originäre Verfall.

In jenem Winter zeigte sich, dass die Stadt ihres jahrhundertelangen Wachstums überdrüssig war, und ein Prozess des Abrutschens begann, einer unaufhaltsamen Lawine gleich, die den Boden zermalmt und vermischt mit Steinen und Erdklumpen mit sich reißt. Niemand wusste, ob den Balkonen nicht die Dächer folgen würden, und diesen wiederum ganze Häuser, Straßen und Menschen, weggerissen von den Elementen, wer weiß, wohin.

In jenem Winter konnte man nicht schnell gehen. Die Sohlen der zu leichten, ewig durchnässten Schuhe, die in Paketen aus so mythischen Ländern wie der Schweiz nach Lemberg kamen, waren den schmutzigen, ungeräumten Schneewehen nicht gewachsen. Rentnerinnen schritten mit vergipsten Gliedmaßen vorbei. Sie schimpften am wenigsten von allen, erinnerten sie sich doch an viel schlimmere Zeiten – an Krieg, Hunger, ethnische Säuberungen, den vorzeitigen Tod ihrer Ehemänner. Ihre festen Gewohnheiten und biblischen Wertvorstellungen bildeten die Grundlage für das Überleben ihrer anfälligeren Nachkommen. In der Tat, in den neunziger Jahren waren die meisten Todesopfer um die vierzig.

»Ich habe den Eindruck, meine Altersgenossen sind

alle in einen Zug gestiegen und weggefahren, und ich stehe allein auf dem Bahnsteig«, sagte Mikolaj damals zu mir.

In jenem Winter sahen wir uns sporadisch, immer unter dem Vorwand, der Geschichte eines Gebäudes nachzugehen. Nach dem Treffen auf dem italienischen Hof mied er Erinnerungen an die Oper – offenbar hatte er mein Unbehagen gespürt. Aber es war schon zu spät, sie waren wie ein Gewitter auf meinen armen Kopf niedergegangen. Es war schrecklich und erregend, und ich hatte keine Ahnung, wie ich das alles beschreiben sollte. Ich erlebte den Tod meiner Mutter aufs Neue, doch diesmal entwuchs der Hunger nach ihrer Anwesenheit der Leidenschaft für ihren Liebhaber.

Alle zwei, drei Tage wurde planmäßig der Strom abgeschaltet. Ganze Straßenzüge versanken in Dunkelheit, in den Fenstern erschienen kleine Flammen, und ich stellte mir vor, dass dort Kirchenlieder gesungen wurden. Nur die Dienststelle der Miliz loderte von weltlichem elektrischem Licht. Im Dunkeln stellte Aba das Sowjetradio auf volle Lautstärke:

»Hier spricht Kiew. Es ist genau neunzehn Uhr.«

Dann das Signal des Ersten:

»Ukraina-Ukraiiina. Heute hat der Oberste Sowjet der Ukraine beschlossen …«

Aba war auch eine der Überlebenskünstler-Rentnerinnen: Immer hatte sie ein Bündel dicker weißer Kerzen zur Hand, in den Ecken der Wohnung standen Kerzenständer unterschiedlicher Formen, die ich blindlings fand. Das Fehlen von Licht war nichts Besonderes.

»Der Sprecher des Obersten Sowjets der Ukraine, Oleksandr Moroz, kritisierte scharf die Initiative des Fraktionschefs der ›Nationalbewegung‹, Wjatscheslaw Tschornowil …«

Bei dem blauen Flämmchen in dem kleinen Fenster des Gasofens im Badezimmer dachte ich an Höhlenfeuer aus vorhistorischen Zeiten. Wenn ich mich auszog, waren mir die eigenen Finger auf dem Körper fremd: Sie tasteten wie Blinde über unbekanntes Terrain, zeichneten mit ihren Kuppen Furchen, riefen Zeiten in Erinnerung, als ich eine Dreijährige war. Ich saß in derselben Wanne, berührte dieselben Beine mit denselben Fingern und fiel in eine seltsame Umnachtung: Das hier sind meine Beine. Das. Hier. Sind. Meine. Beine. Meine. Beine. Beine. Beine.

Sie waren damals groß, rosig, erhitzt. Niemand hat mich gefragt, ob ich will, dass sie wachsen und zu den behaarten Beinen einer erwachsenen Frau werden. Sie beschlossen das auf eigene Faust, ignorierten mich, die ich im Innern lebte. Ich konnte ihre Entscheidung nur akzeptieren und ihren Streichen wie unbeteiligt zusehen, so wie seinerzeit auf dem italienischen Hof.

Nicht anders geschah es mit dem Rest meines Körpers. Erst hat er mich selbst ausgesucht, dann ist er unter meinen Händen gewachsen, ist etwas völlig anderes geworden als der Körper meiner Mama, der gepflegt war wie eine schöne Orchidee in einem Blumentopf, abgeschnitten von einem präzisen Gärtner, dem Tod. Ich hatte gehört, dass der Heilige Franz von Assisi seinen Körper entkleidete und in Dornensträucher warf, wenn er sich seinem Gehorsam entzog. Ich wiederum kniff mich in die Beine, doch mein Körper verharrte unbeeindruckt im Trotz der Erregung. Nicht umsonst hat der Heilige ihn als einen Esel bezeichnet. Ich übergoss mich mit kaltem Wasser, um ihn zur Besinnung zu bringen – ja, ich wollte das Bremspedal voll durchdrücken, aber mein Körper schlug eine andere Richtung ein, und er war es, der am Steuer saß.

Die kalten Duschen hatten eine andere als die beabsichtigte Wirkung: Ich bekam eine Grippe, und Mikolaj tauchte vor meinen Fenstern auf. Er stand dort unten mit zwei Zitronen in der Hand, auf einem losen Pflasterstein balancierend, und ich warnte ihn von oben gestenreich, er solle auf seinen Kopf aufpassen – außer den Balkonen pflegten auch gigantische Eiszapfen auf die Leute zu fallen. Er ignorierte meine Warnung, stand so lange weiter einfach da, bis Aba ihn aus dem Nachbarfenster bemerkte.

»Lad ihn ein, was steht er da in der Kälte? Er kennt doch den Code.«

Ich weiß noch, dass Urgroßmutter an jenem Tag gerade »Hysterie hatte«, sie lag also im Bett und schluchzte lauthals. Solche Tage hatte es schon immer gegeben, es mussten keine unangenehmen Ereignisse vorausgegangen sein. »Das hat mit der Vergangenheit zu tun«, erklärte Aba, und dann bereitete sie ein Glas Wasser und ein weißes Handtuch mit Waffelmuster für sie vor. Das Weinen nahm zu und steigerte sich zu einem Winseln und Schreilauten, die nicht im Entferntesten mehr an Urgroßmutters normale Stimme erinnerten. »Vergangenheit«, das war für mich von nun an unkontrolliertes, ununterbrochenes Schluchzen. Während Mikolajs Besuch hörte Urgroßmutters »Hysterie« auf.

Er kam auf Zehenspitzen herein und begann, an den Bildern entlangzuschreiten.

»Dieses Porträt ist kompositorisch total misslungen«, hörte ich ihn zu Aba sagen. »Und hier wäre eine hellere Farbgebung gut gewesen … Dort haben Sie wohl zu viel an Modigliani gedacht … Ich würde nur dieses Aquarell lassen.«

»Ja, ja, ja«, pflichtete sie begeistert bei, hungrig auf das Urteil eines Profis. Dann plauderten sie lange, saßen beim Tee vor meiner Tür, und ich war gerührt: Endlich hatte ich zwei Eltern, die sich lieben, im Schatten ihrer Flügel bin ich sicher. Nur eine Bedingung musste erfüllt sein: Sie dürfen über Kunst sprechen, aber niemals über Musik, dürfen nicht einmal einen Blick auf die Vinylplatten werfen. Sonst bin ich es, die hysterisch wird, sind es meine Tränen, die hemmungslos fließen und einen schwarzen See bilden, dann ein ganzes Meer, ebenfalls schwarz, und kein Gott wird sich finden, der stark genug ist, es trockenzulegen.

»Dieser Schicksalsschlag damals hätte Ihnen auch den Rest geben können«, hörte ich Aba sagen. »Der KGB hat so manchen auf diese Weise gebrochen. Stattdessen haben Sie Ihren Doktor gemacht, und das in der freien, unabhängigen Ukraine. Schade, dass Ihr Vater das nicht mehr erlebt hat.«

Auf dem Weg zur Toilette sah ich, dass Urgroßmutter reglos im Flur stand und die Schuhe auf der Fußmatte anstarrte. Sie murmelte etwas, von dem ich nur ein Wort verstand: »Männer …«

Ich musste mich wieder hinlegen, bekam eine Tablette gegen das Fieber. Sie redeten weiter, und ich hörte durch die Tür zu.

»Ich war vielleicht sechs«, erzählte Mikolaj. »Ich war meiner Mutter weggelaufen und zum Spielen auf den Dachboden gegangen. Durch einen Spalt in der Wand sah ich etwas Ungewöhnliches: Sonnenstrahlen funkelten auf irgendwelchen mir unbekannten Gegenständen, die in einem Verschlag versteckt waren. Ich war nicht besonders überrascht, ich kannte die Märchen von Ali Baba und Aladin. Warum sollte nicht auch ich zum Helden eines solchen Märchens werden? Ich rief meine Mutter, die eine Nachbarin holte, und kurz darauf waren sie schon in dem bislang unzugänglichen Teil des Dachbodens. Ich erinnere mich an ihre Begeisterung: Dort waren Gemälde, Tafelsilber, auch verstaubte Bahnen prächtiger Stoffe. Die Frauen waren so eingenommen von dem, was sie sahen, dass sie nicht merkten, wie ich heimlich eine Schachtel mit rätselhaften Platten vom Tisch nahm. Ich versteckte sie ebenfalls auf dem Dachboden, nur an einer anderen Stelle. Und irgendwann kam der Tag, an dem ich diese Schachtel nach draußen trug. Ich weiß es noch, als wäre es gestern gewesen: Früher Frühling, die Pfützen glänzen silbrig in der Sonne, ich sitze auf der Veranda und hebe eine der Platten hoch: Es war eine Fotoplatte mit dem Porträt einer Dame mit Hut. Die nächste: eine orthodoxe Kirche. Diese seltsamen Platten waren Negative: Ansichten von Lemberg, Porträts von Menschen in bizarren Kleidern. Ein wahrer Schatz, der nur mir gehörte, vor den Blicken der Erwachsenen verborgen.«

»Was für eine unglaubliche Geschichte!«, seufzte Aba.

»Viele Jahre später erfuhr ich, dass die Villa vor dem Krieg einem polnischen Fotografen gehört hatte, der im Jahr 1941 verschwand und wahrscheinlich vom NKWD in einem der hiesigen Gefängnisse ermordet worden ist.«

»Was passierte mit der Schachtel?«

»Ich habe sie immer noch. Und wissen Sie, jedes Mal wenn ich das Wort ›Schönheit‹ höre, denke ich an diese Dame mit Hut, die Frau von dem ersten Negativ. Sie ist vermutlich der Grund, warum ich Künstler geworden bin.«

Bevor er ging, schaute Mikolaj noch bei mir vorbei, setzte sich auf meine Bettkante und fuhr mir mit seiner rauen Malerhand über die Stirn.

»Ich habe nicht gewusst, dass deine Großmutter auf Porträts spezialisiert ist.« Ich bemerkte den gönnerhaften Ton in seinen Worten und fühlte einen Stich in meinem Herzen, so als hätte ich zu viel Kaffee *Fort* getrunken. Nachdem er gegangen war, setzte sich Aba an mein Bett.

»Ich habe nicht gewusst, dass Mikolaj so eine lustige Mütze mit Ohrenklappen hat«, sagte sie und fügte in einem Ton, als verrate sie mir ein Geheimnis, hinzu: »Nach dem Krieg haben die deutschen Gefangenen solche getragen.«

Sie lachte nach diesen Worten frisch und mädchenhaft, und mir wurde klar, dass ich ihr Unrecht tue. Ich wusste allerdings nicht, wodurch.

Aus Urgroßmutters Zimmer kam wieder lautes Schluchzen, das langsam in Geheul überging, am Ende in ein Singen – die entsetzlichen Vokalisen einer alten Sirene. Alle Seeleute halten sich, wenn sie das hören, die Ohren zu, reißen das Steuer herum und fahren so weit weg wie möglich.

Der Heilige Florian

Hätte mir damals jemand gesagt, dass das, was ich empfinde, mit dem Wort »Begehren« bezeichnet werden kann, hätte mich das verletzt. Ich meinte doch, mir sei einfach heiß, und ich hätte mir deshalb den Mantel aufgeknöpft, als wir über den »Vernissage« genannten Trödelmarkt in der Nähe der Oper bummelten, wo jedes kitschige Gemälde, jedes bestickte Hemd und jeder Holzlöffel Erinnerungen bargen, die ich lieber nicht hätte, auch um den Preis aller anderen Erinnerungen, ja sogar meiner selbst. Ich wollte nicht dort sein, aber ich hatte mich hinführen lassen, und Mikolaj tat alles, damit wir jedes Mal an Gorgolewskis unseligem Werk vorbeikamen. Damit wir verstohlene Blicke darauf warfen, die dort länger verweilten, hängenblieben am immer noch existierenden Palmwedel, den die Ruhmesstatue hielt, die das Gebäude krönte, oder an dem Ort, von dem vor einigen Jahren das Lenin-Denkmal entfernt worden war.

»Was gibt es Neues an der Akademie?«

»Ich muss ein Referat über einen alten ukrainischen Kommunisten halten, den Lyriker D. Ich gehe in die Bibliothek, bastele da so langsam was zusammen …«

»Was soll das sein?«

»Na du weißt schon, D. Wir mussten in der Grundschule alle sein Gedicht über die Partei lernen, und jetzt ist er zum Patrioten und Abgeordneten geworden. Ich muss für meinen Literaturkurs einen Essay über ihn vorbereiten, fünfzehn Seiten. Das widert mich an, aber ich werde fertig.«

Mikolaj reagierte nicht. Ich warf ihm einen Blick zu und sah, dass er vor Zorn ganz schmal geworden war: die Stirn in Falten gelegt wie eine Ziehharmonika, die Nase eingefallen, Augen, Brauen und Lippen zu einem dünnen Strich vereint, aus dem Missbilligung wie Speichel hervorspritzte.

»Du solltest nicht voreilig urteilen. Nichts ist entweder schwarz oder weiß. Hast du seine frühe Lyrik gelesen? Weißt du, was mit ihm passiert ist? Dass er vom KGB erpresst wurde? Hast du es nicht gelesen? Du weißt es nicht. So sieht es aus.«

Erschrocken darüber, dass ich ihn mit meinem dummen Geplapper so sehr erzürnt hatte, sagte ich nichts mehr. Ich schwieg bis wir uns verabschiedeten, und zu Hause fragte ich mich: Urteile ich vielleicht wirklich zu leichtfertig? Bewerte ich zu voreilig, vielleicht zu primitiv? Dann soll er mich jetzt verbessern, soll mir etwas beibringen, mich bilden und lenken. Heute hat er das zu streng getan, aber egal, in manchen Fällen darf man nicht zimperlich sein.

Ich war überzeugt, dass ich ihn enttäuscht hatte, aber schon am nächsten Tag rief er an, als wäre nichts gewesen, und schlug ein Treffen bei der Feuerwache vor. Mein Seminar zog sich hin, ich kam viel zu spät an den vereinbarten Ort gelaufen; er war nicht mehr da.

Ich drückte mein Gesicht an der roten Backsteinmauer

der Feuerwache platt. Dieses Mal hatte ich mehr auf dem Gewissen als nur unbedachtes Geplapper. Dieses Mal ging es um mangelnden Respekt. Wie konnte ich es wagen, ihn warten zu lassen, ich – ihn? Einen Mann! Einen bedeutenden! Einen Dozenten! Mit Kümmernissen im Kopf! Menschen wie er werden gesiezt. Was soll ich jetzt tun?

Ohne das Gesicht von den Backsteinen abzuwenden, schaute ich hoch und sah den Heiligen Florian, der Zeuge unseres Wartens aufeinander geworden war. Ich erwartete jeden Moment eine Verwarnung, die aus dem römischen Helm auf mich niedergehen würde, doch Florian, wie es sich für einen Märtyrer gebührt, sah mich sanft an, dann fragte er: Worum geht es Mikolaj eigentlich? Ist deine Körpertemperatur für einen Wintertag wie diesen nicht zu hoch? Soll ich vielleicht den Feuerlöschschlauch auf dich richten? Ich rieb die Stirn an dem rauen Stein, voller Zweifel. Mikolaj und ich treffen uns zur intellektuellen Weiterentwicklung, antwortete ich dann. Ohne Mikolaj wüsste ich nicht einmal, dass du in deiner Nische die Fassade der Feuerwache zierst, ich hätte den Blick gar nicht gehoben.

Ich sah mich um und entdeckte, dass Mikolaj, während er auf mich gewartet hatte, seine düsteren Blicke hinterlassen hatte, die jetzt an mir haften blieben. Sie hingen an den Bäumen, lagen auf dem Pflaster und den Schienen, Achtung, einige von ihnen könnten, so wie der Redakteur Berlioz, von der Straßenbahn überfahren werden, und ich würde daran schuld sein. Ich lief zur nächsten Telefonzelle, um ihn anzurufen, aber er hob nicht ab. Ich rief wieder und wieder an, lief lange durch die Straßen, bis ich am Ende statt der Baudenkmäler im Zentrum nur noch Anhäufungen von Telefonzellen sah, von denen aus ich vergeblich Verbindung mit ihm aufzunehmen suchte. Von der habe ich schon angerufen, also gehe ich zu der anderen, dann zur nächsten und wieder nächsten, aber in keiner war seine Stimme. Ich ließ mich nicht entmutigen, Telefonzellen gab es viele, und jede lud mich ein, jede versprach mir einen Platz in ihrem unbeleuchteten Innern, jede verhieß Gnade und Verzeihen. Am Ende hob er ab, die übliche Traurigkeit in seiner Stimme war diesmal etwas weniger traurig, dafür aber etwas böser. Ich nahm die Baskenmütze vom Kopf, legte den Schal ab, und diese meteorologisch unbegründete Hitze rief eine flüchtige Erinnerung an den Heiligen Florian wach. Ich mache das wieder gut, sagte ich in den Hörer, ich komme morgen, ich werde pünktlich sein. Natürlich zu seinem Atelier. Ich finde den Eingang sicher. Gehe die Treppe nach unten.

Glas

Mich weckte ein unerwartetes Klingeln an der Tür, der durchdringende Laut raste wie ein Panzer auf mich zu, ich wusste, er würde mich zermalmen.

Mich weckten die Stimmen von Aba und Urgroßmutter, wie immer einig im Angesicht des gemeinsamen Feindes. Wasser, Wasser, flüsterten sie, wieder hat sie Wasser vor unsere Tür gegossen und irgendwelche Beschwörungen gemurmelt. Luba, die Nachbarin von unten, ist eine böse Hexe: Sie sammelt auf Beerdigungen »totes Wasser« – nämlich das, in dem der Verstorbene gewaschen wurde – und gießt es dann vor unserer Tür aus. Urgroßmutter hat das durch den Spion gesehen.

Mich weckte das Quietschen der Haustür, das Klirren der schwungvoll auf den Kühlschrank geschmissenen Schlüssel und das Knallen der von den Füßen fallenden Schuhe. Sie ging auf Zehenspitzen, ich stellte mich schlafend, doch die erhitzte Umlaufbahn meines Bettes wartete auf die Zwischenlandung ihrer eisigen Finger, und sehnsuchtsvolle Nasenlöcher sogen das auf der Welt einzigartige Gemisch von Parfüm, Wind und Tabak ein. Sie verließ den Raum, wollte nicht in meiner Hitze zerschmelzen, trat vor Abas Tür, und ich wurde zum Radar, schickte ihr Warnsignale, damit sie nicht hineinging. Ich frage mich, wovor ich mich so sehr fürchtete.

Mich weckte der Fernseher auf der anderen Seite der Tür, unterbrochen von Abas und Mamas Wortarien in immer höheren Tonlagen, die Panik drängte unausweichlich heran wie ein schwarzer *Woronok* mit NKWD-Leuten.

»Der Ribbentrop-Molotow-Pakt!«

»Die Sowjetisch-Deutsche Parade in Brest!«

»Die Liquidierung der römisch-katholischen Kirche!«

»Die Millionen, die in den Lagern zu Tode gefoltert wurden!«

Und gleich darauf: »Ich hatte das Recht dazu, denn ich war allein. Du bist verantwortlich für das Mädchen.«

»Du warst selbst noch ein Kind! Vierzehn Jahre alt! Du hast handgeschriebene Flugblätter über Stalins Verbrechen in die Briefkästen geworfen! Wärst du denunziert worden, hätten sie dich auf der Stelle erschossen!«

»Sie wollten dich schon in der Dzierżyńskistraße vorladen!«

»Ich habe keine Angst.«

»Marianna, du hast kein Recht, dich in Gefahr zu bringen. Du hast ein Kind, du hast eine Tochter.«

Mich weckte Klirren, Getöse und Lärm.

»Die Blutsbande spielen hier keine Rolle. Ich bin Ukrainerin aus freier Entscheidung.«

War die Glaskaraffe vom Regal gefallen, zersprungen und hatte Mama verletzt? Hatte Aba ihre Wunden verbunden? Ich schlief ein, dann weckte mich erneut etwas auf.

Tagsüber folgte ich wie ein Spürhund dem langen Telefonkabel, das ins Badezimmer führte. Dort brannte Licht,

Zigaretten qualmten, das nach Nadelholz duftende Shampoo schäumte, auf der Sibir-Waschmaschine lagen aufgeschlagene Bücher. Mama saß auf dem geschlossenen Klo. Sie unterhielt sich mit mir, ohne die Lektüre zu unterbrechen, blickte nur ab und zu von den schwarzen Buchstabenreihen auf. Ich wusste, dass sie nur scheinbar zerstreut war – wie eine Autofahrerin, die sich vor allem auf die Straße konzentrieren muss.

»Gestern haben wir in der Schule den XXVII. Parteitag der Kommunistischen Partei nachgespielt. Ein Freund von mir war Gorbatschow, der andere Jelzin. Jeder hatte eine rote Stimmkarte, wie die Abgeordneten.«

»Was stand auf eurer Tagesordnung?«

»Wir haben über den Austritt der baltischen Republiken aus der UdSSR abgestimmt. Alle waren einstimmig dafür. Mama, wird die Ukraine auch einmal unabhängig sein?«

»Ich weiß nicht, Kleines. Wir kämpfen dafür.«

Neben dem Badezimmer, in einem schmalen, euphemistisch als »Küche« bezeichneten Durchgang, brannten sämtliche Gasflammen: Waschwasser wurde erhitzt, die Suppe köchelte, Fleisch brutzelte. Aba ließ alles stehen, wischte sich die klebrigen Hände an der Schürze ab und kam zu uns, setzte sich auf den Badewannenrand.

»Ich habe gerade von der brutalen Ermordung der Zarenfamilie 1918 gelesen. Ein weiterer Beweis dafür, dass wir das ganze Leben in Lüge gelebt haben.«

»Ich werde dir mehr Lesestoff mitbringen.«

Mama wusch sich die Haare, übergoss ihren Kopf mit Wasser aus dem Topf, das Shampoo duftete stark nach Tannennadeln, und der Geruch schwebte mit dem Dampf über ihren Haaren. Der seidene Schlafrock umspannte ihre mädchenhafte Figur, auf ihrer Hüfte war ein Flicken – ein Überbleibsel von heißer Asche, Aba hatte das Loch sorgfältig vernäht. An der Hand trug sie einen Verband – ein Andenken an den nächtlichen Zwischenfall mit dem Glas.

Ich musste zur Schule. Beim Schnüren der Schuhe achtete ich darauf, nicht aus Versehen mit dem linken anzufangen. Das war so ein Aberglaube: Wenn du den linken zuerst anziehst, stirbt deine Mama. Die gezähmte Zunge meines linken Turnschuhs sollte über unsere Sicherheit wachen.

Ich ging zur Schule und sie zur Probe, zur Vorstellung, seltener in sein Atelier. Jahre später hat er mir gestanden, dass sie ihn mit Besuchen nicht gerade verwöhnt hatte, dass sie niemandem im Theater von ihrer Beziehung erzählt hatte, obwohl ohnehin alle davon wussten. Sie erschien immer unangemeldet, trat raschen Schrittes ein, warf den Mantel irgendwo ab. Er erlaubte ihr nicht zu rauchen, machte Kaffee und bat:

»Sing für mich!«

Sie zog die schwarzen Brauen zusammen, die Nasenflügel bebten wie bei einem Raubtier, dennoch wusste er, dass er ihr eine Freude machte. Der Spielplan war ohne Bedeutung – es konnte ein Volkslied sein, eine komplizierte Arie oder monotone Übungen. Er hatte entdeckt, dass ihre Stimme eine Art zusätzliches Ich war, dass sie die Welt ringsum, vor allem aber ihn selbst verwandelte. Die Stimme wurde aus ihrem Kopf geboren wie Athena aus dem des Zeus, Fülle und Überfluss bestimmten diese Stimme. Selbst wenn die Natur ihr nur halb so viel Talent mitgegeben hätte, dachte er, wäre sie immer noch eine außergewöhnlich begabte Sängerin. Aber die Natur war freigiebig, menschliche Logik und Sparsamkeit galten ihr nichts. Sie wollte mehr geben, als Mikolaj fassen konnte, vielleicht sogar mehr, als Marianna selbst in sich fassen konnte. Und wer weiß, vielleicht hat sie dieser Fülle wegen früh sterben müssen, weil sie in jeder gesungenen Note zehn Lebensjahre von anderen unterbrachte?

Ja, sie besuchte ihn nur selten in seinem Atelier, aber selbst wenn sie ihm gegenübersaß oder in seinen Armen lag, hatte Mikolaj schon Sehnsucht nach ihr. Selbst dann drohte sie ihm zu entgleiten, und er wusste nicht, wie er diesen feinen Schleier von Fremdheit nennen sollte, der von ihr ausging und wie eine Glasscheibe zwischen ihnen stand. Sie waren zusammen und waren es doch nicht, sie liebte ihn und liebte ihn nicht, sie machte einen Schritt in seine Richtung und dann zwei zurück. So verhalten sich Männer, hatte er gehört, wenn sie Verbindlichkeiten meiden wollen, aber was zum Teufel wollte sie vermeiden? Es gab nur zwei Themen, die sie ihre Zurückhaltung vergessen ließen – die Kunst und der Kampf gegen das System. Mit wachsender Sorge musste er zusehen, wie zweiteres allmählich die Oberhand gewann.

Eines Tages lagen sie völlig entkräftet nebeneinander auf der feuchten Bettdecke, die Plattenspielernadel hüpfte im Leerlauf auf und ab.

»Daran habe ich geglaubt«, sagte Marianne. »Gleichheit, Gerechtigkeit, keine Ausbeutung, Kommunismus noch zu unseren Lebzeiten. Die Stalinschen Repressionen – darunter der Tod meines Großvaters – habe ich mit Fehlern seiner Untergebenen zu erklären versucht. ›Er hat die Ideen des großen Lenin verraten‹, so sagten wir als junge Kommunisten. Wir kannten ja auch nicht das Ausmaß des Terrors, der Gulags.«

Er verschlang beim Zuhören ihr Gesicht mit seinen Augen, biss in die Haut an ihrem Hals, ihrer Brust und ihrem Bauch.

»Ich war Idealistin. Der Vater meines Kindes und ich, wir wollten zum KGB gehen, sie bitten, uns mit Pistolen auszustatten und nach Chile zu schicken, damit wir gegen Pinochet kämpfen konnten. Wir ließen von der Idee nur ab, weil wir herausfanden, dass Sex viel faszinierender war.«

»Zeig mir alles, was du herausgefunden hast.«

Sie löste sich aus seiner Umarmung und setzte sich auf.

»Dennoch hatte ich schon als Teenager Augenblicke des Zweifels. Ich erinnere mich an den Schulappell, wenn alle sangen:

›Lenin ist immer am Leben,
Lenin ist immer bei dir
In Leid, in Hoffnung und Freude
Lenin ist in deinem Frühling
In jedem glücklichen Tag
Lenin ist in dir und in mir.‹

Alle waren ekstatisch, über die Wangen der Russischlehrerin liefen Tränen der Rührung, doch ich öffnete und schloss den Mund nur zum Schein. Ich war in einen Schulkameraden verliebt, er war mein Frühling, nicht

Lenin. Ich sah mich um und versuchte herauszufinden, wer noch nur so tat als ob. Erinnerst du dich an diese Appelle?«

Mikolaj murmelte ein Ja und setzte die Reise über ihren Körper fort.

»Und zugleich bot die atheistische Schule mir eine Zuflucht vor Großmutter und ihrer dunklen, aufdringlichen Frömmlerei.«

Mikolaj löste seine Lippen von ihrer sommersprossigen, weitflächigen Haut und begann leise zu singen:

»Enkelin und Oma, Enkelin und Oma, Enkelin und Oma ...«

»Und du, wie hast du den kommunistischen Albtraum ertragen? Auf der Schule, an der Uni, bei der Arbeit ...«

»Enkelin und Oma, Enkelin und Oma ...«

Wendig wie ein Windhund verlagerte er seinen Körper an den Flügel und spielte ein bekanntes Jazzstück.

»Da du meine Frage ignorierst, werde ich sie selbst beantworten. Du kanntest die Wahrheit von deiner Mutter, aber ihr musstet schweigen. Deine eigene Familiengeschichte hast du aus vielsagendem Schweigen, verstohlenen Blicken, verstecktem Lächeln und Andeutungen gelernt. Später hast du Samisdat gelesen und den ›Feindsender‹ gehört.«

»Meine Zuflucht vor dem System war das Polnische Volkstheater.«

»Ich habe immer gedacht, in den nationalen Organisationen sind nur beschränkte Leute, aber ich muss meine Meinung wohl ändern.«

»Die Stücke von Różewicz und Mrożek waren wie

Fenster in eine andere Welt. Im Polnischen Theater sind nicht nur Polen, weißt du. Unser Regisseur, Waleri Bortjakow, ist Russe, aber er hat sich noch etwas anderes ausgedacht, um seine Zugehörigkeit zu definieren. Er sagt, er sei Lemberger. Ich empfinde ähnlich, obwohl ich geborener Ukrainer bin.«

»Die polnische Kultur als Fenster nach Europa … Und später bist du aus diesem Fenster gefallen?«

Mikolaj lächelte schief.

»Nein, nur von der Uni geflogen. Apropos Kampf – meine Mutter hat dich bei der Versammlung gesehen. Sie sagte, sie hört dich lieber auf dem Platz als im Theater.«

»Ich hätte nie gedacht, dass ich mal auf der Straße singen werde. Aber du weißt ja … *die Kunst gehört dem Volk*.«

»Sie haben dich schon in die Dzierżyńskistraße vorgeladen.«

»Und ich habe keine Angst, weißt du? Neulich haben mir die Arbeiter einen Strauß Rosen gebracht, mit dem ich mir in den Finger gestochen habe. Da dachte ich, das erste Blut im Kampf gegen das Regime ist geflossen.«

Nach diesen Worten begann Marianna, sich anzuziehen. Mikolaj stand vom Instrument auf, legte sich zu ihren Füßen und hielt ihre Knie fest.

»Bleib über Nacht, bitte, ich flehe dich an!«

»Morgen früh habe ich Probe, abends Vorstellung. Zwischendurch ein politisches Treffen.«

»Wie du meinst«, antwortete er fügsam und zog die Vorhänge vor den schwärzer werdenden Fenstern zu.

Atelier 1

Es war schon dunkel. Die Straße, die mich zum Ziel führte, war vor Kurzem noch uneben gepflastert, jetzt bäumte sie sich unter mir auf, während ich in meinen Stiefeln versuchte, sie zu bezwingen. Doch stattdessen stürzte ich ab, auf eine Ebene vor hundert Jahren. Ich hatte immer davon geträumt, durch das Lemberg der Vergangenheit zu reisen, nie durch das der Zukunft. Jetzt aber wurde mir rasch klar, dass es sich hier nicht um eine Zeitmaschine, sondern um Reparaturarbeiten handelte. Ein Teil der alten Pflastersteine war entfernt, die neuen noch nicht verlegt worden, und der Arbeitstag war zu Ende. Die Arbeiter waren zurück in ihre Dörfer gefahren und hatten vergessen, ein Schild »Achtung, Straßenarbeiten!« aufzustellen. Solche Höflichkeiten hätte in Lemberg auch niemand von ihnen erwartet. Einen Augenblick verharrte ich in diesem idealisierten Zwischenraum, sah mir die umstehenden Villen und Bäume aus der Perspektive nahe dem Untergang des österreichisch-ungarischen Imperiums und des polnisch-ukrainischen Krieges an. Ungesungene Noten bebten in meiner Kehle, ich durfte zu diesem Treffen nicht zu spät kommen.

Ich stieg aus der Baugrube, doch die Straße unter meinen Füßen führte weiter bergab, tiefer und tiefer und tiefer. Sein Haus stand ganz an ihrem Ende. Ich betrat den Eingang, ging die Treppe nach unten, öffnete erst eine, dann die zweite Tür, zu jung und auf mich selbst konzentriert, als dass ich sie wieder hinter mir geschlossen hätte. Die letzte Tür öffnete er mir, und ich wusste sofort, dass er mir wegen der gestrigen Verabredung nicht mehr böse war.

Er bat mich herein, und ich ging in einen Raum, in dem die Gesetze der Schwerkraft ausgehebelt schienen. An den Wänden hingen dreidimensionale Modelle, an der Decke die Maske eines verstorbenen Mannes, zwischen dem einen und dem anderen wankte ein Flügel, umringt von Regalen mit Büchern und Vinylplatten, auch eine Staffelei mit einer angefangenen Zeichnung runzliger Finger. Wir plauderten über dieses und jenes, bis mein Blick auf ein Blatt Zeichenpapier auf dem Tisch fiel, und ich fragte, was die geometrischen Figuren darauf bedeuteten.

Er setzte sich in den Schein der Lampe, der Ring in seinem Ohr funkelte ebenso wie der an seinem Finger. Mir wies er den Sessel gegenüber zu. Er legte einen neuen Bogen auf den Schreibtisch und zeichnete mehrere Kreise in die eine Ecke, in die anderen Dreiecke, und trennte sie durch einen dicken Strich.

»Rechts ist das Reich der Kreise. Die Kreise heiraten Kreise, dann bekommen sie runde Kinder. Links regieren die Dreiecke. Hier heiraten nur Dreiecke Dreiecke und haben kleine Dreieckskinder. Diese Linie ist die Grenze, der Raum darum herum ist das Grenzland. In ihm werden andere Kinder geboren.«

Er zeichnete einige Kreise in Dreiecken hinzu und

Quadrate in Kreisen, und auch – die gefielen mir am besten – mehreckige Figuren, bestehend aus sich überschneidenden Kreisen und Quadraten.

»Die Menschen hätten gern, dass diese Kinder sich als die einen oder anderen Figuren definieren. Das Problem ist, dass sie sich weigern. Sie sind zugleich das eine und das andere, darin besteht ihre Einzigartigkeit. Die Mehrheit der Menschen akzeptiert aber diese Option nicht: Hybride, Mischformen. Die Mehrheit will eindeutige Definitionen. Damit kann man leichter leben.«

»Und du?«, fragte ich.

»Ich bin genau so ein Mischling. Ein Grenzbewohner.«

»Ich auch!«, wollte ich schon rufen, traute mich aber nicht. Ich wusste, dass ich mit öffentlichen Erklärungen vorsichtig sein musste. Kurz darauf sagte ich in fragendem Ton:

»Und …?«

Die in meiner Kehle vibrierenden Laute gingen in einen syllabischen Gesang über, dann in Vokalise und Mormorando.

»Mama kam zu dir ins Atelier …«, wollte ich fragen, formulierte es aber als Feststellung, die ich sogleich bereute. Seine Brauen und seine Stirn legten sich in die bekannten Falten, und der Rest meiner ungestellten Fragen blieb mir ebenso im Halse stecken wie die ungesungenen Noten.

Ich setzte mich neben den warmen Kachelofen, auf der anderen Seite meines Sessels stand ein Bücherregal. Mikolaj blieb vor mir stehen und begann, Kunstbücher aus den Regalen zu räumen. Auf jedes Buch war er so stolz, dass ich mich nicht traute zu fragen, ob er es mir einmal leihen könnte. Keines stellte er an seinen Platz zurück, sondern gab sie mir in die Hand. Ich sank in den Sessel ein, immer mehr erdrückt von den Büchern. Schweres Gewicht lastete auf meinen Knien, ich hielt einen schweren Band in jeder Hand, auf anderen ruhten meine Füße in den dicken Wollstrümpfen. Mein Kopf reichte an ein Regal mit einem weiteren Dutzend Bücher, die er noch nicht weggeräumt hatte. Ich hatte eine schwere Zeit, wie die Atlanten und Atlantinnen, will sagen, die Karyatiden, die die Lemberger Balkone stützen. Ich hatte an nördlicher Renaissance und barocker Holzschnitzerei zu tragen, probierte die Sezession aus, setzte Schritte auf Huzulen-Ornamenten. Im Rausch des Diamantenschwarms, mit dem er mich verzierte, beunruhigte mich doch zugleich die erzwungene Reglosigkeit, das Fehlen eines Notausgangs verstieß gegen sämtliche Sicherheitsvorschriften. Ich wäre jetzt gern aufgestanden. Da entdeckte ich, dass ich festgenagelt war, sein Finger flatterte um meine Schläfe und umwickelte eine Haarsträhne. Ich war festgenagelt, sein Messingkopf sank auf meine Knie, bahnte sich einen Weg durch die Bücherstapel. Ich war festgenagelt, und seine Stimme sagte simple Worte, die eher zu Kavalieren alter Zeit gepasst hätten, wenn sie sich im Gesellschaftsspiel des Flirts gefielen.

»Du gefällst mir sehr.«

Ich beobachtete gleichsam aus architektonischem Interesse, wie die Konstruktion meiner Vorstellungen von der Welt zusammenbrach. Seine Worte waren wie ein

Verkehrsunfall. Ich wusste, dass anderen so etwas passiert, aber dass man selbst darin verstrickt wird oder – wer weiß – sogar der Verursacher sein soll, wer weiß, ob man da heil herauskommt?

»Was machen wir jetzt?«, wollte mir hilflos über die Lippen. Ich glaubte, er müsse jetzt seinen klugen Kopf von meinen Knien heben und ihn unverzüglich unter einen rasenden Zug legen, der uns beide von dieser Minute an aufeinander zu bewegte, doch er befreite mich geschickt aus dem Stapel Bücher, stellte mich auf meine Beine, lehnte mich mit dem Rücken an den heißen Ofen und küsste mich auf den Mund. Er hat einen roten Pullover, dachte ich, während ich seinen Kuss erwiderte. Der Heilige Florian hat in allem Recht behalten.

Die kalte Luft linderte die Folgen der Erregung, als wir, erschöpft von den Küssen, schwankenden Schritts zwischen den Bäumen auf der Lew-Tolstoi gingen. Unsere Schuhe rutschten auf dem unebenen Weg.

»Was machen wir denn jetzt?«, fragte ich endlich. Mir fehlten die Worte, um ihm zu erklären, wie sehr es mich erschreckte, dass mein Begehren sich meiner Kontrolle entzogen hatte. Ähnlich beängstigend wie das Gefühl, dass sich in letzter Zeit meine Erinnerungen an die Oper durch ihn verändert hatten. Und meine Intuition riet mir, mich vor Menschen zu hüten, die die Macht haben, meine Erinnerungen zu verändern. Vielleicht werde ich das irgendwann meiner Tochter sagen: Hüte dich vor dem Mann, der mehr über dich weiß als du selbst.

Statt zu antworten, führte er mich in einen Hauseingang und hielt einen Vortrag über das Relief an der Decke, verziert mit Stuck und bedeckt mit Marmorstaub. Ich dachte an die hässlichen Ausbeulungen in diesem Stuck und den abscheulichen Farbschmuck an den Fichtenzweiggirlanden, die sie zum Fest umrandeten. Unter ihnen küssten wir uns ebenfalls.

»Bitte ruf mich nie wieder an.« Das war vermutlich die letzte Gelegenheit, um der Dreiecksbeziehung mit meiner toten Mutter im Hintergrund zu entgehen.

»Wie du willst«, entgegnete er.

Da wusste ich schon, dass unsere Worte nicht viel ändern würden.

Die Kathedrale

Der liebe Gott zeigte sich, sobald das Licht aus war. Ich konnte im Dunkeln mit meinen Puppen spielen, die ihr Zimmer am Fußende meines Bettes hatten. Ich konnte währenddessen Lieder summen. Ich konnte schamhaft bestimmte Regionen meines Körpers berühren. Grundlos traurig sein. Die Schatten der vorbeifahrenden Autos an der Zimmerdecke verfolgen oder ungewollt ein Gespräch der Erwachsenen im Nebenzimmer belauschen. Ich wusste, dass der Herrgott mich besuchte, der viel glaubwürdiger war als der exaltierte, blutüberströmte Jesus. Jemand hatte mir gesagt, dass man ihn den Allmächtigen nennt.

Wann auch immer Gott aus dem Bücherregal trat, warf ich mich vor ihm auf die Knie. Ich zitterte vor Angst bei der Vorstellung, jemand aus unserem Haushalt könnte mich in diesem Moment sehen. Einmal besuchte Gott mich ausnahmsweise im Badezimmer, als Aba gerade hereinkam. Sie sagte nichts, als sie mich knien sah, sie lächelte nur geheimnisvoll.

Gott gehörte, so wie Polen, zu einer Welt, die lange vor meiner Geburt ausgelöscht worden war. Ich begann nach Informationen über ihn zu suchen. In Urgroßmutters Zimmer stieß ich auf ein Gebetbuch, das ich mitnahm und in meiner Schreibtischschublade versteckte. Die vergilbten Seiten enthielten hauptsächlich Reime in einer mir unbekannten Vorkriegsschreibweise. »Engel Gottes, mein Behüter, steh mir immer bei«, »Einzig Dir vertraue ich, auf Deine Treue und Allmacht baue ich«, »Ach, ich bereue, dass ich böse war, einzig für Deine Liebe bin ich da«. Ein bisschen einfältig, dachte ich mir, vielleicht weil ich seit meiner Zeugung an erlesener Poesie geschult war. Wollte man den Inhalt dieses Handbuchs korrekter Seelenseufzer zusammenfassen, würde das mehr oder weniger so klingen: Der Mensch betet zu Gott, aber Gott hat keine Lust zuzuhören. Der Mensch nimmt ihm das nicht übel und redet weiter. Der Mensch wollte viel von Gott, aber Gott fragt sich, ob er ihm überhaupt etwas geben soll. Früher hat der Mensch etwas Schlechtes getan. Gott wusste davon, und der Mensch wusste, dass Gott es wusste. Dennoch wollte der Mensch sehr, dass Gott ihm eine zweite Chance gibt. Mich erstaunte, dass der Mensch sich so an Gott ranschmeißt.

Mir kam der Gedanke, dass Gott in irgendeiner Art und Weise legitimiert werden sollte.

»Tauf mich!«, sagte ich zu Aba.

»Habe ich schon!« erwiderte sie.

So kam heraus, dass Aba und Urgroßmutter mich als Säugling zu Hause getauft hatten. Der alte Priester der Kathedrale verlangte die Zustimmung meiner Mutter, aber ein Eintrag in dem vergilbten Gebetbuch besagte, dass in bestimmten Situationen jeder die Taufe erteilen kann, ohne jemandes Zustimmung. Eines Tages, als Mama zur Uni gegangen war, zogen die nicht sehr heiligen Frauen, Hohepriesterinnen ohne liturgische Gewänder und den Segen der Kirchenoberen, die Vorhänge im mittleren Zimmer zu und begossen mich mit geweihtem Wasser, das sie aus der Kathedrale gestohlen hatten, in dem Glauben, sie könnten so, hausgemacht, das Mal der Erbsünde von mir waschen.

»Ist diese Taufe gültig?«, fragte ich skeptisch. Eine Antwort bekam ich nicht.

Die Kathedrale befand sich im Zentrum Lembergs – der Kern im Pfirsich. Abgeschlossen und verriegelt, schien dieses gewaltige Gebäude kein Ort für Kinder zu sein, aber einmal gelang es mir, hineinzukommen. Gott ist das Fehlen von Elektrizität, hieß es in der Schule, doch der Dom war nichts als Licht. Licht in Gestalt vieler leuchtender Weintrauben – sie glänzten golden, schillerten, glitten von der Kuppel auf den Fußboden und kletterten zurück an die Decke. In ihrem Glanz kniete eine schwarz gekleidete Dame. Ihr Kopf und die Schultern waren von einem Tuch bedeckt, das Ende eines Rosenkranzes schlängelte sich hinter ihr. Sie wiegte von einer Seite zur anderen, legte sich dann hin und wand sich auf dem Fußboden. Religion ist Opium fürs Volk, dachte ich bei ihrem Anblick.

Als Aba und ich vor der schwarzen, verschlossenen Tür standen, mussten wir erst mit den Schlüsseln klopfen, denen beim Aufschlag auf das Blech Köpfchen und Zähnchen brachen. Nach einer Weile erschien eine sehr blasse Frau mit einem burschikosen Haarschnitt in der Tür. Wir folgten ihr durch einen dunklen, unordentlich mit Möbeln vollgestellten Flur, atmeten den Geruch von Lilien und Keller. Ich war dem lieben Gott, der nachts in mein Zimmer kam, auf der Spur. Wir gingen Treppen rauf und runter, die unbequem für unsere kleinen Füße – Größe fünfunddreißigeinhalb – waren. Hinter einer der Türen, an denen wir vorbeikamen, brannte Licht, und jemand spielte Klavier. Auf dem rutschigen Fußboden glitten wir lange wie auf Schlittschuhen, bis wir direkt vor dem Altar landeten. Ein hinkender Mann in weißem Gewand blies die darauf stehenden Kerzen aus, während sich ein Kater mit vorstehenden Rippen um seine Beine wand. Vom unbeleuchteten Altar wuchsen die Stängel langer Glasmalereien himmelwärts, die durch die Fenster einfallenden Sonnenstrahlen wurden in viele Töne gebrochen, warfen Licht auf die sehr blasse Frau und spielten in ihren reglosen Pupillen. Wir kamen vorbei an den in den Seitenschiffen schlummernden, längst verstorbenen Männern in Ritterrüstung. Die alte Frau streifte sie mit ihrem ganzen Leib und flüsterte etwas dabei – sie ähnelte Urgroßmutter.

Die kleinen Seitenaltäre waren vollgestellt mit weißen und roten Pfingstrosen, daneben knieten junge Mädchen, die Blütenblätter pflückten und sie in Stoffbeutel legten. Ich schaute nach oben: Dort, wo die Bögen im gotischen Gewölbe zusammenliefen, ähnlich wie die Rippen des Katers zu Füßen des Mannes im weißen Gewand, war ein Loch, das ein Stück blauen Himmels erkennen ließ – die Kathedrale war löchrig! Heute ist es sonnig, dachte ich, doch was ist an anderen Tagen? Regnet und hagelt es dann auf die Köpfe der Gläubigen? Sie haben im Leben Schlimmeres durchgemacht, antwortete ich mir selbst, diese kleine Unannehmlichkeit beeindruckt sie nicht. Und als ich so mit nach oben gewandtem Gesicht dastand, merkte ich, dass mich von dort eine gekrönte Miniaturfrau ansah. Sie war wie die Sonne auf dem Altar aufgegangen, umgeben von einem Regenbogen. Aba war verschwunden.

Eine Nonne in einem steifen schwarz-weißen Gewand mit kleinen grauen Augen kam auf mich zu. Sie nahm meine Hände, bewegte sie auf und ab und sagte dabei immer wieder: »Im Namen des Vaters und des Sohnes.« Dasselbe sagt Urgroßmutter jeden Abend, fiel mir ein. Aber dann gab die Nonne mir schmerzhaft eins auf die Finger, weil meine Geschicklichkeit nicht ihren Erwartungen entsprach. Sie führte mich in eine abschließbare Seitenkapelle, gab mir ein gelbes Büchlein mit dem Titel *Komm, mein Jesus* und sagte, ich solle es auswendig lernen. In der Kapelle waren auch Glasmalereien, auf denen ein trauriger, grauhaariger Mann einen Esel führte, auf dem die Muttergottes saß. Gern hätte ich auch auf so einem Esel gesessen und mich in ein anderes, besseres Land führen lassen, in eine wehrhafte Stadt, die mir Zuflucht bietet und in der ich für immer bleiben kann.

Die Haustaufe wurde anerkannt, jetzt musste ich mich auf die Erstkommunion vorbereiten, erklärte Aba, als wir uns am Ausgang trafen. Im Vorraum kam die Frau an uns vorbei, die vor dem Relief des Ritters gebetet hatte. Sie tauchte ihre Veloursärmel in eine seltsame Nische, daraufhin fielen einige Wassertropfen auf den Fußboden. Ich war mir fast sicher, dass es Urgroßmutter war. Die strenge Nonne führte uns zur Tür.

»Auf Wiedersehen!«, sagte ich, stolz auf mein Polnisch.

»So redet man nicht in der Kirche!«, fauchte sie böse zurück. »So sagt man auf der Straße. Das hier ist ein Gotteshaus, hier sagt man: ›Gelobt sei Jesus Christus!‹«

»Gelobt sei Jesus Christus!«, wiederholte ich, und die schwarze Tür fiel hinter mir zu.

Schon immer schob Urgroßmutter, wenn sie einen guten Tag hatte, die Vorhänge beiseite, setzte sich mit einer Zange vor den Spiegel und drehte sich Locken. Währenddessen sang sie ein Lied, dessen Refrain an den Ruf eines Kuckucks erinnerte. Es kam auch vor, dass sie in klagendem Ton merkwürdige, wiederkehrende Texte sang:

»Der Gerechte wird bleiben auf deinem heiligen Berg. Der Gereeechte wird bleiben auf deinem heiligen Berg.«

Es war mir peinlich, ihre hohe Stimme zu hören, so wie damals, als sie in meiner Gegenwart pinkelte. Diese Stimme hatte etwas von einer öffentlichen Entblößung.

Als ich begann, zur Messe in die Kathedrale zu gehen, wurde mir bewusst, dass diese seltsamen Texte Psalmen waren. Ich habe auch Urgroßmutter im Eingangsbereich an dem Weihwasserbecken getroffen. Sie gab sich von dem Wasser reichlich auf Nase und Brustkorb.

»Ja, sie singt ab und zu im Domchor«, bestätigte Aba und wandte den Blick ab. Hielt sie diesen Gesang auch für etwas Unanständiges?

»Hat sie Urgroßvater im Chor kennengelernt?«

»1925 ist Urgroßmutter als eine der ersten Frauen in die Akademische Chorkapelle in Leningrad aufgenommen worden. Sie wurde trotz ihrer jungen Jahre stellvertretende Dirigentin. Sie haben sich tatsächlich bei einer Probe kennengelernt, Urgroßvater war bei den Tenören.«

Ich starrte aus dem Fenster auf die Ziegelsteine des Nachbarhauses, die an einer Stelle, wo der Putz abgebröckelt war, freilagen. Mir war oft gesagt worden, dass Urgroßvaters Haar die Farbe von Ziegeln im Sonnenlicht gehabt habe. Sein Gesicht war ohne Schwierigkeit aus dem Ornament der Mauerrisse herauszulesen, und ich stellte mir vor, dass er vom Morgengrauen bis zur frühen Dämmerung im Winter sang. Und wenn es draußen dunkel wurde und die anderen Chorsänger sich verabschiedeten und über die Petersburger Brücken nach Hause gingen, blieb ein festliches Stimmenduo im Saal, nämlich sie und er, Dirigentin und Sänger, Mezzosopran und Bass, junges Mädchen und reifer Mann, klein und groß, Frau und Mann sangen ununterbrochen mehrere Tage lang, vielleicht auch einen ganzen Monat – das war ihr Stimmenmarathon, ähnlich dem Dichtermarathon meiner Eltern.

»Papa war zehn Jahre älter als Mama«, sagte Aba, »und stammte aus einer besseren Familie. Sie hatten ein Landgut in Litauen, das sie dann natürlich verloren haben. Mamas Eltern dagegen waren Bauern aus der gleichen Gegend, sie kamen auf der Suche nach Arbeit nach Petersburg. Papas Familie war gegen diese Ehe. Auch viele Jahre später wollte sich seine Schwester, inzwischen eine alte Frau geworden, nicht mit mir treffen. Doch was half es, Papa war sehr verliebt und ließ sich von niemandem etwas sagen. Sie heirateten in der St.-Katharina-Kirche, ohne Zeugen. Das weißt du ja, nicht wahr?«

Ich nickte. Ich stellte mir vor, dass es im Proberaum kalt gewesen war. Der Hausmeister, der den Ofen in Gang hielt, war schon gegangen. Dennoch hatte der Sänger eine schweißnasse Stirn, ihn erhitzte die Nähe der Dirigentin, ihre weiße, glatte Haut, ihre zierlichen Hände und Füße (die haben wir alle von ihr geerbt). Urgroßvater hat kraft seiner Liebe dafür gesorgt, dass die Polarnacht in Leningrad ganze dreißig Tage lang andauerte. Er wünschte, dass niemand ihre Intimität störe: weder die tyrannische Schwester noch die leicht zu erzürnende Katharina II., zu deren Ehren die Kirche errichtet worden war, noch der unselige Stanisław August Poniatowski, der dort für kurze Zeit bestattet war, noch die Sänger, die keinen Dirigenten brauchten, weil sie zu dieser Zeit hoch im Norden kilometerlange Stacheldrahtzäune bauten, so lang wie die Noten des längsten Allegro im Leben des Sängerpaares.

»Sieben Jahren haben sie zusammengelebt. Im Jahr 1937 witterte Papa die Gefahr, doch er blieb unerschrocken. Er war ein aufbrausender Charakter und sagte immer, was er dachte, und Denunzianten gab es damals überall. Aus unserem Haus begannen Menschen zu verschwinden: Meistens Männer, aber auch Frauen – den Zwillingen der Nachbarn haben sie auf einen Schlag Mutter und Vater genommen. Als sie Papa holten, habe ich nicht geschlafen. Er küsste mich zum Abschied und sagte, es sei ein Irrtum, er werde bald zurück sein. Zwei Männer warteten an der Tür auf ihn. Ich habe ihn nie wiedergesehen.«

Die Verhaftung ihres Vaters war der zentrale Punkt

in Abas Leben, jede ihrer Geschichten strandete früher oder später dort, wie ein Boot auf einer Sandbank.

»Ich weiß, ich weiß, das habe ich gehört. Erzähl vom Singen!«

Zur Antwort machte sie etwas mit ihrem Gesicht – sie löschte das Licht in ihren Augen, kniff die Lippen zusammen, legte die Hände auf die Ohren, und nur die Nasenflügel bewegten sich gleichmäßig wie die Flügel eines Vogels.

»Danach hörte das Singen für immer auf«, sagte sie.

Ich wusste irgendwie, dass sie nicht die Wahrheit sagte.

Pinsel

Mikolaj breitete meine Gemälde gern auf dem Fußboden aus, um dann barfuß auf ihnen herumzulaufen und mit den Zehen auf gelungene Stellen zu zeigen. Die erschreckende Mehrheit allerdings taugte nichts. Immer wenn wir danach auf meinem Bett lagen, dachte ich an die Farbflecken an seinen Füßen, und in den Pausen zwischen unseren Küssen erläuterte er mir weiter, warum ich schlecht male. Wenn wir Abas Schritte vor der Tür hörten, setzten wir uns auf, und Mikolaj stellte wieder seine Füße auf die bemalten Pappbögen.

»Diese Denkweise ist mir gut vertraut«, sagte er laut. »Du glaubst, die Erste zu sein, aber das ist ein ausgetretener Pfad. Im zeichnerischen Stadium von fernöstlicher Kunst inspirierte Formen«, fuhr er fort. »Aber das ist nicht entscheidend. Es fehlt eine Dominante. Sag mir, worum es in diesem Bild geht.«

»Du irrst dich!«, unterbrach ich ihn harsch. »Es gibt ein Thema, es gibt eine Dominante, eine Bedeutung! Es geht um den Baum. Um Zweige und Wurzeln. Und um das Licht, das … das … darin spielt.«

Im Laufe dieser Diskussion verhaspelte ich mich bald, und meine Stimme versagte – als wäre die Verbindung zwischen meinem Brustkorb, wo meine Argumente geboren werden, und meinem Sprechorgan gestört.

»Lassen wir den Inhalt beiseite, reden wir über Emotionen. Du hast viel zu viele. Du bringst Beben, Funkeln, Traurigkeit hinein. Diesen ganzen seichten, weiblichen Sumpf.«

Am schlimmsten war, dass er diese Bemerkungen aus meinem Innern las, wo sie schon immer verborgen lagen – unter der Lunge und dem Zwerchfell, in den Tiefen meines Bauches.

»Die Emotionen und die Vermischung der Konventionen sind gleichwohl nicht deine größten Fehler – das ließe sich korrigieren. Und nicht einmal das Fehlen einer Dominanten – die könntest du auch erschaffen. Es geht darum, dass du nichts Originäres schaffst. Du sprichst nicht mit deiner eigenen Stimme.«

Ich mochte es, wenn er mich kritisierte. Es gab mir das Gefühl, dass das, was ich tat, eine Bedeutung hatte.

»Ihr lernt«, stellte Aba ehrfürchtig fest, als sie ins Zimmer kam. »Ich habe euch Butterbrote gemacht.«

Wir gingen zu ihm, und auf dem Weg erzählte ich ihm, wie ich angefangen hatte zu malen. Auf die Kunstschule, die *Chudoschka*, hatte Aba mich einst gebracht.

Die *Chudoschka* befand sich hinter dem Mickiewicz-Denkmal: Der Dichter empfängt die Lyra aus der Hand einer geflügelten Muse, und all das geschieht am Fuße einer eindrucksvollen Säule, deren Spitze von nichts anderem als einem Pinsel gekrönt ist. Ähnliche, kleinere Pinsel zierten das Dach des Nachbarhauses mit der internationalen Buchhandlung »Freundschaft«. Aba kaufte dort polnische Zeitschriften: »Rundschau«, »Frau und Leben«, »Schönheit«. Mickiewicz sah in Richtung des

»schönen Ladens«, wie Aba ihn nannte. Offiziell hieß er »Chudoschnik«, »Der Künstler«. Dort wurden Bilder, Farben und handgefertigter Schmuck verkauft. So wie in den Lebensmittelläden dieser Zeit war die Beleuchtung auch dort schwach, und schon am Eingang umfing uns das Halbdunkel. An den Wänden hingen Ansichten von Lemberg, Landschaften und Stillleben. Jedem Gemälde war ein weißes Kärtchen mit einer dreistelligen Nummer und dem Namen des Künstlers beigefügt, mit unbekannten Buchstaben in eine untere Ecke geschrieben. Aba sagte, Gemälde dürfe man nicht von Nahem betrachten, man müsse einige Schritte zurücktreten, um das Ganze mit einem Blick zu erfassen, aber hier, in den zwei kleinen Räumen, war das schwer. Die Leinwände bedeckten jeden Quadratzentimeter der Wände, sie standen sogar auf dem Boden, und wenn ich die nötige Distanz einnehmen wollte, sah ich ein einziges großes Gemälde: Es war Stadt- und Landansicht zugleich, Porträt und Stillleben in einem. Ich fragte mich, ob Mickiewicz aus seiner Perspektive einen besseren Überblick hatte.

Die Verkäuferinnen im »Schönen Laden« trugen dunkle Trachten, Hemden mit Stickereien und mehrere Perlenschnüre mit bordeauxroten Korallen, die an ihren Hälsen begannen und unter dem Glas der langen Auslage endeten, hinter denen sie standen. Diese Korallen trugen wie die Gemälde Etiketten mit dreistelligen Zahlen. Die Frauen sprachen ein völlig anderes Ukrainisch als die Verkäuferinnen in den Lebensmittelläden. Sie sprachen die Wörter weihevoll aus, als lasteten sie auf ihren Kehlen wie die Korallen an ihren Hälsen, als trüge jedes Wort auch so ein Etikett mit einer dreistelligen Zahl. Ich wusste, dass wir uns hier nichts leisten konnten, dennoch spielte Aba jedes Mal das gleiche Spiel mit ihnen: Sie fragte nach dem Preis der Gemälde, betrachtete den Schmuck und die gläsernen Vasen, fasste Farben und Pinsel an. Die Damen antworteten langsam, ohne hinter der Ladentheke hervorzutreten, und ich fragte mich, ob sie überhaupt jemals nach Hause gingen oder ob sie über Nacht hier eingeschlossen wurden, in speziellen Koffern, wie Cellos.

Die *Chudoschka* befand sich in einem großen Wohnhaus. Zu dieser Zeit wusste noch niemand, dass es in einem derart ruinösen Zustand war, dass man einige Jahre später alle Wohnungen evakuieren würde, einschließlich des heruntergekommenen Kinos im Parterre, damit es nun ganz offiziell abgerissen werden konnte. Die Sowjetunion würde sich bald anschließen, und beide würden parallel zerfallen, um die Wette, und nichts würde ihnen das hässliche Sterben mitten im Zentrum von Lemberg ersparen. Doch das Haus sollte das Imperium überleben. Kurz vor seinem Tod werden junge Leute es mit bunten Slogans bedecken, und später wird es der Stadt fehlen wie ein fehlender Vorderzahn, nur ob es die traurige Lücke eines Greises war oder ein ausgefallener Milchzahn, der von einem festen Zahn ersetzt werden wird, wusste man nicht.

Als ich zu meinem ersten Kurs in der *Chudoschka* ging, hatte das alles keine Bedeutung. Ich lernte, die schweren Holz-Staffeleien aufzustellen, heftete mit Reißzwecken meinen ersten Bogen Bristolkarton daran und hatte keine Hemmungen, meinen ersten Strich zu setzen.

Die Formen der Bildhauerwerkzeuge, jedes an einer anderen Stelle konvex und konkav, der Regen vor dem Fenster wie Knetgummi, unsere Bänke rings um die Wanne mit Ton – wir saßen dort in grauen Schürzen mit langen Ärmeln. Der Dozent, der mich auf der *Chudoschka* aufgenommen hatte, musste im Krieg einen Finger verloren haben. Wenn er durch die Korridore ging, murmelte er immer vom Krieg und lachte sich in seinen schwarzen Bart. An jenem Tag bekamen wir von ihm eine Aufgabe. Jeder sollte einen menschlichen Kopf modellieren, wir sollten uns gegenseitig Modell stehen – dann verließ er den Raum. Wir arbeiteten schweigend, immer wieder griff einer in die Wanne, jeder knetete seinen Fußball. Mein Modell war Nina, der Rest der Gruppe waren Jungs. Im Saal wurde es lauter, bald warf die Jungenbande ihr Werkzeug hin und umringte uns in einem engen Kreis.

»Hau sie, hau, mit Radau!«, fing einer an. Der Rest antwortete einstimmig:

»Hau sie, hau, die Russensau!«

Sie brüllten diesen Refrain auf Russisch, sprangen um mich und Nina herum, fuchtelten mit ihren Werkzeugen. Das war ein Spaß, kein Streit. Aus der Nähe sah ich ihre närrischen Gesichter, ihre großen Zungen, ihre zappeligen Finger. Doch bald schon zeigte sich, dass sie uns nicht aus dem Kreis herauslassen würden – wir saßen in der Falle.

»Weg mit der Russensau! Weg mit der Russensau! Weg mit der Russensau!«

Der erste feuchte Klumpen traf mich am Kopf, dann noch einer. Nina bekam den Ton ins Gesicht. Auf diese Weise waren die Jungs ihre Klumpen, aus denen Köpfe werden sollten, bald los – jetzt hatten wir Zugriff auf die Wanne. Der Klassenraum roch wie ein botanischer Garten im Vorfrühling. Ich griff mit beiden Händen in den Ton, knetete Kanonenkugeln daraus und bearbeitete die Köpfe der Gegner. Die Blockade zu durchbrechen gelang mir auf der Höhe des kleinsten Jungen namens Cytowicz, des Rädelsführers. Und obwohl ich hätte fliehen können, packte ich ihn jetzt um die Hüfte und schmierte ihm einen Tonfladen ins Haar. Abwechselnd berührte ich seinen warmen Kopf und den kalten Ton. Cytowicz lebt, kam mir in den Sinn.

»Ich wusste nicht, dass ich eine Russensau bin.«

Wir saßen auf der abgeschlossenen Toilette, Nina sah mich argwöhnisch an.

»Die sind die Gehörnten!«

»Warum?«

»Gehörnter, das ist, mit anderen Worten, ein *Ragul.*«

»Was ist ein *Ragul*?«

»Ein *Ragul* ist ein eingesessener Ukrainer. Meine Mama sagt: Wenn du mit einem ›gehörnten‹ Verehrer verabredet bist, lasse ich dich nicht aus dem Haus!«

Der Lehrer lachte in sich hinein, er verbarg sein Gesicht in den verkrüppelten Händen. Gemeinsam mit ihm kehrten wir in den Saal zurück, und dort brummte die Arbeit, als wäre nichts gewesen. Ein Spalier von Tonköpfen stand am Rand der Wanne und glotzte uns an.

Ich hatte einen löchrigen Regenschirm, und meine Schuhe wurden nass. Trotzdem schleppte ich mich durch die Straßen, watete über Bürgersteige, die sich unter dem Druck von Wasser und Schlamm aufzulösen schienen. Nina denkt schon an einen *Verehrer* und spricht sogar mit ihrer Mama darüber. Sie wird ihren Schirm mit einem großen jungen Mann teilen statt mit mir, wird mit ihm Eis essen, ins Kino und zu ihr nach Hause gehen. Und wenn ihre Mama ihnen die Tür aufmacht, wird sie erschaudern – denn aus seinem Haar wird ein ausladendes Hirschgeweih herausragen, krumme Stierhörner oder das schlanke Horn des Einhorns.

Urgroßmutter pflegte zu sagen: »die Hiesigen«. Ein Wort wie andere auch, sollte man denken, doch sie sprach es auf besondere Weise aus, scharf wie die Klinge eines Messers. Die »Hiesigen« kommt von »hier«, »hier« ist Lemberg, also sagte ich: »Ich bin auch eine Hiesige«, sie aber lachte zur Antwort nur boshaft, so wie heute Nina auf dem Klo über mich gelacht hatte.

Der Zwischenfall in der *Chudoschka* machte mir klar, dass jeder eine Volkszugehörigkeit hat. Zuvor hatte ich gedacht, das gelte nur für besonders Interessierte – Aba zum Beispiel, die ständig von ihrer polnischen Identität redete. Was die anderen betraf, mussten wir schon in der ersten Stunde der ersten Klasse die Hymne der UdSSR auswendig lernen, mit der Strophe über Russland, das alle Nationalitäten der fünfzehn Unionsrepubliken »vereint«. Ich stellte mir damals vor, es habe sie in seinem großen Bauch versteckt, wo es warm und bequem war. Eine Nationalität wurde bei den »vereinten«

Völkern nicht erwähnt. Aba und Urgroßmutter wurden immer sehr leise, wenn sie ihren Namen aussprachen – die Juden. Neben ihnen war nur ein weiteres Wort mit ähnlich starker Angst beladen: Gott. Das erste sprach Aba ebenso furchtsam wie tadelnd aus. Das zweite atmete sie mit der Luft ein, die sie danach, im Stadium des stummen, langen »h«, laut nach außen ließ: Bohh (Gott). Das klang, als hätte sie den Juden etwas vorzuwerfen, und Gott wiederum ihr.

»Ich bin Polin mit Haut und Haar«, pflegte Aba zu sagen.

»Ich bin Wahlukrainerin«, sagte Mama.

»Russensau, weg!«, hatten die Jungs mich angeschrien.

»Ich bin Lemberger«, sagte Mikolaj gern nach seinem Vorbild Waleri Bortjakow. Letzteres entsprach mir am meisten.

Aus den Fenstern der *Chudoschka* war Mickiewicz nicht zu sehen. Nur die nackten Beine seiner Muse, die zu ihm auf die kleine Insel inmitten des Autostroms geflogen war, ragten in den Himmel. Einmal habe ich Aba gefragt, warum die Polen aus Polen nicht auch ihn mit nach Polen genommen haben, wenn sie doch den Dramatiker Fredro und König Jan Sobieski mitgenommen haben. Da erklärte sie mir, dass er so fest im Stadtzentrum verankert sei, dass sie mit ihm auch den ganzen Platz und alle darauf stehenden Häuser hätten mitnehmen müssen. Das ist ein gewichtiges Argument, stimmte ich erleichtert zu. Mickiewicz war gerettet, er und sein langes grünes Haar, er und seine vielsaitige Lyra, er und seine nacktbeinige Muse, von der ich mir nicht sicher war, ob es ein Junge oder ein Mädchen war. Wer weiß, vielleicht einmal dies, einmal das, oder vielleicht beides gleichzeitig. Der Körper war unter einem dünnen Gewand verborgen, und ich fragte mich, ob der Dichter in kalten Nächten seinen Mantel abnahm und die Muse darin einhüllte. Und ob auf der Säule früher einmal kein Pinsel, sondern ein angespitzter Bleistift gestanden hatte. Ich hatte gehört, dass Mickiewicz in früheren Zeiten »der Bleistift« genannt worden war.

»Die Lemberger der Vorkriegszeit brauchten lange, um dieses Denkmal zu akzeptieren«, sagte Mikolaj.

Wir gingen von der Oper zu Mickiewicz, umrundeten ihn und prüften, wie er in die Silhouetten der unterschiedlichen Häuser eingepasst war. Einmal hockten wir uns auf eine Fußgängerinsel inmitten des Automeeres, und er erzählte mir von einem Ereignis Ende der achtziger Jahre. Darauf hatte ich lange gewartet, aber die wichtigen Geschichten seines Lebens teilte Mikolaj selten mit mir. Er war wie ein Sammler, der mehr Angst um die Sicherheit seiner Exponate hat als Vergnügen daran, sie zu betrachten.

»Ich weiß noch, dass die Mickiewicz-Säule damals wie ein Wachturm aussah, einer der vielen Millionen in diesem Land der Gulags. Die Schauspieler des Polnischen Theaters umringten das Denkmal in einem engen Kreis auf den Stufen des Sockels, die Spitzel standen etwas weiter entfernt auf dem Bürgersteig. Traditionsgemäß hatten wir Blumen mitgebracht, so wie jedes Jahr zur Eröffnung der Theatersaison. Ich erinnere mich, dass wir damals Gladiolen mit weißroten Bändern trugen. Man hätte ahnen können, dass etwas Schlimmes passieren würde – aus Polen kamen Nachrichten über die Solidarność. Polen weckte bei *ihnen* inzwischen sehr negative Assoziationen, und wir spielten im Polnischen Volkstheater. Wir legten die Blumen nieder, und dann kamen *sie* und überprüften die Papiere von allen Anwesenden. Am nächsten Tag hatte jeder von uns seine Arbeit oder den Studienplatz verloren. Menschen von sechs Nationalitäten, wegen polnischem bourgeoisem Nationalismus.«

»Und du?«, fragte ich.

»Ich wurde von der Lemberger Akademie der Künste entlassen, die damals noch nicht so hieß.«

Im Alter war Mikolajs Vater milder geworden. Hätte er jetzt einen Sohn im schulpflichtigen Alter gehabt, er hätte ihn nicht jeden Nachmittag im stickigen Haus festgehalten. Vom Direktorensessel in der Oper war er in Rente gegangen und hatte zu tischlern begonnen. Er zimmerte schiefe Stühle und Hocker und hinterließ Sägespäne im ehelichen Schlafzimmer. Mit dem Alter ließ seine Ergebenheit gegenüber dem Sowjetsystem, in dessen Namen er an den Fronten des Großen Vaterländischen Krieges gekämpft hatte, nach. Später war er von Charkiw nach Lemberg gezogen: Zum einen hatten ihm die Jahre in der Führungsposition gelehrt, dass Heuchelei, Vetternwirtschaft und Bürokratie in diesem System unüberwindbar sind; zum anderen hatte auch das jahrelange gemeinsame Leben mit seiner Frau einiges bewirkt, unter deren Verwandten mehr als ein Mitglied der Ukrainischen Aufstandsarmee UPA war. Je mehr sich Mikolajs Vater also von den erhabenen Ideen distanzierte, deren Umsetzung ihn mit Ekel und Entsetzen erfüllte, desto milder wurde sein zuvor stechender Blick, er nahm sogar eine Art neuen, weiblichen Ausdruck an.

Anders Mikolajs Mutter. Je milder ihr früher despotischer Mann wurde, desto schärfere Töne legte sie an den Tag. Je weniger er da draußen bedeutete, desto selbstsicherer trat sie auf – vor allem in diversen pro-ukrainischen Kreisen, später auch bei Demonstrationen. Das war ein groß angelegter Blitzkrieg, und nur ihre Freundinnen wunderten sich über ihre rasant fortschreitende Fettleibigkeit, die sie selbst nicht zu kümmern schien. Für sie war die Ausweitung ihres Leibes gleichbedeutend mit der Eroberung unbekannter Territorien und dem wachsenden Gefühl, dass dieses Haus und diese Stadt ihr gehörten.

Als sie hörte, dass gegen Mikolaj ein Studienverbot wegen polnischem Nationalismus verhängt worden war, wurde seine Mutter blass, fasste sich an den Kopf und wusste sofort: Das musste auf jedem Fall vor dem Vater verheimlicht werden. Sie vereinbarten, dass er in den folgenden Monaten wie zuvor den ganzen Tag nicht zu Hause sein und so tun sollte, als hätte Mikolaj Vorlesungen. Gleichzeitig weihte sie ihren Ehemann in den geheimen Plan ein, einen Kellerraum zu bekommen, der kürzlich freigeworden war, nachdem der Mieter, ein Vorkriegstrinker, gestorben war. Der Vater schaltete sich bereitwillig ein, frischte seine Beziehungen im Stadtrat auf, erledigte die Formalitäten und bekam den Raum, der sich ideal für sein neues Hobby eignete. Er hatte nicht lange etwas davon, starb ein Jahr nach den Vorfällen beim Mickiewicz, gerade zu der Zeit, als Mikolaj erste Schritte an der neuen Hochschule tat, die ihn aufgenommen hatte.

Durch den Tod seines Vaters bekamen alle späteren Erfolge Mikolajs – das Diplom mit Auszeichnung der Charkiwer Akademie der Künste, die Arbeit als Bühnenbildner an der Oper und sogar der Doktortitel der Lemberger *Almae Matris* – einen bitteren Beigeschmack. Mariannas Stimme befreite ihn von dem Gefühl dieser zweifellos eingebildeten Schuld. Sie versetzte ihn aus der eigenen und der Geschichte seiner Familie in eine Sphäre, wo Schwere und Leichtigkeit waren und viele andere, meist gegensätzliche Dinge, die die persönliche Freiheit des Menschen ausmachen.

Dasselbe suchte er, denke ich, in mir. Deshalb hat er unsere unbeholfene und unsinnige Affäre begonnen. Es konnte nichts Gutes daraus werden – wie ich schon zu Anfang sagte, war ich musikalisch total unbegabt.

Lenin

Ich nehme dich nur ungern mit, es ist kein Ort für Kinder. Aber wenn du darauf bestehst. Schließlich bist du schon dreizehn«, sagte Aba.

Schon damals machte ich einen großen Bogen um die Oper, aber es war ein außergewöhnlicher Tag. Die Vorstellung sollte im Freien stattfinden, von allen Seiten strömten Zuschauer heran. Es war September 1991, Mikolaj hatte schon das Bühnenbildner-Diplom und arbeitete seit einigen Jahren an der Oper. An jenem Tag standen wir beide in der Menge, ohne voneinander zu wissen. Wir dachten beide an Marianna. Für Mikolaj drehte sich die ganze Veranstaltung zu viel um Politik und zu wenig um Kunst, und eine tiefe Sehnsucht nach ihrer Stimme erfasste ihn. Er dachte darüber nach, dass sie weder im Himmel noch auf der Erde war, und auch darüber, wie sich dieses *»nicht da sein«* von seinem eigenen *»ist« – oder »sein«* – unterscheidet, ob es seit ihrem Tod abgestorbener war, als es gewesen war, bevor er Marianna kennengelernt hatte. Für mich war es das genaue Gegenteil – ich musste an ihre Worte denken: Wir sind Humus, wir geben unser Leben, um den Boden zu düngen, seine Früchte bekommen wir nicht mehr zu sehen. Ich stellte mir vor, an einer Oper mitzuwirken, die vor das Gebäude hinaustritt und für alle spielt.

Die Kunst gehört dem Volk – und Mamas Stimme gibt den Ton an.

Ich schaute nach oben: Der Bogen des Portals war wie immer gekrönt von der Allegorie des Ruhms mit einem Palmenblatt in den Händen. Vielleicht hatte der Ruhm es satt, dass die Vorstellungen immer drinnen stattfanden, und hatte deshalb diese Versammlung einberufen. Das goldene Blatt in seinen Händen funkelte im Sonnenlicht, doch die wahre Attraktion des heutigen Programms befand sich viel tiefer, und ich war die einzige, die in diese Richtung sah. Ich trat auf die Einfassung eines Gänseblümchenbeetes, mit dem Kinn berührte ich Abas Scheitel: Er war die Stadt auf der goldenen Landkarte ihres Kopfes, von der die grauen Fäden der Autobahnen in alle Richtungen abgingen, um sich im Dickicht der dunklen Landstraßen zu verlieren. Erzürnte Gesichter umringten uns erst in einer, später in Zweier- und Dreierreihen. Ich ahnte, dass wir dort gleich nicht mehr herauskommen würden, schloss nervös die Knöpfe an der modischen Jeansjacke, die ich von Mama geerbt hatte. Sie roch immer noch nach Tabak und Erwachsenenparfüm. An einer Stelle fehlte der Knopf, dort steckte stattdessen eine Sicherheitsnadel.

Ich ließ den Blick nicht vom Ruhm, der mit dem Kopf auf den Auftritt des Chores zeigte – heute sollte es keine Ouvertüre geben. Der Chor sang in zwei Stimmen: Der Alt wetterte gegen die Entweihung des Führers, der Bass verlangte einen Umsturz. Zwischen ihnen standen schweigend die Kadetten der Offiziersschule, die noch nicht wussten, ob ihre Partei Bestandteil der Partitur sein würde. Ich erinnere mich, dass der Alt – also die Gegner des Sturzes – zittrig und weinerlich war, eingewickelt in knisternde Folie, die die steifen Köpfchen roter Nelken umhüllte. Die Bässe dagegen – die Befürworter – waren alt, abgearbeitet und rüstig, auf ihrer Seite traten dunkeläugige Heilige von den Kirchenfähnlein auf. Unter den Altstimmen waren Lehrerinnen von meiner Schule. Warum verteidigen sie ihn?, wunderte ich mich. Wozu brauchen sie ihn? Haben sie nichts vom Roten Terror gelesen? Sind ihre Väter nicht erschossen worden? Kein Großvater nach Sibirien verbannt? Wir sind Humus, wir geben unser Leben, um den Boden zu düngen, seine Früchte bekommen wir nicht mehr zu sehen, sagte Mama. Und diese Frauen, was wollten sie mit ihren Tränen düngen?

»Hände weg von Lenin!«, jammerten sie.

»Koffer – Bahnhof – Russland!«, knurrte man ihnen entgegen.

»Sollen sie doch endlich die Leiche aus dem Mausoleum holen und begraben«, sagte Aba. »Dann wird er aufhören, seine böse Macht zu verbreiten und die Köpfe der Menschen zu verwirren.«

»Muttergottes, unsere Fürbitterin, mach, dass es nicht zum Blutvergießen kommt«, seufzte neben uns eine Frau.

»Weg! Weg! Weg!« Die zwei Chöre zerschmolzen zu einem.

Gleich geht es los, dachte ich und meinte schon, ein Solo zu hören. Wir sind Humus. Wir bekommen es nicht mehr zu sehen.

»Forte!«

Erneut schaute ich nach oben: Seine Hände bewegten sich nicht, er gab dem Orchester mit nur einer Geste immer ein und dasselbe Signal. Plötzlich hörte ich es krachen: Das vergoldete Palmblatt war auf die Köpfe der Vorstellungsteilnehmer gefallen. Der Ruhm hatte endlich freie Hand.

»Forte! Forte! Fortissimo!«

Sogleich kamen die Noten in den Händen der Chorsänger durcheinander und flogen auf die Erde, die Stimmen sangen schief, ich hörte Winseln, Knirschen, Heulen, wurde von Aba weggedrängt. Ich kauerte mich auf die Erde, verschränkte die Hände vor der Brust, drückte sie darauf, dann faltete ich sie auf dem Rücken. Sand und Zigarettenkippen flogen mir auf den Kopf. Währenddessen berichtete die Frau von der Muttergottes unserer Fürsprecherin auf Zehenspitzen stehend:

»Sie nehmen das Banner runter. Reißen den anderen die Nelken aus den Händen. Peitschen sie damit ins Gesicht. Und sie spucken auf die blau-gelben Fahnen. Die Soldaten treiben sie auseinander.«

Vom Hocken taten mir die Beine weg, ich war direkt auf dem Kopfsteinpflaster gelandet. Gut, dass Aba weg war, sonst hätte sie mich ermahnt, dass sich meine Eierstöcke erkälten. Dort auf dem Boden entdeckte ich, dass die Frau Fürbitterin orthopädische Herrenschuhe trug, einer größer als der andere, bestimmt hatte sie als Kind Polio gehabt. Die langen Schnürsenkel verbanden nicht nur ihre Schuhschafte, sondern auch ihre Beine. Sie war wie ein gefesseltes Pferd, und ich fragte mich, wie sie es bis hierher geschafft hatte. Und dann kam mir der

Gedanke, dass unser aller Beine in ihren Schnürsenkeln verheddert sind und jede Bewegung eines von uns Tausende anderer nach sich zieht. In einer Menschenmenge darf man sich nie hinsetzen, sonst trampeln sie dich zu Tode. Aba war verschwunden. Wir sind Humus.

»Forte! Forte! Fortissimo!«

»Muttergottes, behüte uns, gleich werden sie sich an den Kragen gehen!«

Das Kopfsteinpflaster war grau, grau wie Wladimir Iljitsch. Er stammte von dem Moskauer Bildhauer Merkurow, dessen steinerne Lenins im ganzen Land standen. Hartnäckig mied ich den Blick auf das Denkmal und hatte es doch immer vor Augen: wie er die ohnehin zerknitterte Mütze in den Händen knüllte, wie er dastand auf dem schornsteinartigen Sockel und mit den Augen eines Todeskandidaten herabblickte. Jemand hatte einen Eimer roter Farbe auf den Sockel gegossen: Sie rief all das in Erinnerung, was ich lieber vergessen hätte.

»Weg! Weg! Weg!«, wurde gerufen oder vielmehr immer leiser geschluchzt. Das war ein bedeutender Tag. Sogar Zygmunt Gorgolewski setzte sich zwischen die Zuschauer auf den grauen Bürgersteig, eine nicht angesteckte Zigarre zwischen den Lippen.

»Na das war vielleicht was«, sagte er wie mechanisch. »Das war was. War was. War was.«

»Was denken Sie darüber?«, fragte ich, ohne den Mund zu öffnen. »Freuen Sie sich? Na ja, bestimmt. Aber so viele Jahre haben Sie Seite an Seite verbracht, Sie und Lenin. Wie in einer Gemeinschaftswohnung, unter einem Dach.«

»Was sitzt du auf der nackten Erde? Bist du verrückt geworden? Du wirst krank! Du stirbst!«, rief Aba und zog mich an der Hand.

»Du lebst?«, wunderte ich mich wie ein Mensch mit posttraumatischer Belastungsstörung, auch wenn ich diese Bezeichnung damals noch nicht kannte.

»Gut, dass das Mädchen hier war. Im Fernsehen kriegt sie so was nicht zu sehen!«, kommentierte jemand.

Ich löste die Turnschuhe vom Boden und hob ab. Als ich sechs war, hat Mama mir eine Medaille für das Klettern auf Bäumen gebastelt. Ein rundes Stück Pappe, darauf drei schwarze Äste, in der Mitte ein goldener Kater, jedes Haar an seinem Schwanz war gesträubt. Diese Medaille habe ich bis heute, sie liegt unter Glas auf dem Schreibtisch. Sie haben nicht so eine, Herr Zygmunt.

»Was machst du da oben? Du fällst noch runter und brichst dir dein Genick!«

Ich hielt nach Tschornowil Ausschau, aber statt seiner kletterte ein erschöpfter Mann in einem zerknitterten Anzug auf den Kran. Er las etwas von einem Blatt ab, aber das Megaphon setzte aus, und man konnte nichts verstehen.

»Er zählt die wichtigsten Verbrechen des Kommunismus auf«, vermutete die Fürsprecherin, weinend.

Die Gesänge verstummten. Und dann der letzte Anstieg des Taktstocks. Der Auftakt. Eins – zwei – runter mit ihm!

In der ersten Sekunde schwebte der Führer des Weltproletariats über der Erde wie eine große Glocke, die keinen Ton von sich geben kann, dann stürzte er mit Getöse auf die Ladefläche eines blau gestrichenen Lastwagens mit der großen Aufschrift »Menschen«. Alle klatschten: die unten, und die oben auch. Der Gerechtigkeit war Genüge getan, jetzt sollte eine neue, gute Epoche beginnen. Jetzt konnten wir nach Hause gehen.

Da ertönte ein erneuter Donnerschlag, ich dachte sofort an Gorgolewski. Er hatte die Oper schon manches Mal beben sehen, doch jetzt bröckelte das Theater im Gefolge von Lenin, die steinernen Figuren fielen mit dem Gesicht voran aus ihren Nischen: die Allegorie der Tragödie mit verbundenen Augen, und die korpulente Komödie.

»Lass uns nach Hause gehen!«

»Es ist alles in Ordnung, da ist nur eine Platte aus dem Denkmalsockel gefallen, sogar mehrere Platten.«

»Grabsteine. Polnische, jüdische. Die der Sitscher Schützen vom Janowski-Friedhof. Wie sind die dorthin gekommen?«

Die vom Sockel fallenden Grabsteine legten Knochen und Schädel der vom Regime ermordeten Lemberger unterschiedlicher Nationalität frei. Sie fielen auf die Erde und wurden wieder zu jungen, lebendigen Menschen, die in ihre Häuser und zu ihren Familien zurückkehrten, während sich das Idol verneigte, herunterstürzte und zu Staub zerfiel. Das Gleiche wird geschehen, wenn sie die Leiche auf dem Roten Platz stürzen. Unter ihr werden ganze Dörfer und Städte zum Vorschein kommen, Heerscharen von Menschen in Gefängniskleidung und mit Schusswunden werden auf die Straßen gehen. Und dann kommt das Jüngste Gericht und wird trennen in Schafe und Ziegen. Ein Solo wird zu hören sein: Wir sind Humus, doch düngen wird man dann nicht mehr müssen.

»Gold! Dort ist Gold! Die Kommunisten haben es im Sockel versteckt!«

Die Frau Fürbitterin schubste Aba kräftig und eilte voran. Ich half ihr, auf den Beinen zu bleiben. Uniformierte Burschen bildeten eine dichte Kette um die Lücke, die der Führer hinterlassen hatte, und die Platten wurden auf den nächsten Lastwagen verladen, der ebenso wie der erste in unbekannter Richtung davonfuhr. Aba und ich drängten zum Ausgang, ich hielt sie an der geschwollenen Hand. Die dicken Venen waren wie eine Karte der Sowjetunion mit allen Orten, an denen das Lenindenkmal noch nicht beseitigt worden war. Um uns herum kam Stolitschnaja-Wodka zum Vorschein, die Leute tranken aus der Flasche und reichten sie sich von Hand zu Hand. Unterschiedliche Grüppchen sangen gleichzeitig verschiedene Volkslieder, niemand brauchte mehr einen Dirigenten. Wir gingen in die falsche Richtung, denn die Menschenmenge vor uns wurde immer dichter und stieß uns genau dort aus, wo eben noch Lenin gestanden hatte. Es waren keine Soldaten mehr da, ich sah nur, wie ein Typ mit aufgezogenem Hosenschlitz über der frischen Grube stand und sie mit seinem satten Harnstrahl wässerte. Ich fing Abas vorwurfsvollen Blick auf: Das hätte ich nicht sehen dürfen, gleich würde ich zur Salzsäule erstarren. Liebste Aba, antwortete ich ihr ohne Worte, ich habe jetzt doch nur Zygmunt Gorgolewski im Kopf, er tut mir so leid, ich weiß selbst nicht warum, aber gleich fange ich an zu weinen. In Wirklichkeit aber war es Aba, die sich verstohlen Tränen der Rührung wegwischte, und als wir nach Hause in Richtung Lenin-Prospekt gingen, sagte sie:

»Du wirst keine Götzen verehren und wirst ihnen nicht dienen. Das Wort Gottes ist wahr geworden, dessen wurden wir Zeugen.«

Ich bestätigte diese Wahrheit eifrig nickend und spürte zugleich, wie die geöffnete Sicherheitsnadel, die von meinem Jackenkragen gerutscht und durch den Pullover gedrungen war, mir irgendwo an den Rippen in die Haut stach.

Atelier II

Wir überquerten mehrere Straßen und fanden uns in der Lew-Tolstoi-Straße wieder, gingen nach unten, schlossen sorgfältig die Türen hinter uns und legten uns auf das Sofa, auf den Überwurf mit dem gelben Löwenzahnmuster. Die Nadel durchfurchte den schwarzen See der Schallplatte. Für einen Augenblick gewann ich meine Stimme wieder, sagte wiederholt: ›Das geht nicht, das dürfen wir nicht, es gehört sich nicht, ich will nicht, ich kann nicht, ich weiß nicht.‹ Ich mochte mein eigenes Gerede nicht, und ihm gefiel es auch nicht sonderlich. Er drehte sich zur Wand, brachte mit einem kräftigen Schnipser die Musik zum Schweigen, stand auf und begann, selbst auf dem alten Flügel zu spielen. Er haute so heftig in die Tasten, dass ich fürchtete, er könnte sie eindrücken. Dann würde man einen Fachmann holen müssen, und den könnte ich nicht bezahlen. Ich würde allein auf die eiskalte Straße gehen, in einem Hauseingang sterben, denn nach Hause konnte ich auch irgendwie nicht. Mikolaj improvisierte immer jazziger, er summte dazu:

»Kul-ba-ba! Kul-ba-ba! Kul-ba-ba!«

Der Überwurf war steif und klamm, ich lag auf dem Rücken, ruderte im Rhythmus seiner Melodie, die Bojen entfernten sich immer weiter, die Leuchttürme waren hinter dem Horizont verschwunden, die Rettungsschwimmer längst im Urlaub. Ich zog mir den grauen Wollpulli aus, das graue ausgeleierte T-Shirt und den grauen, verwaschenen BH, drehte mich auf den Bauch, phantasierte, dass mir Löwenzahn auf dem nackten Rücken wachse. Und er singt von ihnen, den *Kulbabas*, eine ganze Wiese voll gelben Löwenzahns, eine Blüte für jede Sommersprosse, und alle schwankten mit mir im Rhythmus der Melodie.

»Kul-ba-ba! Kul-ba-ba! Kul-ba-ba!«

Die Melodie wurde schneller, der Löwenzahl verwandelte sich in weiße, flauschige Pusteblumen. Mikolaj blies sie alle mit raschem Atem ab, mein Rücken verwandelte sich in einen Friedhof, auf dem statt der Kreuze die kahlen Köpfchen der Pusteblumen stehen.

»Kul-ba-ba-ba-ba-ba-ba!«

Dann ein unerwartetes Klopfen an der Tür, obwohl wir vorher keine Schritte gehört hatten. Er warf mir einen schmuddeligen Schlafrock über und schob mich sanft in Richtung Flügel. Dort sollte ich mich hinhocken, um nicht gesehen zu werden. Ich presste meinen Rücken gegen die Buchreihen der unteren Regalbretter. Ich bin eine Frau im Taschenformat und weiß selbst nicht, welches Wort mir herabwürdigender erschien: »Taschenformat« oder »Frau«. Er ließ seine Mutter herein, ihr Blick wanderte durch das Zimmer. Sie hatte ihm warmes Essen gebracht, und er war sauer auf sie, bat sie sofort hinaus, als wäre allein die Annahme, er könne Hunger haben, erniedrigend für ihn, so wie der Gedanke, dass er von einer Frau geboren war. Ich saß auf dem Boden, den Blick auf die Stelle geheftet, wo die Schöße des Schlafrocks auseinandergingen, auf meine Brüste. »Milchdrüsen« – so hießen sie in der Beschreibung der Lungenröntgenaufnahme. »Milchdrüsen«, aus denen kein einziger Tropfen Milch geflossen war. Milch wie aus dem Löwenzahn. *Kulbaba.*

Seine Mutter ging, schloss alle Türen hinter sich, und wir lagen wieder nebeneinander. Mikolaj zog seine Hose herunter, seine Beine waren dünn und lang wie Stelzen. Das verlieh ihm etwas Lächerliches. Im Alltag blieben sie unter seiner Kleidung verborgen. Ich sah auch, dass er blaue Baumwollunterhosen trug, vermutlich war er wirklich einst ein Kind gewesen. Aber jetzt waren diese spindeldürren Beine das Nest eines wilden Tieres, das sich aufbäumte unter dem Schutz der Unterhose. Er musste es festhalten, damit es sich nicht auf mich stürzte und mich zerriss.

Das ist Sünde, dachte ich und konnte den Blick nicht abwenden.

»Möchtest du, dass ich dich mit den intimen Regionen meines Körpers bekanntmache?«, fragte er in seinem gewöhnlichen Dozententon.

Ich nickte zögerlich, da schob er eine Hand in die Höhle und öffnete von innen die Tür, hinter der die Bestie schlummerte. Ich sah ihre zitternde Haut und das befremdliche Maul. Während des Anschauungsunterrichts streichelte er ihm zart über den Kopf.

»Das ist mein Hodensack, darin befinden sich die Hoden. Dies ist die Eichel, das nennt man die Vorhaut. Dadurch pinkelt man. Und was jetzt passiert, das nennt man Erektion.«

Das ist Sünde – diese Worte geisterten mir durch den Kopf und hinderten mich daran, das neue Wissen aufzunehmen. Zwischen meinen Beinen war alles von Hitze durchflutet, ich fürchtete, man könnte das sehen, es musste von einem roten Glühen umringt sein, gleich würde er es bemerken und feststellen, dass ich eine gefallene Frau bin.

»Ist es möglich, dass du Jungfrau bist?«

»Ich gehe ja schließlich in die Kirche.«

»Meine Generation ist ohne Gott aufgewachsen. Niemand hat uns etwas von ihm gesagt.«

»Aber jetzt weißt du es. Ich wurde vor einigen Jahren getauft.«

»Du benimmst dich nicht wie eine Neophytin: Du gehst nicht in die Kirche.«

»Ich erachte den körperlichen Ausdruck von Liebe nicht als Sünde.«

Ich hob mein Gesicht aus den Falten des feuchten Überwurfs, zog die Hände hervor, streichelte ihn wie einen Kater, auch wenn er roch wie ein Hund. Ich hätte gewollt, dass er mich mit den Fingern in sein raues Fell eintauchen lässt, dass er die Augen schließt und sich schnurrend dem Behagen hingibt, dass wir gemeinsam die Lust genießen, die die Nähe des anderen Körpers schenkt. Er aber hatte sein eigenes Programm, er fuhr in eine andere Richtung als ich, auch wenn unsere ineinander verflochtenen Körper das Gegenteil sagten. Ich tauchte mit den Fingern in ihn ein, um etwas daraus zu kneten wie aus Gummi, doch sie stießen auf einen gleitenden Berg, sogar Berge sind ihm zu Willen, er ist stark und hoch wie die Howerla, ich prallte schmerzhaft dagegen, und er drang in mich ein wie Gips in die Form, ohne zu fragen, ob ich schon zu Lebzeiten mein eigenes Denkmal werden wolle.

»Nimm diese Ohrringe ab«, stöhnte er da. »Sie sind so kitschig wie deine Bilder.«

Ich nahm die bunten Steine, die ich sehr mochte, aus den Ohren und warf sie auf den Boden, und er setzte die Reise über meinen Körper fort, bei der er keinen Gefährten brauchte. Was verschlingt ihn mein Körper so, dieser arme Bruder Esel, der nichts als gestreichelt und umarmt werden will, fragte ich mich. Da schrie er plötzlich auf wie jemand, der etwas lange Verlorenes gefunden hat, heulte mit geschlossenen Augen, drückte meine Hand um sein feuchtes Glied, als wollte er meine neu erworbenen Kenntnisse über dessen Bau abfragen. Dann erklärte er wieder im Ton des Dozenten:

»Und so sieht ein Samenerguss aus.«

Er zog seine Unterhose an, stand auf, ging an den Herd, gab drei gehäufte Löffel *Fort*-Kaffee in den italienischen Espressokocher und wandte mir den Rücken zu, bis das heiße Getränk zischend in die obere Kammer aufstieg. Er goss ihn in zwei dickwandige Keramiktassen und reichte mir wortlos eine.

Es war dunkel und eisig, als wir nach draußen gingen. Wir rutschten auf schmutzigen Eisbrocken aus, meine Hand in seiner Tasche, seine Hand in meiner. Ich tat alles, um unbemerkt durch die Straßen zu kommen, in denen es von seinen Studenten und Bekannten wimmelte. Vorbei die Zeiten, als ich bedächtig voranschritt, den Blick auf die bröckelnden Köpfe polnischer Poeten in den Nischen der oberen Stockwerke gerichtet. Jetzt waren die Straßen ein Hindernisparcours, und mein argwöhnischer Blick ein Kundschafter, den ich immer wieder weit vorausschickte. Mikolaj ging wie immer ohne Eile.

Wir hielten an einem Haus in der Nähe des Politechnikums – Eklektizismus, beachte die runden Türmchen ganz oben –, wir betraten den mit weißem Stuck bedeckten Hauseingang – sorgfältig gearbeitet, künstlerische Bedeutung gleich null –, gingen durch einen Hinterhof voller Autos der Marke Zaporoschetz, die unter dem Schutz von Zeltplanen am Boden festgewachsen waren. So etwas hätte ich auch gebrauchen können, denn der Himmel begann gerade, dicke Flocken feuchten Schnees auszuspucken. Meine Hände auf meinem Kopf, seine Hände auf meinem Kopf. Der Hof führte uns in den nächsten Eingang – schau den schmiedeeisernen Briefkasten, irgendein Bekloppter hat ihn mit brauner Ölfarbe gestrichen – und von dort auf den nächsten Hof. Dort bekam ich einen blechgedeckten Anbau zu Gesicht. Der Hagel trommelte auf das Dach und durchlöcherte es, er löcherte auch unsere unbedeckten Köpfe. Wir klopften an eine Tür, ein Mann mittleren Alters mit schwarzen Haarsträhnen an beiden Seiten seines kahlen Schädels öffnete. Sein rascher Blick registrierte unsere verschränkten Hände. Drinnen war alles so eng mit Köpfen vollgestopft, dass wir den eigenen nirgendwo ablegen konnten. Nebeneinander standen sie auf einem langen Tisch, mit Hals und ohne, matt und glänzend, aus Stein und aus Holz. Alle jedoch wandten sich augenblicklich zu mir um und musterten mich. In ihren Augenhöhlen war keine Nachsicht für meine Sünde. Mitten unter diesen toten Köpfen zitterte der Kopf des Hausherrn, der etwas zu unserer Begrüßung vorbereitet hatte. Er stellte eine Stehleiter an den Schrank und kletterte darauf bis an die Decke, um irgendwelche Flaschen aus dem Regal zu nehmen. Dabei stieß er mit dem Kopf gegen einen ganzen Wald von Beinen, der dort wuchs: gerade Beine und überschlagene, steinerne und metallene, allesamt nackt. Den Schrank daneben zierten Gottesmütter aus Papier, mit goldenen Kronen, und ein Ebenbild des früheren ukrainischen Premierministers Wiktor Juschtschenko. Mikolaj und der Hausherr setzten sich mit dem Gesicht zu ihm, gossen trüben Wein aus einer umflochtenen Flasche in die Gläser. Auch ich trank, und schon nach den ersten Schlucken legten sich ihre Köpfe übereinander: Der Hausherr überlagerte die Muttergottes von Jazłowiec, Mikolajs Haare auf die Haare des Hausherrn, Mikolajs Haare auf die Glatze des Hausherrn, Mikolajs Haare auf die Glatzen der toten Köpfe, bei denen es sich ausnahmslos um Taras Schewtschenko handelte, die überladenen Stirnen hingen tief in die Glotzaugen, auch ihre langen Schnurrbärte und die Bänder der gestickten Hemden hingen. Mikolaj diskutierte mit dem Hausherrn über irgendeine schwierige Frage, die mit der bevorstehenden Fakultätskonferenz zusammenhing. Sie klagten über den Dekan, notierten etwas auf den Rückseiten beschriebener Papiere, und ich trank die trübe Flüssigkeit. Wein aus Serednje im sonnigen Transkarpatien, gereift in prachtvollen Kellern, die vor vierhundert

Jahren von den Türken gebaut worden sind. Alle Köpfe waren gleich, wenn auch nicht ganz. Ich bemerkte einen mit Glatze und hängender Stirn, aber ohne Schnurrbart. Achtung, Eindringling! Wie mag der hier reingekommen sein? Ich musterte ihn immer aufmerksamer, wir hatten uns schon einmal getroffen, und es war keine angenehme Begegnung gewesen. Ich trank den Serednje-Wein wie Wasser und versuchte, mir das genaue Zitat aus *Ruslan und Ljudmila* in Erinnerung zu rufen, als der unglückliche Liebhaber seine Verlobte sucht und statt ihrer auf freier Flur einem riesigen Kopf begegnet:

... schaut der tapfere Fürst –
und sieht ein Ungeheuer vor sich.
Finde ich Farben und Worte?
Vor ihm ein lebendiger Kopf
Die Riesenaugen übermannt vom Schlaf.

... смотрит храбрый князь –
И чудо видит пред собою.
Найду ли краски и слова?
Пред ним живая голова.
Огромны очи сном объяты.

Ruslan wurde damit fertig, dachte ich, denn als der Kopf ihn anzupusten begann und vom Pferd warf, als er brüllte und ihn mit seiner schrecklichen Zunge reizte, erstach er ihn aus Notwehr rasch und treffend mit der Lanze. Ich dagegen war wehrlos und hungrig dazu, spähte nach etwas Essbarem, aber auf dem Tisch stand nur Konfitüre aus Gemeinem Schneeball, *Tscherwona Kalyna*, herb und bitter. Aba gab mir davon einen Löffel, wenn ich Halsschmerzen hatte. Mikolaj fachsimpelte mit dem Hausherrn über die Probleme mit dem Dekan, sie spotteten über seine Demenz und vielleicht gerade über die Kalyna – ihre harte Rinde blieb an Zunge und Zähnen haften, man bekam sie schwer los, um sie dann zu kauen. Der Kopf des Eindringlings hatte sich gar nicht schlecht getarnt zwischen den Büsten des Sehers, hatte sich in seine Kirschgärten, zwischen ausgebeutete Bäuerinnen und sensenschärfende Hajdamaken geschlichen, aber das war gar nichts im Vergleich zu dem Dutzend gekreuzigter Christi, die ohne Kreuz an der Zimmerdecke hingen. Ob er wohl manchmal auch einen Blick auf sie warf oder nur lautlose atheistische Flüche gegen sie ausstieß?

»Wie kommt dieser Kopf hierher?«, fragte ich leise.

Der Hausherr zwinkerte mir zu, goss Wein nach und wechselte eilig das Thema. Er sprach vom Sommer 1990 und den Offiziersfrauen, die vor der Oper gegen die Entfernung des Denkmals protestiert hatten, von den im Sockel gefundenen jüdischen Grabsteinen und dem Bildhauer Merkurow – angeblich das einzige Mitglied der Freimauerloge in Moskau, der das Glück hatte, eines natürlichen Todes zu sterben. Daran knüpfte er die Legende von dem angeblichen Selbstmord des Architekten Gorgolewski wegen seiner Entfernung aus dem Theater – weder ich noch Mikolaj korrigierten ihn, wechselten nur für einen Augenblick vielsagende Blicke. Und schließlich kam er zu dem Moment, als der blaue Laster mit dem gestürzten Lenin-Denkmal auf den Hinterhof einer Lemberger Fabrik gelenkt und die Figur vor einigen wenigen Zeugen mit dem Gesicht auf die Erde gelegt wurde. Dennoch verbreitete sich die Nachricht vom entthronten Führer des Weltproletariats in Windeseile in der Stadt, und Delegationen von Neugierigen besuchten die Fabrik. Aus Kiew kam sogar eine Sonderkommission, die die Verhältnisse, unter denen Iljitsch aufbewahrt wurde, für unbefriedigend befand. Festgestellt wurde das mit genau diesen Worten – denn es waren Zeiten, in denen man Lenin wohl schon demontieren, aber noch nicht im Dreck ablegen durfte. Es galt also, ihn auf zivilisierte und billige Art zu entsorgen, daher fand bald eine weitere Exekution statt, diesmal weniger pompös. Lenin wurde der Kopf abgeschlagen, der Rumpf war für ein Denkmal für die Opfer der kommunistischen Repressionen vorgesehen. Bis dahin wurde er in einem Lager aufbewahrt.

»Wie ist der Kopf zu Ihnen gelangt?«, fragte ich, aber der Hausherr lachte nur, goss mir Wein nach, obwohl ich noch nicht ausgetrunken hatte, weshalb das Glas überlief, was ihn zusätzlich erheiterte. Er machte ein furchtbares Gesicht, schlug sich auf die fußballgroßen Knie. Ich wusste nicht, was tun, denn er fing an zu singen, also fragte ich:

»Was empfinden Sie, wenn Sie den Staub von ihm wischen?«

»Ich wische nicht Staub, ich trete mir die Füße auf ihm ab«, antwortete er kichernd.

Mikolajs Gesicht bebte angewidert, darüber legte sich

der Juschtschenko von der Wand, und auf die Visage des Hausherrn legte sich Lenin, der mir mit den zusammengekniffenen Augen des obersten Tschekisten nahekam und heiser erklärte:

»Ich habe dich erkannt, du bist Mariannas Tochter.«

Das Glas kippte um, der restliche Karpatenwein ergoss sich auf meine Jeans. Mein Gesprächspartner fuhr hoch und fing an, mich mit einem Stück roten Stoffs abzuwischen, wobei er mir fürsorglich in die Augen blickte. Er sei damals mitten im Geschehen gewesen, gestand er, er habe die *Tscherwona Kalyna* so laut gesungen, dass er Halsschmerzen bekam. Er habe einen Cousin, der die Schüsse mit eigenen Ohren gehört habe, zwei fielen, oder drei, wann war das doch genau – im Juli oder im August? Ich schaltete ab und versank in einem Überdruss, der sich aus der Wolke des ruhmhaften Märtyrertums meiner Mutter und dem schweren Rauch der Zigaretten speiste, die die Herren pafften. Ich hatte nichts zu der Geschichte von damals zu sagen, sie alle wussten es besser. Unser Gastgeber wurde immer gerührter von seinen eigenen Erinnerungen. Marianna war tatsächlich die Reinkarnation von Salome Kruschelnytska, derselbe weittragende Mezzosopran, Ukrainer mit jeder Faser seines Körpers. Er selbst, apropos, trage sich seit einiger Zeit mit dem Gedanken, eine wahrhaft patriotische Kulturzeitschrift herauszugeben, wisse nur nicht, wie er einen Sponsor finden solle, und zögere noch beim Titel. Wäre »Unabhängigkeit« besser oder »Tscherwona Kalyna«, was meinten wir?

»Wir kennen uns seit vielen Jahren«, sagte Mikolaj, als

wir zurück auf dem Hof waren. »Ich verdanke ihm viel: Durch ihn bin ich an die Hochschule gekommen, er hat mich zu meiner Doktorarbeit angetrieben. Aber Tatsache ist auch, dass er früher auf Leninbüsten spezialisiert war.«

Wir wateten bis zu den Knien durch den frischen Schnee im angrenzenden Hinterhof, mein Kopf auf seiner Schulter, sein Kopf an meinem, beide versuchten wir erfolglos, die bitteren Beeren zu zerkauen, mit denen man uns bewirtet hatte.

»Alles Gute dir und deiner Schülerin«, hatte der Hausherr zum Abschied zu Mikolaj gesagt, und ich konnte mich des Eindrucks nicht erwehren, dass sein Blick, der nach diesen Worten zu mir huschte, ein Mal in mein Gesicht gebrannt hatte.

Die Schatulle

Der Schnee war schon fast weg, nur hier und da rutschten wir auf den schmutzigen Resten aus: ich in meinen rosa Stiefeletten, Aba in schwarzen Halbschuhen mit breiten Absätzen, Mama in Filzstiefeln in der Farbe der Schneeglöckchen, die jetzt an jeder Ecke der Akademicka verkauft wurden. Diese einfachen Blumen passten nicht zu dem heutigen Anlass, deshalb gingen wir zum Halicki-Platz.

»Von wegen Frühling, der März ist kein Scherz«, sagte Aba mürrisch. »Man muss einen Hut aufsetzen. Und Winterstiefel anziehen. Man muss auf sich achtgeben.«

»Und wenn ich mich selbst nicht ausstehen kann?«, fragte Mama, scherzhaft oder im Ernst, ich weiß es nicht. »Vielleicht will ich dieses Viech fertigmachen?«

Ich wusste es seit Langem: In Mama lebten zwei Frauen, die eine hasste die andere.

Die Frauen mit den Blumen standen gleich am Anfang des Platzes – Hyazinthen und Narzissen, Nelken und Rosen. Wir gingen weiter, um einen großen Strauß Nelken in harter, gläsern wirkender Folie zu erstehen.

»Ich hasse diese kleinbürgerlichen Zusammenkünfte!«, stöhnte Mama.

»Schämst du dich nicht?«, entrüstete sich Aba. »Ein wenig Respekt vor den Menschen! Und Dankbarkeit!«

Die Autos, die die Iwan-Franko-Straße entlangrasten, erzeugten silberne Tsunamis in den Pfützen, gerahmt von goldener Frühlingssonne. Wir warteten an der Haltestelle auf die Zwei, ich sah die ansteigende Leninstraße hinauf und stellte mir vor, sie würde ans Meer führen oder an einen anderen wunderbaren Ort, an dem ich noch nie gewesen war. In Wirklichkeit fuhr die Straßenbahn zuerst an der grauen Kirche des Heiligen Antoni vorbei, dann an der weißen orthodoxen Kirche zu Petrus und Paulus, und bald darauf stiegen wir dort aus, wo vor dem Viereck eines mir unbekannten Gotteshauses ein grüner Panzer stand, dessen Lauf auf uns zielte.

Wir suchten den Wohnblock mit der Aufschrift *Unser Banner*. Das benachbarte Haus, *Leninismus* betitelt, war nicht mehr unseres. Zum Eingang führten drei Stufen, zwei flache und eine hohe. Abas Beine wurden mit den flachen leicht fertig, vor der hohen machten sie Halt. Sie drehte einen Fuß zur Seite und versuchte vergeblich, ihn auf die höhere Ebene zu setzen. Gestützt auf unsere Arme, sie schwankte, kniff die Augen zusammen, bis es ihr schließlich gelang, ihren kleinen Körper nach oben zu schwingen. Auf ihrer glatten, fast völlig faltenfreien Stirn bildete sich ein feuchter Film.

Anders als überall sonst war das Treppenhaus in diesem Block hell und sauber, mit Kakteen in Blumentöpfen auf jedem Absatz und sogar so etwas wie Teppich auf den Stufen. Der moderne Fahrstuhl brummte wie die im Akkord arbeitenden Fabriken unserer grenzenlosen sozialistischen Heimat.

Onkel Aleksy, der Bruder meines längst verstorbenen Großvaters, und seine Frau, Tante Maria, erwarteten uns an ihrer Wohnungstür. Sie hatten sich zum heutigen Anlass schick angezogen und auch feierliche Mienen aufgesetzt. Von zufälligen Begegnungen auf der Straße wusste ich, dass sie auch andere hatten. Nach der Begrüßung, der Übergabe der Blumen und des in Zeitung gewickelten Geschenks – einer schweren Keramikvase – nahm der Onkel mit der Geste eines Kenners des schönen Geschlechts jeder von uns den Mantel ab. Er hatte sorgfältig nach hinten gekämmtes, langes, schütteres Haar und einen großen ovalen Bauch, den er umsichtig vor sich her trug, als enthielte er etwas von unschätzbarem Wert. Er trug ein helles, gestärktes Hemd und eine Anzughose. Sein Begrüßungskuss erfüllte mich mit Ekel: Mit feuchten Lippen saugte er ein Stück meiner Wange ein und kaute einen Moment zart darauf herum. Es war unhöflich, sich danach die Wange abzuwischen. Die Tante hatte ebenfalls einen ansehnlichen Bauch, umspannt von einem grauen Wollkleid mit Gürtel. Sie war wie aus trockenem Papier gemacht – ihr Kuss galt der Luft, nicht mir. Onkel und Tante hatten keine Kinder, und Mama war die einzige Nichte des Onkels. Seit ich mich erinnern kann, gingen wir jedes Jahr zu seiner Geburtstagsfeier.

Im blassgrün erleuchteten Flur nahm Tante Maria Pantoffeln aus einem Schränkchen – alle ungetragen, alle aus dem Ausland. Neu waren auch die Bücher in den verglasten Regalen an den Wänden des Flurs, sortiert nach den Farben der Buchrücken. Lenins Werke im dunkelblauen Einband standen ganz oben.

»Bitte kommt rein!«

Wir schritten zögerlich über die Auslegeware, die an gut durchgebackenen, nach Vanille und Zitrone duftenden Biskuitkuchen erinnerte. Anschließend betraten wir das Wohnzimmer, wo uns Glanz und Hitze empfingen. Spiegel und Kronleuchter, Kerzen und Silber, in der Mitte der gedeckte Tisch, daran die Gäste – ältere und jüngere Herren in Anzügen, Damen unterschiedlichen Alters, mit Haarausfall und Dauerwelle. Zu der älteren Generation gehörten die Kriegskameraden des Onkels, mit denen er bei Stalingrad und Kursk, in Krakau und Berlin gekämpft hatte. Als ich kleiner war, wollte ich nicht glauben, dass der dicke Onkel einmal Soldat gewesen sei. Auf einer der Feiern ließ er deshalb zum Vergnügen der Gäste die Hose herunter und präsentierte zwei unebene Dellen im Bein, wo die Kugeln durchgegangen waren, und ich ungläubiger Thomas legte in jede von ihnen einen Finger hinein.

Auf dem Tisch die Vorspeisen: Eier gefüllt mit Pilzen und Mayonnaise, Brote mit rotem und schwarzem Kaviar, Salat mit Roter Bete und getrockneten Pflaumen, der Oliwje-Salat, der bei keinem sowjetischen Gastmahl fehlen durfte, marinierte Paprika, Tomaten und Gurken aus eigenem Anbau, Heringe und Pilze, dünn geschnittener gelber Käse und verschiedene Wurstsorten mit größeren oder kleineren Fettstückchen. Auf dem Fensterbrett standen die Flaschen: Wein und Champagner, Wodka und Cognac, Borjomi-Mineralwasser und Orangenlimonade.

Die Gäste saßen in hellen, modernen Sesseln und Stühlen vor der Spiegelvitrine und auf dem gefederten Sofa, auf dem eine dünne Decke lag. Unter ihnen war Fioletowa – ihre Stimme hatte ich schon im Flur gehört. Sie war Onkels »liebste Patentochter«, wobei es nicht um kirchliche Sakramente, sondern um eine engere Beziehung ging, für deren Definition die Sowjetmenschen sich bisweilen der religiösen Terminologie bedienten. Lustigerweise waren sie und Mama am selben Tag desselben Jahres geboren, und jede von ihnen spielte im Leben des Onkels eine besondere Rolle: Mama war seine einzige Nichte, Fioletowa die Tochter seines besten Freundes und Waffenkameraden, der wie mein Großvater nicht mehr lebte.

»Setz dich doch, liebster Onkel!«, posaunte Fioletowa mit ihrer tiefen Stimme. »Wir stoßen an und trinken auf das Geburtstagskind!«

Das waren passende, neutrale Worte, dennoch konnte ich mich des Eindrucks nicht erwehren, dass Fioletowa log.

»Wen haben wir denn da, unsere Kunstschaffende!«, sagte sie herablassend, als Mama hereinkam.

Seit ich sie kannte, färbte Fioletowa ihre Haare, Lippen und Fingernägel violett. Deshalb hatte ich mir diesen Spitznamen ausgedacht. An jenem Geburtstag trug sie sogar eine aufgeknöpfte Mohair-Jacke in derselben Farbe. Mama setzte sich an die gegenüberliegende Seite des Tisches, Aba schloss sich den übrigen älteren Damen an der Stirnseite an, und ich nutzte das Durcheinander, um ins Schlafzimmer zu gehen.

In seiner Mitte stand ein gewaltiges Doppelbett, bedeckt von einer Art Tüllvorhang – ein Eisbrecher mit

Spitzensaum – und so hoch, dass man eine Treppe brauchte, um es dort hinaufzuschaffen. Ich zerknüllte die Kissen, hatte aber nicht den Mut, ganz hinaufzuklettern. Über dem Bett hing eine Schwarz-Weiß-Fotografie: das Porträt eines jungen Paares mit strahlenden Augen und weißem Lächeln. Ich wusste nicht, wer sie waren. Ringsherum waren nur wenig Gegenstände: ein Nachttisch mit einer Handvoll Tabletten in einer Kristallvase, ein großer Schrank, ein eleganter Kleiderständer, ein Schminktisch. Auf dem Fensterbrett standen einige Porzellanfigürchen: ein Hund mit einer erjagten Ente im Maul, tanzende Ballerinen, ein Puppenhäuschen. Ich stellte alles nach meinem Geschmack um. Ich öffnete die Schubladen des Schminkschränkchens, nahm schwere Perlenketten, massive Goldohrringe und glänzende Manschettenknöpfe heraus und probierte sie der Reihe nach vor dem Spiegel an. Nichts gefiel mir. Dann nahm ich mich der Parfüms in großen und kleinen Flacons an, schnupperte angewidert daran. Ich musste dabei an Wörter wie »Cognac« und »Restaurant« denken. Vom Fenster des Schlafzimmers sah man eine lange Treppe, die irgendwie in Richtung Kaiserwald führte. Wegen Abas Beinen waren wir nie dort entlanggegangen.

»Auf das Wohl des lieben Geburtstagskindes!«

»Auf dein Wohl!«

»Jawohl, Gesundheit ist das Allerwichtigste!«

Einer Schublade des Schminktisches entnahm ich eine kleine schwarze Schatulle. Es war genau die gleiche wie die von Aba, auf ihrem Deckel war das Profil eines Mannes mit einer markanten Nase eingraviert. Die Schatulle der Tante war verschlossen, den Schlüssel konnte ich nirgends entdecken.

»Chopin!«, seufzte Aba häufig, und ich merkte an ihrem Ton, dass es um eine Angelegenheit von höchster Bedeutung ging.

Ich kehrte ins Wohnzimmer zurück, setzte mich an den Tisch und tat mir marinierte Paprika auf. Ich hatte Lust auf den Sekt, den die Erwachsenen tranken, und bat Mama, mich kosten zu lassen.

»Überleg dir einen Wunsch. Immer wenn du etwas zum ersten Mal probierst, wünsch dir etwas«, flüsterte sie mir zu und reichte mir ihr Glas.

Nur einen Wunsch – das musste etwas Großes sein. Dass Aba wieder gesund wird? Eine glückliche Liebe? Den Untergang der Sowjetunion?

Am Tisch wurden Neuigkeiten besprochen: aus der Fabrik, in der der Onkel stellvertretender Direktor war, aus dem Krankenhaus, in dem die Tante als Schwester arbeitete.

Vorübergehend kam das Gespräch auch auf die zwei Landschaften in Öl, die seit Kurzem im Wohnzimmer hingen. Sie wurden von allen gelobt.

»Ich finde sie zu düster, ihnen fehlt die Luft, die Leichtigkeit.«

Nach diesen Worten herrschte Schweigen, und ich war beschämt. Vielleicht weil Aba mit vollem Mund gesprochen hatte, oder weil eigentlich niemand hier sie für eine Expertin hielt.

»Aber vielleicht irre ich mich … Wirklich nett, die Bilder!«

Jetzt war mir peinlich, dass sie so schnell einen Rückzieher machte. In diesem Haus wurde sie häufig nachgiebig und unsicher. Ich sah sie mir genauer an. Sie passte nicht zu den Kristallgläsern, Möbeln und Damen, auch wenn diese Damen verlebter aussahen. Sie hatten tiefere Falten und dünneres Haar. Aba jedoch fehlte der künstliche Glanz, den sie zu diesem feierlichen Anlass angelegt hatten, um ihn danach wieder mit den Kleidern in den Schrank zu hängen. Sie war so wie immer, in ihrem abgenutzten Heiligenschein, ihrem schlecht gebügelten Kleid.

»Ich möchte auf die verehrte Ehegattin anstoßen!«, rief jemand. »Auf die treue Gefährtin in Kriegs- und in langen Friedenszeiten. Auf dein Wohl, Marysia!«

Unbemerkt war ich zurück ins Schlafzimmer geschlichen.

Aba bewahrte in ihrer Schatulle Dokumente, Zeichnungen und Briefe auf, die sie mir bisweilen zeigte, immer darum besorgt, dass sie danach auch wieder eingeschlossen wurden. Was die Tante in ihrer aufbewahrte, wusste ich nicht. Beide Schachteln stammten aus längst vergangenen Zeiten, als der Onkel als Soldat und die Tante als Krankenschwester gegen die Faschisten kämpften und erst die Städte Russlands, dann der Ukraine und anschließend die polnischen Städte Lemberg und Krakau befreiten. Dabei gefiel ihnen Lemberg so sehr, dass sie sich hier für immer niederließen und der Onkel seinen jüngeren Bruder, meinen künftigen Großvater, einlud, sich anzuschließen. Nur dass Aba vor dem Großvater Chopin gehabt hatte. Er war ein Teil Polens, jenes

Polen, das nach dem Krieg in Lemberg noch prächtig gedieh. Wer hätte zu jener Zeit gedacht, dass die Grenzverschiebungen von Dauer sein würden? Die Herren trugen weiter Hüte und küssten den Damen die Hände, die Priester feierten Messen, und statt Lenins zierte eine Bronzestatue von König Jan Sobieski die Promenade, von den Ankömmlingen aus dem Osten für Chmielnicki gehalten. In jenen Nachkriegsjahren hatte Aba einen entfernten Verwandten ausfindig gemacht, einen distinguierten Medizinprofessor, der in einer schönen Villa in der Kastelówkastraße wohnte. Sie teilten denselben seltenen Nachnamen, und das Mädchen war hübsch und absolut davon überzeugt, zu ihren Wurzeln zurückkehren zu wollen. Der Professor begann, sie zu Gesellschaften mit Menschen aus Kunst und Kultur einzuladen. Auf einer davon lernte sie Chopin kennen. Ich weiß nicht, wie er wirklich hieß, aus Halbsätzen und Andeutungen wusste ich nur, dass er Pianist war und ein markantes Profil hatte. Später setzte er sich nach Westen ab, so wie seine wandernde Heimat. Aba wurde nicht mitgenommen.

»Prost! Prost!«, riefen die Gäste und erhoben die Gläser. Die Tante blickte beschämt nach unten und füllte ihre Teller. Einen Augenblick stand ich in der Wohnzimmertür, dann ging ich in die Küche. Hier warteten große Servierschalen mit weiteren Leckerbissen: hausgemachte Pelmeni, geschnittener Braten, Kartoffelpüree, Schnitzel und auch ein Topf mit Borschtsch. Oben auf den Schränken, unerreichbar für mich, war versteckt, worauf man am längsten warten musste: Pischinger, gefüllte Hörnchen, Röhrchen mit Puddingfüllung, Mürbekuchen und, von Silberfolie geschützt, eine große, mehrstöckige Nusstorte. Aus dem Küchenfenster sah man die Straßenbahnen die Leninstraße hinunterrasen, gefolgt von Panzern. Zuerst der, mit dem Onkel in seiner Jugend gefahren war, dann der, der vor der Siedlung auf einem Sockel stand. Ich öffnete die Tür des weißen Schranks. Auf dem obersten Regalbrett stand eine Reihe von Alabaster-Elefanten, glatt und verlockend. Sie waren der Größe nach geordnet, ich brachte diese Reihe rasch durcheinander. Neben dem Schrank stand ein elektrischer Samowar. Ich hob den Deckel an – er war voll Wasser mit weißlichen Streifen.

Ich ging auf den Flur. Die Glastür eines der Regale war geöffnet, daneben stand Mama und las. Ich setzte mich neben sie, nahm die Zeitschrift *Rabotnica* (»Arbeiterin«), und eine Weile lasen wir beide schweigend. Aus dem Wohnzimmer hörten wir Fioletowas Stimme, laut wie Jericho-Trompeten. Sie redete von der Schule, in der sie arbeitete. Sie schlägt die Kinder bestimmt mit einem Lineal auf die Finger, dachte ich. Ihr Mann, ein zerbrechlich aussehender Mann mit braunen Haaren, hob selten den Kopf vom Teller und redete nur, wenn es unvermeidlich war. Ich wusste von Mama, dass er ein hoher KGB-Funktionär war.

»Bitte sehr zum zweiten Gang!«

Wir kehrten ins Wohnzimmer zurück. Dort war es schwül und laut, die Gesichter der Gäste waren rot geworden, und schon hatte jemand es geschafft, Wein auf der Tischdecke zu vergießen, und den Fleck mit Salz bestreut. Der Onkel ging um den Tisch und füllte mit der Geste eines erfahrenen Gastgebers die Gläser nach. Unter seinen Achseln wuchsen feuchte Flecken.

»Auf den friedlichen Himmel zu unseren Häuptern!«

Klirr-klirr, die Kristallgläser stießen aneinander. Hauptsache Frieden – das sagten die geladenen Gäste auf diesen Feiern oft, vor allem jene, die den Krieg miterlebt hatten.

»Auf dass die Kriegshölle sich nie mehr wiederholt!«

Frieden, ja gut, aber nicht um den Preis der Freiheit, das sagte Chopin zu Aba. Sein älterer Bruder hatte Lemberg Seite an Seite mit Onkel Aleksy befreit, aber sie hatten sich nie kennengelernt. Der Onkel bekam die weiß-rote polnische Flagge auf dem Rathaus nicht zu sehen, denn sie hing dort nur kurze Zeit. Und Chopins Bruder wurde ebenso wie andere Kämpfer der polnischen Heimatarmee von den Anführern des Onkels betrogen, entwaffnet und in einen der Folterkeller des NKWD geworfen. Chopin blieb nur ein Foto von ihm auf seinem Schreibtisch.

Die warmen Gerichte wurden auf einem schönen Porzellanservice mit zartem Rosenmuster serviert. Ich wehrte mich wie eine Partisanin gegen den Ansturm auf das Essen, doch niemand hörte auf mich. Die Tante schob mir ein gerötetes Hühnerbein mit klebrig pickliger Haut unter die Nase. Ich sah hilfesuchend Aba an. Ob es ihr gelingen würde, unbemerkt meinen Teller zu übernehmen?

»Die Bandera-Nationalisten haben ihre Stimmen wieder erhoben«, sagte Fioletowa plötzlich. »Haben sie schon vergessen, wie wir's ihnen nach dem Krieg gezeigt haben?«

»Wer, wer?«, fragte Aba, die nicht richtig zugehört hatte.

»Die Hiesigen«, erklärte Fioletowa. »Das Faschistenpack.«

Die *Hiesigen*. Auch sie benutzte dieses Wort und sprach es, wie Urgroßmutter, in einem bestimmten Ton aus: Der verriet Angst, aber auch Spott. Ohne den Blick zu heben, wusste ich, was kommen würde. Mama erinnerte an eine Amazone im wehenden Mantel, ihr Schwert traf rasch und gnadenlos, nichts konnte sie aufhalten.

»Hiesige?«, fragte sie. »Sie sind hier zu Hause. Aber euch hat niemand eingeladen. Ihr seid Eindringlinge.«

In der Stille, die folgte, waren ihre Schritte, das Öffnen und Knallen der Wohnungstür zu hören.

»Na bitte, lieber Onkel!«, beschwerte Fioletowa sich weinerlich und kreischte gleich darauf: »Du lügst, du Hündin!«

»Ihr entschuldigt mich«, sagte Aba mit Nachdruck und verließ langsam das Wohnzimmer.

Ich saß mit tief gesenktem Kopf da und erforschte die Muster auf dem Kilim, der das Sofa bedeckte.

»Haben alle volle Gläser?«, fragte Onkel Aleksy. »Ich möchte auf unsere lieben Gäste anstoßen. Darauf, dass in diesem Haus immer Eintracht herrsche und wir alle hier noch viele, viele Jahre zusammenkommen werden!«

Klirr-klirr, die Gäste nahmen erleichtert die unterbrochenen Gespräche wieder auf. Der Onkel setzte sich auf seinen Ehrenplatz, kippte rasch ein Glas Cognac und biss von seinem Kotelett ab.

Er und Tante Maria waren ganz zufrieden gewesen

mit der Wahl seines Bruders: ein bescheidenes Mädchen, ausgebildete Ärztin. Umsichtig und vorsichtig waren sie nur zur standesamtlichen Trauung gekommen und gaben vor, von der kirchlichen Zeremonie nichts zu wissen, die eines Nachmittags in der Maria-Magdalena stattfand, als eine der letzten Trauungen in diesem Gotteshaus, das anschließend in den Studentenclub des Politechnikums umgewandelt wurde. Später trafen sie sich jedes Jahr zu ihren Geburtstagen, bei uns und bei ihnen. Der Onkel nahm immer höhere Positionen in Krankenhaus- und Fabrikverwaltungen ein, Opa stieg die militärische Rangleiter hoch und leitete das Garnisonsorchester. Je weniger Haare die Brüder auf dem Kopf hatten, desto üppiger wurden ihre Bäuche und die Festtagstische. Als Opa an Depressionen erkrankte und seine Tage nur noch im abgedunkelten Zimmer verbrachte, blieben die Geburtstage die einzigen Anlässe, an denen er ein gebügeltes Hemd anzog und eine feierliche Miene aufsetzte. Aba dagegen wurde nach ihrer Heirat nicht mehr in die Villa des Medizinprofessors in Kastelówka eingeladen – der Grund wurde nur angedeutet: Es ging darum, dass sie einen Russen geheiratet hatte. Aber um Gottes willen, warum war dann Chopin ohne sie nach Polen übergesiedelt?

Tante Maria begann, schmutzige Gläser und Teller abzuräumen. Einige Frauen standen auf, um ihr zu helfen. Auch die Männer standen auf. Die Bewegung brachte allen Erleichterung, auch ich ging in die Küche und half beim Abtrocknen. Draußen stand eine große, unförmige alte Frau – Fioletowas Mutter. Ich hörte sie zu einer anderen Frau sagen:

»Ich weiß noch, wie sie nach Chile fahren wollte, um die Kommunisten im Kampf gegen Pinochet zu unterstützen. Und jetzt hält sie es mit den Banderas!« Sie tippte sich an die Stirn, bis sie merkte, dass ich sie beobachtete.

Der Nachtisch wurde gereicht, als es draußen schon ganz dunkel war. Der Onkel schaltete im Wohnzimmer die eindrucksvollen Kronleuchter an, goss Kaffee in Tässchen mit goldenen Rändern und bot Likör an. Der Fernsehapparat wurde angeschaltet – es lief die Übertragung der Hockeymeisterschaften.

»Jemand hat Aleksy diese Kassetten aus Polen geschickt. Ich sage Ihnen ehrlich, das ist nichts Besonderes. Sie tanzen ganz nett, haben lange Beine. Aber wenn sie die Büstenhalter ablegen, haben sie nichts zu zeigen. Ein Witz! Die Russinnen sind von der Natur üppiger bedacht.«

Oho, staunte ich, die Tante ist ja völlig entspannt. Aba würde sich solche Kassetten niemals ansehen. Ich schielte zu ihr rüber: Sie war zurück ins Wohnzimmer gekommen, aß mit Appetit ein Stück Torte und redete gleichzeitig mit ihrer Sitznachbarin. Krümel flogen aus ihrem Mund.

Mir war schon lange aufgefallen, dass Geschlechtsdinge Aba zornig oder verlegen machten, selbst wenn sie nur angedeutet wurden. Ich konnte sie mir einfach nicht als verliebte junge Frau vorstellen, umso weniger als eine, die ihr Leben selbst in die Hand nimmt. Das muss mehr oder weniger so ausgesehen haben:

»Mama, er hat um meine Hand angehalten, und ich will ihn heiraten.«

»Diesen Musikanten? Kommt nicht infrage.«

»Mama, aber warum?«

»Willst du vielleicht ins Ausland ziehen? Deine Mutter für immer allein lassen? So dankst du mir, was ich für dich getan habe?«

Die junge Aba mit strahlenden Augen und gesunden, schnellen Beinen sank wie tot zu Boden. Wir haben ein Herz, sagte Urgroßmutter oft zu ihr, was heißen sollte, dass Aba kein Recht auf ein eigenes hatte. Zum Dank für das Brot in Kriegszeiten musste sie jetzt ihr Leben für ihre Mutter opfern. Sie trennte sich von Chopin, blieb in der Stadt, die jetzt zu Lemberg wurde, wurde unförmig und schwer, genau das Gegenteil vom Märchen vom Nussknacker.

Als wäre nichts gewesen, dozierte Fioletowa lauthals über die neue Reform, nach der der Grundschulunterricht um ein Jahr verlängert werden sollte. Mama hatte im Treppenhaus eine Zigarette geraucht und war zurück, sie saß jetzt im Flur, einen Band von Tschechow auf den Knien.

Ich aß mein Dessert auf und ging zu ihr. Sie unterbrach ihre Lektüre nicht, und ich öffnete die Tür zum Wandschrank und betrachtete Onkel Aleksys Jackett, das dort hing. Es war dunkel, fast schwarz, an den Ellbogen abgewetzt und passend zu den Ausmaßen seines Bauches. Ich roch kurz daran – Schweiß und Metall – und testete, wie schwer es war. Vorn war nicht ein Fleckchen freien Stoffes, alles war mit militärischen Auszeichnungen, Orden und Medaillen übersät. Rechts hingen gold-rote Sterne mit Aufschriften wie »Für die Verteidigung von Kursk«, links leichtere gelbe Plättchen an fetten Ordensbändern. Ebenfalls rechts, dort wo Kinder gemeinhin das Herz hinmalen, war eine Reihe längerer und kürzerer Aufnäher – Zeugnisse der Verwundungen, die er an der Front erlitten hat. Ich weiß, dass Onkel Aleksy dieses Jackett jedes Jahr am neunten Mai anzog und mit der Tante, die ein blaues Kleid mit Orden trug, zu dem Ruhmeshügel in der Nähe ging, einem Bestattungsort sowjetischer Soldaten. Sie suchten Fioletowas Vater, der dort ruhte, und andere Kameraden auf und brachten ihnen große rote Tulpensträuße in steifem Papier. An manchen Gräbern wurden ihre Wangen feucht. Ich weiß auch, dass anschließend in der Wohnung von Onkel und Tante eine ähnliche Feier wie heute stattfand, zu der wir nicht eingeladen wurden.

Nach dem Kaffee wurde es Zeit, sich zu verabschieden. Unsere Gastgeber begleiteten uns zur Tür, warteten höflich, bis wir unsere Schuhe gefunden hatten, und Onkel Aleksy half jeder von uns in den Mantel. Nichts an den Gesichtern von Onkel und Tante verriet, dass sie Mama den heutigen Zwischenfall übelnahmen.

»Danke für den Besuch!«, sagten sie unermüdlich. »Bis bald wieder!«

Nach den Abschiedsküssen standen wir im Treppenhaus. Ich erinnerte mich, dass es bei unserem Kommen sonnendurchflutet war, jetzt herrschte komplette Finsternis. Dieser Kontrast, und auch die Schwere des Überfressenseins, ließen den Tag unwiderruflich verloren erscheinen.

»Hilf mir!«, sagte Aba zu Mama. Das Hinabsteigen fiel ihr noch schwerer als das Hochsteigen.

Wir kamen an dem kaum erkennbaren Panzer vorbei, erreichten die Leninstraße. Mama hob den rechten Arm, und kurz darauf hielt ein schwarzer, klappriger Wolga. Seine glatten Sitze dufteten nach Tabak. Aba setzte sich nach vorne neben den schnauzbärtigen Fahrer, Mama und ich nach hinten. Das Auto sauste bergab und hielt nur einmal an einer Ampel in der Nähe des Lenin-Platzes.

Als ich später erneut dorthin fuhr, hielt ich an derselben Ampel, nur der Platz hieß inzwischen Winnikowski, die Straße war wieder die Lytschakiwska, und das klapprige schwarze Auto war ein Chevrolet.

Ich kannte die Frau nicht, die mir die Tür zur Wohnung von Onkel und Tante geöffnet und mich hineingelassen hatte, um dann sogleich zu verschwinden. Ich hörte sie irgendwo in den hinteren Zimmern mit dem Handy telefonieren. Ich schaltete die flackernde blassgrüne Lampe im Flur ein, zog die gleichen Pantoffeln wie immer an, warf einen Blick auf die unveränderten Bücherreihen in den Regalen und ging ins Schlafzimmer. Auch hier war alles an seinem Platz, nur die Spitze der Tagesdecke war ergraut, und auf dem Schminktisch stand eine geöffnete Packung Pampers für Erwachsene sowie eine kleine, in Gold gefasste Ikone. Reflexhaft griff ich nach den Kissen und hob eines an. Es zerfiel in meinen Händen, vergammelte Federn fielen durch die Löcher in dem Bezug. Ich ließ es liegen und ging in die Küche, öffnete den Schrank, schüttete mir rasch ein Häufchen Sonnenblumenkerne in die Tasche. In dem Moment kam Fioletowa herein. Ich erkannte sie nicht sofort. Sie sah aus, als wäre ihr früherer Körper von einer alten Frau von der Größe eines Wales verschlungen worden, und sie tönte nun aus seinen Tiefen mit ihrer alten Pädagogenstimme:

»Danke, dass du gekommen bist. Wir haben einiges zu besprechen. Aber zuerst trinken wir auf unser Wiedersehen!«

In dem staubigen Wohnzimmer lag auf dem Klappsofa in einer Plastiktüte der Kilim, der es einst bedeckt hatte. Fioletowa öffnete die Tür der Vitrine.

»Champagner, Wein, Cognac?«, fragte sie und fügte sogleich hinzu: »Was frage ich überhaupt, nur der Cognac ist noch nicht abgelaufen.«

Klirr-klirr, sagten die altbekannten Gläser, und mir wurde klar, dass mein Champagnerwunsch von damals in Erfüllung gegangen war. Fioletowa hatte jetzt blondes Haar, perlmuttfarbene Fingernägel und trug ein dunkelblaues Kostüm mit goldenem Dreizack, dem ukrainischen Nationalsymbol, auf dem Jackenaufschlag.

»Ich unterrichte seit zehn Jahren ukrainische Geschichte«, erklärte sie auf meinen Blick hin. »Immer an derselben Schule. Ich hätte schon in Rente gehen können, aber ich liebe meine Arbeit.«

Sie leerte ihr Glas und nahm ein Heft aus ihrer Handtasche.

»Zur Sache. Ich habe einen Vorschlag für dich. Wir haben diese Wohnung gemeinsam geerbt, aber ich möchte sie nicht verkaufen. Ich habe eine Idee. Schau, hier ist so etwas wie ein Businessplan.«

Ich nahm das Heft mit dem Titel »Rotes Hostel Lemberg« in die Hand und las, was da in ordentlicher Handschrift geschrieben stand:

»Dies ist die Wohnung konkreter Menschen – eines ehemaligen Soldaten der Roten Armee und einer Krankenschwester, die hier vierzig Jahre gelebt haben. Eine kurze Familiengeschichte ist auf der Internetseite zu finden und hängt an der Eingangstür, zusammen mit der Beschreibung der Wohnung (was liegt wo, was ist erlaubt, was nicht). Auf den Regalen sowjetische Diplome (darf man in die Hand nehmen und anschauen), Bücher über Lenin und die Partei (Blättern und Lesen erlaubt), im Schrank hängt ein Jackett mit Orden (Anprobieren und Fotografieren erlaubt). Es gibt alte Rasierapparate (jeder sowjetische Mann hat sich damit rasiert), die Gemälde und Fotos an den Wänden schaffen eine heimische Atmosphäre. Zusatzattraktion: weiter Blick auf Lemberg vom Balkon, hervorragende Anbindung ans Zentrum.

Übernachtungsmöglichkeiten: drei bis vier (Klappcouch plus Doppelbett), weitere Zustellbetten (Klappbetten) vorhanden. Preis pro Nacht und Person: 15 Euro.

Auf Wunsch: Festliches Abendessen im Breschnew-Stil (Kristallservice, Vasen, Blumen). Gerichte: Oliwje-Salat, handgemachte Pelmeni, Torte ›Rote Nelke‹. Preis pro Person: 15 Euro. Alkohol extra.

Souvenirs: CD / DVD mit sowjetischen Liedern, T-Shirts mit dem Aufdruck des Logos der Wohnung und der Internetadresse«

Unter dieser Beschreibung stand die Notiz: »Zielgruppe: Junge Polen 20–35 J., die nach individuellen Urlaubsformen suchen«.

»Der Markt ist jetzt sehr gut, was polnische Touristen in Lemberg angeht«, kommentierte Fioletowa, »und er wächst nach den Prognosen immer weiter.«

Am Rand war in kleinen Buchstaben ergänzt: »Keramikfliesen verlegen – sie kotzen!« Hier zwinkerte sie mir vielsagend zu.

»Ich studiere im Ausland, bin selten in Lemberg«, stöhnte ich.

»Ich weiß, das macht nichts. Ich kümmere mich um alles. Nach Abzug der Kosten und der Anfangsinvestitionen bekommst du fünfunddreißig Prozent monatlich. Das ist ein faires Angebot, finde ich.«

Klirr-klirr, die Gläser klangen jetzt selbstbewusster als vorher.

»Ich brauche Zeit zum Nachdenken«, meine Stimme zitterte. »Ich gebe dir morgen Bescheid.«

»Kein Problem«, sagte Fioletowa und fragte nach einer Weile: »Warst du schon auf dem Friedhof?«

»Ja.«

»Ein Glück, dass du alle auf dem Lytschakiwski hast«, seufzte sie. »Das ist ein schöner Ort. Bald werden dort Elektroautos fahren. In Hołosko ist es schrecklich. Ich erzähle es dir gleich, aber erst mal brauchen wir wohl eine Kleinigkeit zu essen.«

Sie holte zwei Tüten Switocz-Cracker und zwei Schachteln Jantar-Schmelzkäse aus ihrer Tasche. Zusammen mit dem Cognac trugen wir sie ins Wohnzimmer, stellten alles auf die polierte Tischplatte, und ich hörte mir, während die Flasche mit der Aufschrift Ararat leerer wurde, Fioletowas Bericht darüber an, wie es ihr letzten Sommer ergangen war. Sie hatte beschlossen, ein Granitdenkmal für Onkel Aleksys Grab zu bestellen, also fuhr sie erst lange mit diversen Kleinbussen zum Friedhof, verlor sich dann im Labyrinth der Grabplatten mit eingravierten, lebensgroßen Porträts, die Zigeuner mit Pelzmützen darstellten, suchte anschließend vergeblich nach der Gräberabteilung vierzig, denn die Tafeln mit den Nummern waren verschwunden. Verschwunden war auch die durch einen Blitzschlag gespaltene Kiefer, die den gesuchten Ort von Weitem anzeigen sollte. Am Ende fanden sich dann doch sowohl Kiefer als auch Grabfläche, nur waren es jetzt fünfmal so viele Gräber, und der ganze Hang – die Fläche vierzig in Hołosko lag auf einem wahnsinnig steilen Gefälle – war mit Unkraut zugewachsen, das Fioletowa bis über den Kopf reichte.

»Woran ist der Onkel gestorben?«, fragte ich. »Ich weiß, dass die Tante in den letzten Jahren Alzheimer hatte …«

»Ihre Krankheit hat sie beide fertiggemacht. Sein ganzes Leben lang ist der Onkel von der Tante bedient worden. Nun musste er sich um sie kümmern – das konnte und wollte er nicht.«

Das Klirr-klirr klang diesmal wie ein Brummen, denn Fioletowa schluchzte jetzt hemmungslos. Die Tränen strömten aus ihren Augen wie der Regen aus den dunklen Wolken, die über der Grabfläche vierzig des Hołosko-Friedhofs aufgezogen waren.

»Es war schrecklich, ein dichtes Dornengestrüpp. Ich

hatte keine Schere, keine Handschuhe. Dort wo der Onkel liegen sollte, war ein wahrer Dschungel. Ich habe alles mit bloßen Händen ausgerissen, bin über andere Gräber getrampelt. Ringsum keine Menschenseele. Ich war völlig zerkratzt, zerstochen, ich war in einer kurzärmligen Bluse und mit Sandalen an den nackten Füßen gekommen. Irgendwann merkte ich, dass ein Gewitter aufzog.«

Klagt sie über das bittere Schicksal des Onkels und der Tante, fragte ich mich, während ich die Tränen beobachtete, die ziellos über ihr Gesicht liefen, oder hat sie Mitleid mit sich selbst? Doch sofort wurde mir klar, dass das nicht wichtig war. Ich staunte über diesen Gedanken, er war übermächtig und ließ mich, so peinlich es mir war, Fioletowas Hände streicheln und dann die Gläser nachfüllen und nach ihrem Mann fragen.

»Wir sind nicht offiziell geschieden, aber …«, schluchzte sie, »er lebt schon mehrere Jahre in Kiew. Er hat einen hohen Posten beim ukrainischen Sicherheitsdienst. Er lädt mich nie zu sich ein, ich bin allein.«

Nach einer kurzen Pause fuhr sie mit ihrer Geschichte fort.

»Auf dem Friedhof habe ich mich an den Dornen gestochen, ohne es zu merken. Mein Bein fing an zu eitern, guck, hier an dieser Stelle, etwas oberhalb des Knöchels. Ich hatte eine schwere Operation, mit Narkose. Der Doktor sagte, ich hätte daran sterben können.«

Als die Cracker aufgegessen, die Flasche geleert und es draußen dunkel geworden war, gingen wir ins Schlafzimmer. Fioletowa breitete auf dem Bett die Schmuckstücke von Tante Marysia aus. Da lagen auf dem Deck des alten Eisbrechers nun die goldenen Ringe mit Steinen in unterschiedlichen Farben, die bekannten Perlenketten und Manschettenknöpfe, und auch zwei massive Platinarmbanduhren.

Chuzpe zum Quadrat, dachte ich, als ich das alles sah.

»Hast du vielleicht die schwarze Schatulle mit dem Chopin-Profil gesehen?«, fragte ich.

Statt zu antworten, zog Fioletowa mit theatralischer Geste alle Schubladen im Schminktisch auf.

»Diese Hände haben nichts gestohlen«, lachte sie und streckte sie mir entgegen.

Wir kletterten über die Stufen auf das alte Bett, tranken langsam den abgelaufenen Champagner, spielten währenddessen Bridge und plauderten über dieses und jenes, unter anderem über die wenig geglückte Beleuchtung im Schlafzimmer von Onkel und Tante: Die einsame Birne an der Decke leuchtete zu schwach, um das Dunkel des großen Zimmers zu durchdringen, und im blassen Schimmer der Wandlampen zu beiden Seiten des Bettes konnte man keine einzige Zeile lesen. Es kostete auch Mühe, die Fotoalben zu durchblättern, in denen das Paar mit strahlendweißem Lächeln vor diversen Überresten des glücklichsten Staates auf der Welt sowie anderer sozialistischer Länder wie Polen, Bulgarien oder der Mongolei posierte.

»Der Onkel war ein widerlicher alter Lustmolch«, gestand Fioletowa. »Er hat alles gevögelt, was zwei Beine hatte. Die Tante wusste das, aber sie sah darüber hinweg. Damit lebten beide.«

Ich seufzte nur zur Antwort. Wir spielten weiter.

Als ich am Morgen wach wurde, lagen weder Fioletowa noch die leere Flasche neben mir. Auf dem Schminktisch fand ich eine freundliche Notiz und den Schlüssel. Ich kämmte mir mit der Hand die Bettfedern aus dem Haar und ging. Draußen schien die Sonne, der tauende Schnee knirschte, ich hörte das Knacken abstürzender Eiszapfen, in der Ferne sang die Straßenbahn. Ich wandte mich nicht in Richtung Lytschakiwska, sondern nahm die Treppe zum Kaiserwald und zählte die Stufen. Ich dachte mir einen neuen Wunsch aus und malte mir aus, dass er in Erfüllung gehen würde, wenn es mehr sein würden als hundert.

Die Peltew

Ich komme mit!«, sagte ich wie gewohnt zu ihr, doch diesmal stimmte sie ohne Widerrede zu. Gerade eben hatte sie gebadet, sich vor dem Spiegel im Badezimmer fast fertig geschminkt und hielt eine Dose mit der Aufschrift »Leningradzki« in der Hand. Sie spuckte auf das rechteckige Tuscheplättchen, mischte sie mit einem kleinen Pinsel und trug sie dann auf die langen Wimpern auf. Niemand hatte Wimpern wie Mama, höchstens vielleicht die Schneekönigin, aber die waren künstlich. Das schäumende Wasser bildete einen Wirbel in der Wanne, und ich hatte den Eindruck, der Fluss mit ihrem Geruch würde mir etwas sagen wollen, aber er würde nur stottern, weil die starke Strömung ihn unter die Erde zog, zur Peltew, die sich bekanntlich genau unter unserem Haus mit zwei anderen unterirdischen Flüssen verband. Wir wohnten auf einer Wasserscheide, und trotzdem war das Leitungswasser rationiert. Es floss nur zwischen sechs und neun Uhr morgens, und wer zu spät aufstand, musste sich mit dem begnügen, was er in Eimern und Töpfen fand. Auf der kaputten Waschmaschine lag das Juniprogramm: Heute, am vierten, wurde *Carmen* gespielt, mit Marianna Astafjewa in der Titelrolle.

Ich ging ins Zimmer, hörte, wie Aba den Fernseher einschaltete.

»Tragödie in Baschkirien …«, sagte der Nachrichtensprecher, »Gasleck … Züge entgleist … Hunderte Opfer … Verbrennungen …«

»Was ist passiert?«, fragte ich.

»Zwei Züge sind in die Luft geflogen. In der Gasleitung neben den Gleisen war ein Leck. Als sie aneinander vorbeifuhren, ist sie explodiert. Es gibt Hunderte von Opfern.«

»Wo?«

»In der Nähe von Ufa.«

Von der Tür aus sah ich die Bilder der von den Gleisen gestürzten Züge, abgerissene Türen, zertrümmerte Fenster und einen Haufen Blech. Dann kam eine Bildstörung, die von dem Gesicht des bekannten Sprechers Wlad Listjew abgelöst wurde:

»Gestern platzte das Olympiastadion in Moskau bei einem Konzert von Pink Floyd aus allen Nähten. Die legendäre Band besuchte zum ersten Mal in der Geschichte der UdSSR …«

Bunte Streifen verschlangen den schnauzbärtigen Listjew, wieder erschienen die Bilder aus Baschkirien.

»Erst Tschernobyl, jetzt diese Explosion«, seufzte Aba. »Was erwartet uns noch alles?«

Ich ging auf Zehenspitzen in Mamas Zimmer, öffnete ihren Schrank, nahm einen roten Minirock und eine schwarze Strumpfhose heraus. Mama kommentierte meine neuen Modevorlieben nicht, zumal sie gerade telefonierte. Sie runzelte die Stirn, dabei sagte Aba doch immer, wenn sie nicht besser auf ihre Mimik achte, werde sie bald aussehen wie eine alte Frau. Als wir die Wohnung verließen, überholte sie mich auf der Treppe, und ich erstarrte auf unserer Etage vor der Eiche der Glasmalerei. Die sie einfassenden Bleirahmen waren Bahngleise, auf denen zwei lange Personenzüge fuhren. Besorgt verfolgte ich ihre Richtung: Würden sie zusammenstoßen oder nicht, in Flammen aufgehen oder nicht, in die Luft fliegen oder heil bleiben?

»Beeil dich!«, rief sie von unten.

Die Sonne erhitzte erbarmungslos die Straßen. Ich hatte Lust auf ein Eis im Waffelbecher, aber ich musste mich ihrem Rhythmus unterordnen, sonst wäre ich über Bord des Schiffes gegangen, das unaufhaltsam vorwärtsdrängt. Mama aß keine Süßigkeiten.

Wir kamen an dem Gewerkschaftsgebäude mit der großen Schrift »Es lebe die KPdSU« vorbei, dann an den schmuddeligen Mauern des Inturist-Hotels. Wir flossen durch das ehemalige Bett der Peltew, mit uns strömten die Mickiewicz-Säule, die Buchhandlung »Druschba« und die aus ihrer Fackel wachsende Losung *Vorwärts zum Kommunismus*. Wir ergossen uns in den Lenin-Prospekt und stießen auf der Höhe des Ethnographischen Museums auf die Klumba, den kleinen Platz, auf dem illegale Proteste stattfanden. Streik, Demokratisierung, die ukrainische Sprache – ich las die aus Zeitungstiteln herausgerissenen Wörter, die mit Reißzwecken an die Bäume geheftet waren, und im Hintergrund murmelten die Stimmen älterer Herren. Hoffentlich erkennen sie sie nicht, dachte ich, aber es war schon zu spät. Ein Opa mit Baumwollschirmmütze und seitlich abstehenden Haaren hatte sie am Arm gefasst.

»Liebe Frau Marianna«, krächzte er, »ich glaube an die Möglichkeit freier Wahlen. Sie sind unsere Kandidatin für den Obersten Sowjet der UdSSR.«

Sie sah den Alten nachsichtig an, ihre grünen Augen mit dem goldenen Schimmer um die Pupillen leuchteten für ihn, für ihn floss ihre geliebte Stimme. Währenddessen löste sie ihren Ellbogen aus dem Griff seiner gelben Finger. Wir gingen weiter, er blieb stehen und sah uns mit einem starren, einer Ziege ähnelnden Blick nach. Einen Augenblick lang empfand ich sogar so etwas wie Mitleid für ihn.

Was half es, dass hier einmal ein Fluss geflossen war, wenn keiner der erhitzten Steine mehr davon wusste. Was half es, dass der Legende nach einmal Fischkutter über das Wasser der Peltew bis in die Ostsee gefahren waren? Ich nahm die Hand meiner Meerjungfrau und versuchte, mit ihr Schritt zu halten. Wir waren beinahe gleich groß, unsere Schatten eilten uns voraus bis zu dem Moment, da sie von Lenins Schatten, der von Rosensträuchern umfasst war, aufgefressen wurden. Ich betrachtete die fünf unverbundenen Buchstaben seines Namens und dachte, dass man sie auch anders schreiben könnte, sollten sie doch wie bei einem kalligraphischen Muster eine ununterbrochene Linie bilden, auf der zwei Personenzüge fahren. Le-nin. Ni-nel.

»Schneller!«

Wir näherten uns dem Theater von links, stiegen die Stufen zum Künstlereingang hoch. Hinter uns schloss sich die Glastür mit dem schmiedeeisernen Ornamentgeflecht, in dessen Kringeln Garben von Sonnenstrahlen steckten. Die Empfangsdamen hatten ihre wuchtigen Leiber auf unbequeme Stühle geflätzt, darüber legten sich die Falten ihrer dunkelblauen Kittel und verhüllten den geöffneten Viertelliter Wodka unter dem Tisch. Sie gaben Mama die Schlüssel zum Schminkraum. Ich wandte mich zur Treppe, aber Mama gab mir ein Zeichen, und mir fiel wieder ein, dass der Direktor sie im März aus ihrer Garderobe geworfen hatte. Sie war in den Keller versetzt worden, und dort stand ihr jetzt der Proberaum der kürzlich verstorbenen Schlagzeugerin zur Verfügung. Wir gingen durch einen langen fensterlosen Flur, vorbei an einer Reihe identischer weißer Türen. Hinter jeder wurde ein anderes Instrument gespielt, ich aber hörte nur das Schlagzeug.

Im Zimmer warf sie ihre Tasche auf den Stuhl, zündete sich eine Zigarette an und hakte die heutige Vorstellung auf dem Spielplan an der Wand ab. Ich nahm aufs Geratewohl ein Buch mit einem grauen Umschlag aus dem Regal: »Am Anfang des zwanzigsten Jahrhunderts dominierten vier Männer die Opernszene der Welt – Caruso, Battistini, Schaljapin, Titta Ruffo. Und nur einer Frau gelang es, sich auf ihre Höhen zu schwingen – Salome Kruschelnytska. Was die Persönlichkeit angeht, so überragte sie diese Größen bei Weitem.« Mama schnippte die Asche einfach auf den Teppich. Oben zeigte sie sich nie mit Zigarette. Sie nahm das Kleid der Carmen mit den angegrauten und zerrupften Spitzen. Der rote Rock, den ich trug, war dagegen so gut wie neu.

»Passt dir«, stellte Mama fest. »Du kannst aus meinem Schrank nehmen, was dir gefällt. Bist gewachsen.«

Ich warf einen Blick in die geöffnete Tür ihres Kostümschranks. Darin war, wie bei uns zu Hause, ein Spiegel verborgen, in dem ich den langen Körper sah, den ich auch aus den Botaniklehrbüchern kannte: ein Baum mit einem säulenförmigen Part über der Erde, die Äpfel der Brüste, die gepunkteten Äste der Arme, die belaubten Zweige der Beine, der Blütenstaub der Orchidee zwischen den Beinen.

»Mach mir den Reißverschluss zu«, bat sie mich und wandte mir den Rücken zu. »Ich bin erschöpft«, flüsterte sie, mehr zum Spiegel als zu mir. »Die Regularien für die Opernsänger sind absurd. Vierundzwanzig Vorstellungen im Monat, plus Proben! Täglich! ›Melkerin, steigere den Milchertrag von jeder Kuh!‹«

Nur den Propagandaslogan sagte Mama auf Russisch, den ganzen Rest auf Ukrainisch. Eines Tages hatte sie unwiderruflich die Sprache gewechselt, das kam für Aba und mich aus heiterem Himmel. Der Streit, in dem sie ihre Gründe darlegte, war ihr letztes Gespräch in ihrer Muttersprache. Sie sagte damals, sie sei eine Tochter dieses Landes und es sei ein ukrainisches Land. Sie sagte auch, Aba sei eine Okkupantin und niemand habe sie im Jahr 44 hierher eingeladen – bitte sehr, sie hätte nach dem Krieg in ihr Petersburg zurückgehen sollen. Sie sprach von den Ukrainern, die 1918 für ihr Lemberg gekämpft haben, und von den verwüsteten Gräbern der Sitscher Schützen. Sprach von der viele Jahrhunderte währenden Last der Russifizierung und von der *erschossenen Wiedergeburt*, Stalins Säuberung unter den ukrainischen Schriftstellern und Künstlern. Sprach von dem unerhört niedrigen Prozentsatz von Schulen, an denen die gebürtigen Ukrainer in ihrer Sprache lernen können, und von den selbstgefälligen Eindringlingen, die ihr ganzes Leben in Lemberg verbringen, ohne ein einziges Wort Ukrainisch gesprochen zu haben. Sie erinnerte an die Kampagne, bei der viele ursprünglich ukrainische Wörter aus den Wörterbüchern eliminiert wurden, damit die Sprache dem Russischen immer ähnlicher werde und am Ende mit dem »großen Bruder« verschmelze.

Aba hatte darauf mit einer Erzählung vom polnischen Lemberg und seinen zahlreichen nationalen Minderheiten reagiert, die in Eintracht miteinander gelebt haben. Von den Kämpfen in Lemberg 1918. Vom verwüsteten Friedhof der Adlerjungen. Sie sprach von dem Krankenhaus, in dem sie dreißig Jahre lang gearbeitet hatte, wo jeder Mitarbeiter in seiner eigenen Sprache sprach, Russisch, Ukrainisch und Polnisch, und es niemandem in den Sinn gekommen wäre, sie aus ideologischen Gründen zu wechseln. Sie erinnerte auch an die polnischen Weihnachtslieder und die russische Fibel, rief die Dichter des russischen Silbernen Zeitalters in Erinnerung, die sie beide liebten.

Alles, was Aba sagte, wurde kommentarlos hingenommen. Ich selbst verstand Mamas Entscheidung voll und ganz und unterstützte sie. Gleichwohl vermied ich es, seit sie ihre Sprache gewechselt hatte, sie anzusprechen – so als wäre ich selbst ein Wörterbuch geworden, aus dem jemand langsam die Wörter eliminierte.

Auch jetzt erwiderte ich nichts und ging auf den Flur, um die Balletttänzerinnen zu besuchen, die ich kannte.

Mir kamen drei Dragoner in weißen Seidenwesten entgegen, mit Dreispitzhüten in den Händen. Die langen Federn schleiften hinter ihnen auf dem Boden. Die Dragoner grölten, einer schwankte und wäre fast gestürzt, sein Blick war wie von schmutzigem Nebel verhangen. Ich ging ihnen nach, konnte mich nicht genau erinnern, wo der Ausgang war. Wir gingen zusammen durch einen halbrunden Tunnel, kamen an dem Feuersammelplatz vorbei, dem Evakuierungsplan, dem Plakat »Künstler! Denk daran, du bist ein Sohn des Sowjetlandes!«, zu dem Punkt, an dem der Korridor plötzlich endet: gedimmte Lampen, gusseiserne Aschenbecherständer, das Schild »Choda njet!« – »Zutritt verboten!«. Ich entgleiste wie die Waggons in Ufa, machte auf der Stelle kehrt, doch es war schon zu spät: Mir qualmten ihre lässigen Zigaretten ins Gesicht, ich bekam ihr albernes Gekicher und eine vergessene, grau gewordene Rose ab. Ich floh durch den leeren Korridor, rannte noch einmal an der Reihe verschlossener Türen vorbei, ging durch die einzige offene, um die Dragoner, die überhaupt nicht an Verfolgung dachten, abzuschütteln. Ich befand mich in einem dunklen, weitläufigen Raum, in dem ich nie zuvor gewesen war. Die Wände mit Rohren und anderem Eisenzeug zugepflastert, mit Ventilen, Klappen und Türen ins Nirgendwo verziert. Über mir hörte ich gedämpfte Schritte und Stimmen. Ich war unter der Bühne, das heißt, vier Ebenen unter dem Spiegelsaal, in dem die Balletttänzerinnen probten und zu dem ich es eben noch so eilig gehabt hatte. Ich sah eine hohe, eckige Kiste unbekannten Zwecks, ich sah einen Kerzenständer, so hoch wie ich selbst. Ich stand am Rand einer geöffneten Kanalisationsluke, über der eine Leiter aufgestellt war.

Im Ballettsaal saß ich gern auf dem Boden und beobachtete die Ballettschuhe, die ebenso grau waren wie die Spitzen des Carmen-Kleides. Ich sah mir die harten, fast mit dem Rücken zusammengewachsenen Bäuche der Ballerinen an, in denen kein Platz für Kinder war.

»Du irrst dich«, habe ich einmal eine Ballerina zu einer anderen sagen hören. »Das Theater hat keine Verbindung zu den Peltew-Kanälen. Und wenn es sie hatte, dann sind sie zugemauert worden.«

Jetzt hatte ich Gelegenheit, das persönlich zu prüfen, wusste aber nicht, ob ich sollte. Mama würde sich Sorgen machen, belog ich mich selbst, zog die alberne Strumpfhose an meinen Beinen hoch und kehrte auf den Flur zurück. Dort stieß ich wieder auf die aus dem Raucherzimmer zurückkehrenden Dragoner. Die Aufschläge ihrer Seidenwesten waren jetzt mit Asche und Rosenblättern bestreut. Inzwischen schwankte schon das ganze Trio – auch davon sollten die Zuschauer nie etwas erfahren. Hinter den Dragonern kam Mama angelaufen, das Gesicht weiß gepudert.

»Ich muss mal kurz zum Frisör, geh zum Buffet, kauf dir einen Kuchen!«

Der rote Rock hatte keine Taschen. Ich hielt die Münzen in der Hand, lief ihr nach, streifte unterwegs zum Spaß sämtliche verschlossenen Türen mit der Hand, sie falteten sich um mich her auf wie das Spitzenband an ihrem Rock. Sie huschte nach oben, und ich weiß nicht, wie es geschah, dass ich wieder durch jene Tür trat.

»Der Leichnam eines zwölfjährigen Mädchens wurde in den stinkenden Kanälen gefunden«, wird Wlad Listjew im Fernsehen sagen. »Ihre Mutter, die bekannte Opernsängerin, ist dem Wahnsinn nahe, denn sie macht sich für den tragischen Unfall verantwortlich.«

›Nicht werfen, nicht stürzen‹, lautete der Aufdruck auf der seltsamen Kiste neben dem Kerzenständer. Und daneben: ›Musikinstrument. Harfe Nummer 969‹. Ich stellte mir ein Fließband vor, auf dem tausend Harfen geradewegs in die geschickten Hände sowjetischer Arbeiter gleiten. So ein Fließband musste sich irgendwo in Sibirien befinden, mitten im ewigen Frost.

»Die Tochter der bekannten Opernsängerin wurde von der Miliz dabei gefasst, wie sie eine historische Harfe, auf der sowjetische Soldaten bei ihrem feierlichen Einmarsch in Lemberg am 17. September 1939 gespielt hatten, in die Kanalisation warf«, wird es später in den Zeitungen heißen.

Am Buffet gab es zwei Sorten Kuchen: Ein Körbchen mit weißer Creme darauf und ein Röhrchen mit weißer Creme darin. Auf den Treppen zum Buffet döste ein Musiker im Smoking. In der Hand hielt er eine Geige, der Bogen lag quer über seinen Knien wie ein Dolch, mit dem er soeben Selbstmord begangen hatte. »Auftretende für den ersten Akt, bitte bereithalten!«, hörte ich die Stimme von Natascha, der Inspizientin. Schon im ersten Akt sollte Carmen auf die Bühne kommen, um die Habanera zu singen. Ob alle darüber nachdenken müssen, dass sie im vierten Akt sterben muss?

Ich hatte ein bisschen süße Creme auf der Bluse, als ich

mich zu Nataschas Füßen auf eine Kabelrolle setzte. Von dort konnte ich alle Schauspieler, die Hände des Dirigenten und das bodenlose Schwarz des Zuschauerraums sehen. Natascha hatte einen Bildschirm vor sich und gab durch ein Mikrofon am Pult Anweisungen:

»Achtung, wir fangen an!«

Ob die Orchestermitglieder in den Spielpausen hören konnten, wie der Fluss unter dem Theater gluckert? Nahm sein unterirdischer Lauf Einfluss auf den Gang der Vorstellung und das Schicksal der Schauspieler?

»Natürlich gibt es einen Durchgang«, sagte Natascha. »Ich war in den Kanälen unter dem Theater, mit deiner Mama.«

Je älter Natascha wurde, desto schöner wurde sie. Ihre Haut war weiß, als wäre sie hauchzart vergoldet. Die Augen schmal und lang wie die der Ägypterinnen von den Papyrusrollen. Ihre großen weißgelben Locken lagen auf dem Kopf gleich einem Haufen Keksröhrchen mit Creme. Heute trug sie ein langes schwarzes Kleid. Schade, dass die Zuschauer sie nie sehen würden.

»Warum bist du nicht Schauspielerin geworden?«

»Ich wollte jemand Wichtigeres sein. Der Inspizient ist wie der Betriebsleiter bei der Bahn, von ihm hängt alles ab.«

»Warum hast du keinen Mann und keine Kinder?«

»Das Theater ist mein ganzes Leben.«

»Wie sieht es unter dem Theater aus?«

»Warte einen Moment.« Sie legte zwei Weichen am Pult um und zündete sich hastig eine Zigarette an.

»Das war der reine Wahnsinn«, flüsterte sie, »keine

Vorbereitung, keine Schutzkleidung, nur zwei schwache Laternen. Nach der Abendvorstellung, also zur gefährlichsten Zeit, wenn die meisten Bewohner der Stadt ein Bad nehmen und der Wasserspiegel stark ansteigt.«

»Wer?«, fragte ich flüsternd.

»Deine Mama, ich und ein junger Bühnenbildner.«

»Und wie?«

Sie antwortete nicht, schaute gespannt auf den Bildschirm. Ich wusste, dass sie sich bei der Arbeit nicht immer unterhalten konnte. Die Stimme der Carmen auf der Bühne schwoll an, die Ströme in dem Sammelrohr unter dem Theater flossen, das Bild auf dem Fernseher zerlief, die Umrisse der Schauspieler verschwammen. An ihrer Stelle tauchte zischendes graues Wasser auf.

»Nicht schon wieder!«, rief Natascha. »Der Elektriker! Wann werden sie diesen Taugenichts endlich entlassen?«

Von der Bühne kam ein verdächtiges Geräusch, so etwas wie das Heulen eines Hundes. Man hörte es im Hintergrund der Carmen-Arie, und mir schien, es passe sich sogar der richtigen Tonart an, auch wenn ich wusste, dass ich mich in diesem Bereich nicht auskannte. Kurz darauf erschienen wieder die Schauspieler auf dem Bildschirm.

»Diesen Kampf brauche ich, um nicht überheblich zu werden«, sagte eine der Schauspielerinnen auf Ukrainisch. »Ich empfinde Angst, viel Feuer und Energie.«

Damals sind sie zu dritt durch denselben Durchgang unter der Bühne gegangen, den ich später zufällig entdeckt habe. Es war zwei Jahre nachdem während der *Aida* ein Zuschauer gestorben ist, und zwei Wochen vor der *Carmen* – der letzten Oper meiner Mama. Zuvor hatte sich in der Maske eine kleine Szene abgespielt. Nach der Vorstellung war Mikolaj runtergekommen und hatte gewartet, dass Mama sich umziehen und abschminken würde. Sie hatten schon einige Zeit keine Gelegenheit mehr gehabt, in Ruhe miteinander zu sprechen, sie hatte ihn schon längere Zeit nicht im Atelier besucht – ihre politischen Aktivitäten fraßen ihre ganze Freizeit auf. Er war böse – ihm genügten ihre unangekündigten Besuche, der undefinierte Status ihrer Beziehung nicht mehr. Seine Wut war so groß geworden, dass nicht einmal der Klang ihrer Stimme die erwartete *Katharsis* brachte. Er wollte Absichtserklärungen, wollte von gemeinsamen Zukunftsplänen hören. Als sie ihm gegenübersaß, fragte er, ob sie ihn liebe – sie schwieg und wandte den Blick ab. Er fragte, ob sie ihn heiraten wolle – sie rührte sich nicht. Er ging auf sie zu und hielt ihre Handgelenke fest. Sie zuckte zusammen, schwieg aber weiter. Selbst überrascht davon, was er da tat, schaute er in ihr aschfahles Gesicht und griff noch fester zu.

»Sag: ›Ich liebe dich‹.« Sie sagte es – leise und ohne ihm in die Augen zu schauen, und da verstand er, dass es ihm nicht darum ging. Er ließ ihre Hände los, ging nach oben, rief Natascha. Zu dritt tranken sie ein Viertel Wodka und beschlossen, den unterirdischen Durchgang zu erkunden.

Der Kanal unter dem Theater war gut erhalten: hohe, halbrunde Gewölbe, die breiten Gehsteige verengten sich nur an wenigen Stellen, an denen auch die Decke niedriger wurde. Früher war das Sammelrohr mit den Kellern der Häuser verbunden gewesen. An den Wänden sahen sie zubetonierte quadratische Eingänge, betasteten sie auf der Suche nach Halt, fuhren mit den Fingern über die blinden Öffnungen. Unter den Füßen war es rutschig, sie stolperten über Ratten. Marianna ging voran und gab das Tempo vor. Sie hielt eine Lampe mit einem altmodischen Schirm hoch, und wenn ihr Arm erlahmte, ließ sie ihn einen Augenblick sinken, und die wehenden Falten ihres Kleides verdunkelten das kleine Licht.

Sie bogen vom breiten Weg ab und gingen halb gebückt. Der Durchgang war sehr eng geworden, was sie beunruhigte. Sie kehrten zu der breiten »Straße« zurück und nahmen eine andere Abzweigung.

Nun ging Mikolaj voran und hielt die Laterne. Hinter ihm ging Natascha, ganz zuletzt Marianna, ebenfalls mit einer Laterne. Das Wasser stieg immer höher, das Rauschen des Flusses übertönte ihre Stimmen und Gedanken. Sie gingen immer weiter, der Tunnel führte immer höher. Sie kamen an einem großen Wasserfall vorbei, und rechts zeigte sich der nächste Tunnel. Sie befanden sich in der Nähe der Wasserscheide.

Alle kamen zur Vernunft und bereuten, dass sie sich auf dieses Abenteuer eingelassen hatten.

»Vermutlich sind wir unter meinem Haus!«, rief Marianna und kam mit ihrem Gesicht näher zu den anderen, um gehört zu werden. Da hob Mikolaj seine Laterne – als Bühnenbildner musste er sich auch mit Beleuchtung auskennen – und küsste Natascha vor Mariannas Augen auf den Mund. Marianna wich zurück. Natascha erwiderte den Kuss. Sie drehten um und machten sich wortlos auf in Richtung Theater. Unterwegs blieb Mikolaj noch mehrmals stehen, hob die Laterne und küsste die schöne Inspizientin.

Ich erreichte dieselbe Stelle – der Punkt, von dem aus die Unterseite unseres Hauses zu sehen war. Und dieser Gedanke verlieh mir Flügel – als glaubte ich plötzlich, Wände durchdringen, wie eine Welle Beton, Holz und Glas überwinden zu können und mich gleich an Abas warmen, erschlafften Bauch schmiegen zu können, die in ihrem Bett mehrere Ebenen über uns schlief. Die Frau, die vor mir ging, drehte sich um und zeigte mir eine steinerne Treppe nach oben. Ich stieg bereitwillig hinauf, machte mir nur Sorgen, ob der Ausstieg dort oben nicht zu nah an der Milizdienststelle sein könnte und ob die dort lauernden Uniformierten uns nicht direkt von der Unterwelt in einen ihrer düsteren Folterkeller stecken würden.

Ich habe deine schwarze Jacquard-Strumpfhose zerfetzt, Mama, deinen Rock schmutzig gemacht, und die Treppe wollte nicht enden, sie führte uns immer höher. Ich geriet außer Atem, ringsum hellte sich alles auf und wurde wärmer. Die Treppe war nicht mehr aus Stein, sondern aus Holz, auch steil, schwer, schwer, schwer für kleine Füße mit einer Schuhgröße von nicht mehr als dreiunddreißig. Das waren die Schuhe von Zwerginnen, die in blauen Overalls auf der Holztreppe vorbeihuschten, Tabletts mit Essen und Trinken in den Händen. Immer wieder ließ eine von ihnen das Tablett fallen, und es flog Hals über Kopf hinter den Tellern hinab. Ja, hier war es heller als unter der Erde, doch das Licht war kärglich und trüb und die Luft stickig, getränkt vom Gestank alten Öls, in dem etwas gebraten wurde. Wir waren im Innern eines langen und schmalen Wohnhauses, in jedes Stockwerk passte nur ein einziger Raum: irgendein Kramladen im Parterre, eine Bibliothek in der ersten Etage, und auf den übrigen war eine Kneipe eingerichtet worden, in der großgewachsene Leute an Tischen saßen und von kleineren bedient wurden. Einer der Zwerginnen, mit einem Gesicht, das ebenso unnatürlich lang und schmal war wie das Haus, bereitete das Servieren der Bestellungen besondere Schwierigkeiten: Öfter als andere rutschte sie auf der Treppe aus, verletzte sich die Knie. Blut drang durch die blauen Jeans, und aus irgendeinem Grund wusste ich sicher, dass sie noch heute Abend sterben würde.

Endlich erreichten wir das oberste Stockwerk. Dort stand ein korpulenter Schornsteinfeger mit faltigem, närrischem Gesicht und tönte wie ein Radio. Er fasste die multikulturelle Geschichte Lembergs zusammen, drehte mit dicken Fingern an einem Messingknopf seiner Jacke, und jeder, der diese Geste bemerkte, begriff, dass seine Worte kein Körnchen Wahrheit enthielten. Er bemerkte uns nicht, wir passierten ihn gleichgültig und erreichten über eine gewundene Metalltreppe das Dach.

Oben riss ein warmer Wind meiner Gefährtin den Hut vom Kopf, und ich meinte einen Augenblick, ihr feines Gesicht auf einer schwarz-weißen Fotoplatte zu sehen, doch schon spross die lila Saat des Morgengrauens aus dem nächtlichen Boden des Himmels. Wir waren mitten im Zentrum, umgeben vom Dreieck des Bernhardinerklosters, dem Rechteck des Rathauses und dem Halbkreis der Dominikanerkirche. Über dem Dach schwebte eine Schar weißer Möwen, als läge Lemberg am Meer. Ich stieg in ein am Dachrand geparktes weißes Cabriolet, zur weiteren Reise bereit, doch eine gebieterische Geste der Frau hielt mich auf.

Endlich konnte ich sie von Nahem betrachten. Sie war kräftiger als Mama und majestätisch, wie ein Denkmal ihrer selbst, trug ebenfalls das rote Carmen-Kleid, gesäumt von einem schneeweißen Spitzenband. Ihre Hände waren kraftlos, schwach und kränklich. Ich wusste, dass sie mich nicht halten würden, sollte ich das abschüssige Dach hinunterrollen.

»Galizien, heuchlerisches Galilea«, sagte sie, ohne mich anzusehen, und Zorn erfüllte ihre runden Augen. »Sie spotten über mich, dass ich Italienisch singe. Werfen mir vor, dass ich eine unausgebildete Stimme hätte. Sie brachten einen Hund in die Oper, der mit seinem Geheul meinen Gesang imitiert.«

Jedes ihrer Worte war wie in Gold geprägt, ich setzte mich auf die glitschigen Dachziegel und hatte Angst, etwas könnte diesen Monolog unterbrechen.

»Aber ich habe beschlossen: Ich halte bis zu Ende durch! Ich muss all unsere Pessimisten überzeugen, dass die ukrainische Seele auch die höchsten Gipfel der Kunst zu erklimmen vermag.«

Mein Blick wanderte zu dem in roten Stoff gezwängten Bauch, aus dem das Vieleck der Jesuitenkirche hervorwuchs.

»Und die Liebe?«, fragte ich leise.

»Die Musik rührt mich wahrhaftig. Das ist seltsam, denn ich bin von kühlem Temperament und habe Nerven wie Drahtseile. Auf der Bühne herzte und küsste man mich«, fügte sie hinzu. »Das waren vereinbarte Zeichen, Signale dafür, den Vorhang zu heben oder die Scheinwerfer anzuschalten. Alle hielten mich für überaus erfahren und gar durchtrieben, doch ich war naiv. Ich hielt die Leidenschaft auf Distanz. Siehst du, wie seltsam manchmal das Leben einer Schauspielerin ist.«

Gerührt sah ich zu, wie ihr Körper durchsichtig wurde. Ich konnte durch ihn den grauen Fleck des Meeres am Horizont erkennen.

»Fahren wir dorthin, Salome?«, fragte ich flehend, doch sie antwortete nicht. Ich erhob mich, streckte meine Beine und merkte, dass ich dringend zur Toilette musste. Ich stieg nach unten, fragte unterwegs die Zwerginnen nach dem Weg. Jede zeigte in eine andere Richtung, und mein Bauch schwoll derart an, das er jeden Moment den Druck nicht mehr aushalten und sein Inhalt sich ergießen würde. Endlich stieß ich im Parterre auf eine kleine Kammer mit Betonboden. Ich schloss mich darin ein, stieß mit dem Kopf an trocknende Bettlaken, und als ich den Rock hochgerafft hatte, sah ich, dass eine höhnische Männerfresse auf meine unteren Partien schielte, von dem an der Tür hängenden Fernsehbildschirm die Zähne bleckte und grölte:

»Ich sehe! Ich sehe alles!«

»Achtung, dritter Akt! Carmen, die Mädchen! Escamillo!«

Es war Natascha, die da rief. Ich erwachte zu ihren Füßen, saß im Schneidersitz auf dem zusammengerollten Kabel.

Dann kam der vierte Akt mit seinem von vornherein geplanten und wohlbekannten Tod.

Nach der Vorstellung gingen Mama und ich über den leeren und dunklen Lenin-Prospekt zurück nach Hause. Ich trug einen Strauß weißer Rosen, die bordeauxroten nannte sie immer »Rote Bete« und ließ sie im Theater.

»Wann lassen sie dich wieder in deine alte Garderobe?«, fragte ich in so vorwurfsvollem Ton, dass es mich selbst überraschte.

»Ich glaube, nie mehr«, erwiderte sie mit einer noch unerwarteteren, weil entspannten und sinnlichen Stimme. So unterhält man sich nicht mit Kindern. Danach hielt sie im Rhythmus unserer erschöpften Schritte so etwas wie eine Rede, bei der ich bereut hätte, auch nur ein einziges Wort zu verpassen.

»Ich habe mein Leben der Kunst gewidmet. Einzig die Musik rührt mich wahrhaftig, also habe ich alles für sie gegeben. Ich mache keine halben Sachen. Männer? Ich hatte nicht viele Beziehungen, keine davon war gut. Mutterschaft? Ständig fehlt mir die Zeit, ich bemühe mich nur um eine einzige Sache: dir die Grundsätze einzuimpfen. Dass du Gut und Böse unterscheiden kannst, dass du niemals einen Kompromiss mit deinem eigenen Gewissen eingehst, dass du Verrat in keiner Form tolerierst. Die Leute denken, ich werde in letzter Zeit wegen meiner Ansichten verfolgt und habe deshalb eine schlechtere Position im Theater. In der Tat, ich bekomme keine neuen Rollen, man hat mich in den Keller verbannt, auch andere unangenehme Dinge sind passiert – ich werde verfolgt. Aber da ist noch etwas: Ich singe immer schlechter, und einige merken das. Ich habe die Motivation für das verloren, was mein einziges Ziel war. Warum? Als ich die Wahrheit über das Sowjetsystem erfuhr, brach meine Welt zusammen. Ich fühlte, dass ich gegen dieses System kämpfen muss. Lange Zeit wusste ich nicht wie. Aber jetzt weiß ich es. Die Menschen brauchen mich. Nicht die im Theater, sondern die auf der Straße. Ich frage mich, ob jetzt die Zeit für Theater ist. Das Singen für wenige Auserwählte, für Kenner? Ob Kunst und Kampf sich nicht gegenseitig ausschließen? Ob man sich nicht einem von beiden vollständig widmen muss? Ich weiß es nicht. Ich habe meine Stimme verloren. Vielleicht später, wenn wir das Imperium besiegt haben und ein neues, freies Land aufbauen, vielleicht werde ich dann wieder in der Lage sein …«

Sie vollendete den Satz nicht, wir blieben an einer Bank stehen. Ich sah mich um, um herauszufinden, was ihre Aufmerksamkeit auf sich gezogen hatte, aber um uns herum geschah nichts Außergewöhnliches. Nur der laue Wind raschelte mit einem Eispapier, das jemand auf den Boden geworfen hatte.

Wenige Tage später donnerte der Schuss los, und ich vergaß jenes Gespräch für lange Zeit. Später, als es unerwartet aus den Tiefen meiner Erinnerung auftauchte, wusste ich nicht, ob es tatsächlich stattgefunden hatte oder ob ich es mir selbst für meine eigenen Theorien ausgedacht hatte, die so unstet waren wie Wasser.

Matrjoschkas

Urgroßmutter starb mit neunzig Jahren. Ihr ganzes Leben lang war sie allem ausgewichen, was nur irgendwie mit dem Tod in Verbindung stand: Kranken war sie aus dem Weg gegangen, Beerdigungen hatte sie gemieden und wurde zornig, wenn dieses Thema in einem Gespräch aufkam. Als es ihr endlich gelungen war, den Tod zu vergessen, überraschte er sie. Anders als andere ältere Menschen hatte sie keinerlei Vorbereitungen getroffen, und all ihre Tage sahen gleich aus: Sie trippelte zu den Einkaufsläden, guckte fern, betete, benutzte den Nachttopf und fluchte unflätig auf ihre gealterte Tochter. Eines Tages – Aba und ich waren gerade in der Küche – kam aus ihrem Zimmer ein gewaltiges Krachen. Sie war ohnmächtig geworden und gestürzt, war mit dem Hinterkopf auf den Boden geschlagen. Sie hatte vor dem weißen Wäscheschrank gestanden, der, wie ich später erfuhr, in ihrem Leben eine wichtige Rolle gespielt hatte. Die Rettungssanitäter stellten eine Hirnblutung fest und erklärten, dass es »keinen Sinn hat«, sie ins Krankenhaus zu bringen. Ich erinnere mich, dass dieses »keinen Sinn haben« für mich klang wie das Urteil eines Handwerksmeisters über ein kaputtes Werkzeug. Jetzt ist das ganze System, das jahrzehntelang gut funktioniert und seinen Nutzen erfüllt hat, all das, was sie selbst meinte, wenn sie »ich« sagte – die Muskeln und Arterien, Blutgefäße und Augäpfel, Haare und Haut –, auf einmal zu einer Sache oder zu mehreren verschiedenen Sachen erklärt worden, die niemand mehr für sinnvoll oder wertvoll hält.

Während ihres mehrtägigen Komas ging ich öfter in ihr Zimmer, zog die Vorhänge auf und spielte ein bisschen Klavier. Ich wusste, dass sie die einzige Person gewesen war, die diese Katzenmusik für Musik gehalten hatte. Ich schob ihre Lider hoch und prüfte die Augäpfel, dieses Paar elastischer, feuchter Algenfresser, die von nun an nicht viel taugten und wie Spielkugeln waren, für Billard zum Beispiel.

Der Tag, an dem sie starb, war Waschtag. Wir wuschen einmal im Monat, immer ab morgens um sechs, weil es nach neun kein warmes Wasser mehr aus der Leitung gab. Wir hatten eine halbautomatische Maschine, das Spülen erfolgte von Hand. Gegen acht, in der Pause zwischen Laken und Sofadecke, sah Aba kurz bei Urgroßmutter vorbei, und als sie zurückkam, sagte mir die Ernsthaftigkeit, die ihr wie ein Trauerflor vom Brillenrand herabhing, alles. Einen Augenblick sahen wir uns schweigend an, dann schlug sie vor:

»Erst machen wir die Wäsche zu Ende. Wir haben nur noch eine Stunde.«

Als Bettwäsche und Handtücher auf der Leine im Badezimmer hingen und das letzte Wasser aus den Hähnen gegurgelt war, erledigten wir erst dieses und jenes. Im Laufe der nächsten drei Tage, in denen Urgroßmutter in ihrem Zimmer lag, tot, ging ich nicht mehr zu ihr.

Abends betete Aba neben der Leiche den Rosenkranz und zündete eine Opferkerze an.

Erst später erfuhr ich, dass der weiße Wäscheschrank, der links neben dem Klavier stand, eine besondere Bedeutung im Liebesleben meiner Urgroßmutter gehabt hatte. Noch später kam heraus, dass meine Urgroßmutter Stanisława und meine Mama Marianna sich sehr ähnlich waren, mit einem grundsätzlichen Unterschied: Stanisława hatte sich einmal wahnsinnig verliebt.

Nicht in ihren viel älteren Ehemann, der sie vergötterte und auf Händen trug, obwohl sie ihn regelmäßig aus dem Haus warf – davon erzählte sie noch im Alter und erklärte, eine Frau müsse sich gegenüber ihrem Mann auch etwas »herausnehmen« können. An dem Tag, als er verhaftet wurde, war er gerade von einer mehrtägigen Verbannung zurück. Sie hatten am Nachmittag einen Versöhnungsspaziergang mit ihrer Tochter gemacht, und abends kamen *sie*, und er musste dorthin, von wo es kein Zurück gab. Auch in den Ingenieur war sie nicht verliebt, der zu Kriegsbeginn ihr Geliebter wurde und dem sie nach Kazan hinterherfuhr, gemeinsam mit seiner Frau natürlich. Diese Ehefrau kam später regelmäßig zu der Wohnung, in der Stanisława mit ihrer Tochter ein Zimmer hatte, stand auf der Türschwelle und schrie sämtliche ihr im Russischen bekannten Wörter zur Beschreibung einer gefallenen Frau heraus. Auch nicht in den gutaussehenden und ungewöhnlich talentierten Major Pawlow, der sie zum Kriegsende aus Kazan herausholte und dank dem dann die ganze Familie in Lemberg landete. Nein.

Sie verliebte sich in einen jungen Deutschen namens Hermann, den einzigen Mann in ihrem Leben, der nichts mit Musik zu tun hatte.

Für Stanisława hatte die Lemberger Nachkriegswirklichkeit verschiedene Farben, vor allem ihre Lieblingsfarbe – Grün. Sie war noch keine fünfunddreißig, Witwe und hatte ein Kind. Sie rauchte Selbstgedrehte aus billigem Tabak, mochte ihren extrem abgemagerten opalfarbenen Körper und ihre großen matten Augen im Ton von Jadeit und arbeitete als Sekretärin in dem neu gebildeten Bezirksrat, der sich auf die Schnelle im ehemaligen Wojewodschaft-Palast eingerichtet hatte. Im Frühling konnte sie vor Rührung weinen, wenn sie Sträucher und Bäume streichelte: Nach der Arbeit blieb sie gern auf dem damals noch Recejmówka genannten Platz stehen, fuhr mit der Hand über die frischen Triebe der Kastanie auf dem Hof ihres Hauses an der Pańskastraße, die bald darauf in Iwan-Franko-Straße umbenannt wurde. Nebenbei bemerkt, war sie zu den Pflanzen viel zärtlicher als zu ihrer eigenen, damals halbwüchsigen Tochter. Sie trug ein grünes Stoffkleid, das sie von einem ihrer früheren Männer geschenkt bekommen hatte, und steckte sich eine ihrer drei Broschen an den Kragen: Libelle, Schmetterling oder Tannenzapfen.

An dem Tag, als sie Hermann zum ersten Mal sah, war es der Tannenzapfen: ein fein gearbeitetes, weidengrünes Oval. Er war etwa zwanzig, platinblond und Kriegsgefangener, der zusammen mit seinen Landsleuten diverse Arbeiten für die Stadt erledigte und auf die Rückkehr in die Heimat wartete. Er konnte einigermaßen Russisch, wurde deshalb zum Vermittler zwischen einer Gruppe Kriegsgefangener und den Lokalbehörden, und aus dem Grunde war er in irgendeiner Angelegenheit beim Bezirksrat erschienen. Er lächelte selten, aber wenn, dann zeigte sich die Lücke zwischen seinen oberen Schneidezähnen: Stanisława wusste auf den ersten Blick, dass er heftige Begierde in ihr weckte und zugleich das unkritische Entzücken einer Mutter gegenüber ihrem Kind (ein Gefühl, das die eigene Tochter nie in ihr hatte auslösen können).

Hermann wurde weniger streng bewacht als andere, also schlich er sich abends aus der Kaserne und begann, die Nächte in der Wohnung in der Pańskastraße zu verbringen.

Zum ersten Mal in ihrem Leben machte Stanisława sich keine Gedanken darüber, was sie sich gegenüber einem Mann »herausnehmen« solle. Sie war von heftigen Emotionen geschüttelt: Die Nachricht, der Geliebte könne an einem Abend einmal nicht kommen, verursachte einen mehrstündigen Weinkrampf. Wenn sie nebeneinander schliefen, wurde sie wach, um ihn anzusehen und sich exaltierten Phantasien hinzugeben: Da wurde Hermann als ehemaliger Wehrmachtssoldat zum Tode verurteilt, und sie fiel den Henkern zu Füßen und flehte darum, selbst statt seiner hingerichtet zu werden. Der Wecker klingelte um fünf, Hermann stand unausgeschlafen und schlecht gelaunt auf, hinter der dünnen Bretterwand erwachte die Tochter, für die in Stanisławas Phantasien kein Platz war.

Der junge Geliebte verhielt sich Stanisława gegenüber

zurückhaltend: Gern aß er, was sie ihm anbot, badete in dem Wasser, das sie ihm heiß machte, und penetrierte den Körper, den sie ihm hingab. Für ihre Tochter aber hegte er eine irrationale Abneigung. Vielleicht ärgerte es ihn, dass sie Zeugin ihrer Romanze war. Beides, Romanze und Abneigung, fanden eines fatalen Abends ihren Höhepunkt.

Bei Aba war eine Nachbarin von oben zu Besuch, eine einsame und exzentrische Witwe. Sie hatten vereinbart, dass sie Papier und Pastellfarbe besorgt und Aba ein Porträt von ihr malt. Nach einigen Stunden kam Hermann ins Haus: Die Nachbarin war in eine Überdecke ihres Bettes gehüllt, sie saß auf ihren Kissen, ringsum lagen Requisiten – Tabletts, Flaschen, Gemüse – und schlimmer noch: Aba und die Nachbarin rauchten Zigaretten! Diese Geringschätzung brachte den jungen Deutschen sichtlich in Rage: Er knurrte wütend und verzog sich in die Küche. Stanisława bat ihre Tochter kühl aufzuräumen und ging ihm nach. Kurz darauf hörte man in der Küche den Krach von zu Boden geworfenen Gegenständen und unterdrücktes Jammern.

»Das ist nicht das erste Mal«, erklärte Aba der Nachbarin spontan. »Neulich hatte Mama ein blaues Auge.«

»Das werde ich der Miliz melden!«, rief die Nachbarin und rannte die Treppe hinunter.

Aba spürte, wie es ihr eiskalt den Rücken herunterlief: Die Erinnerung an 1937, das Schreckgespenst der Verhaftungen, Züge, Lager, Sibirien. Kurz darauf erschienen die Milizionäre, hämmerten gegen die Tür und riefen: »Aufmachen!«

»Ich komme, ich komme«, sang ihnen Stanisława fast entgegen, rasch in ihren Schlafrock gehüllt, um so zu tun, als wäre sie gerade erst aufgestanden.

Die Milizionäre stellten ein paar Fragen und begannen, die Wohnung zu durchsuchen. Stanisławas opalfarbenes Gesicht bekam einen bläulichen Schimmer, und die Tochter hielt beide Wangen fest, um das Zähneklappern zu verhindern. Glücklicherweise kam den Milizionären nicht in den Sinn, im Wäscheschrank nachzuschauen – dort saß Hermann.

Nach diesem Zwischenfall kam er seltener und ging dann bald ganz nach Deutschland zurück. Es gab einen Abschiedsspaziergang durch den nächtlichen Kaiserwald, während dem Stanisława ihre Tochter anwies, mehrere Meter hinter ihnen zu gehen und die Augen zu schließen, wenn sie sich küssten. Ich glaube, sie hat ihre Tochter mitgenommen, damit sie auf dem Rückweg eine Schulter zum Anlehnen hatte. Die scharfen Metallfühler der Schmetterlingsbrosche verhakten sich am Strickpullover der Teenagerin, die Aba damals war, und rissen einzelne Wollfäden heraus, und das Mädchen stellte sich vor, Hermanns Maul mit der Zahnlücke zwischen den Vorderzähnen jage ihnen nach und beiße ihr in die Schulter.

Und später ... Im Grunde hätte Hermann diesen Brief nicht schreiben müssen. Es hätte ihm nicht geschadet, Stanisławas glücklichste Erinnerung zu bleiben.

Der Brief kam nach drei Monaten, auf Russisch, aber in lateinischen Buchstaben, in dieser besonderen Sprache, derer er sich in Lemberg bedient hatte. Er nannte Stanisława darin eine »alte Äffin«, eine »Hündin« und

»Ziege« und behauptete, er habe sie nur besucht, um sich aufzuwärmen und ordentlich zu waschen. Unerreichbar in seiner Heimat hinter dem wachsenden Eisernen Vorhang, verfluchte er nun ganz uneigennützig sie, ihre Tochter, ihre Stadt und ihr Land. Sie ertrank in Tränen, als sie wieder und wieder dieses verwunderliche, fehlerhafte Flickwerk von Worten las, die lustig hätten sein können, wäre ihr Inhalt nicht so tragisch gewesen. Ihre Tochter saß zu ihren Füßen und streichelte ihre Hände. Damals zeigten sich die ersten hysterischen Anfälle und damit verbundenen Rituale. Nach dem Fiasko ihrer einzig wahren Liebe ging Stanisławas Charakter endgültig und unwiderruflich vor die Hunde.

Viele Tage mussten nach der Beerdigung vergehen, ehe wir uns ans Aufräumen machten. Nachdem wir die schweren grünen Vorhänge auf den Müll getragen hatten, stellte sich heraus, dass zwischen zwölf und ein Uhr mittags ein gelbes Sonnenrechteck in Urgroßmutters Zimmer fiel und wie ein dampfender Goldbarren vor dem Fenster lag. Die eisigen glatten Schubladengriffe des Wäscheschranks waren, wie sich herausstellte, ebenfalls goldfarben. Ich erinnere mich, dass ich jede Schublade einzeln öffnete und keine wieder hineinschob. Ganz oben lag ihr Schmuck: in vergilbtes Papier gewickelte Ketten, Ringe und Broschen.

»Den Schmuck müssen wir zum Verkauf geben, wer wird denn heute so etwas Altmodisches tragen?«, lautete Abas Urteil. Zum Aufräumen hatte sie ihre Locken ganz oben auf dem Scheitel zusammengesteckt, und etwas an dem freigelegten Gesicht erinnerte daran, dass sie einmal ein junges Mädchen gewesen war.

In den übrigen Schubladen waren Papiere und Fotos, die sie auf dem Fußboden stapelte und sich beunruhigt darüberbeugte, als wollte sie sie mit ihrem eigenen Leib vor meinem neugierigen Blick abschirmen.

Ich öffnete die Tür des großen ockerfarbenen Schrankes, damit er die Kleidungsstücke, die den Mottenangriff nicht überlebt hatten, leicht gebären konnte. Mäntel, Pelze und Kleider fielen raschelnd zu Boden, übersät mit vertrockneten Apfelsinenschalen. Die Kleider sollten »für die Armen« sein. Aba behielt nicht eine einzige Sache für sich.

Unser Besteck, dunkel und schwer, beäugte kritisch unser Vorhaben, ihm die leichten Aluminiumlöffel und -gabeln, die wir auf dem Tisch gefunden hatten, an die Seite zu legen. Am Ende landeten sie im Müll, darauf das ausgeblichene Wachstuch, auf dem Urgroßmutter viele Jahre gelegen hatten. Wir wollten auch das Halbliter-Weckglas mit dem weißen Belag, aus dem Urgroßmutter heißes Wasser mit Zucker getrunken hatte, nicht behalten. Der emaillierte Nachttopf, auf Hochglanz poliert, verschwand für alle Ewigkeit unter dem smaragdgrün bezogenen Sofa: Noch vor wenigen Tagen hatte darauf das Schiff ihres Körpers gewogt, jetzt war vollständige Flaute, nicht die geringste Welle in Sicht.

Wir arbeiteten lange: Das gelbe Rechteck vor dem Fenster wuchs erst in die Länge, dann verlagerte es sich auf die Hofmauer. Die hier und da aus seiner ungebürsteten Oberfläche hervorstehenden Ziegelrücken erinnerten mich an die Haarfarbe meines Urgroßvaters, den ich nie kennengelernt hatte.

Wir schoben das Klavier von der Wand, entfernten die dunklen Spinnweben. Ich holte einige Papiere aus der Ecke, setzte mich auf den Boden und begann, sie durchzusehen. Sie stammten aus der Vorkriegszeit, vielleicht auch der Vorrevolutionszeit, mit den längst abgeschafften Buchstaben der *Graschdanka*, darunter auch Noten.

»Was ist das?«, fragte ich. »Sind das Sachen von Mama?«

»Nein, das sind *ihre* Libretti«, erwiderte Aba unwillig und wandte den Blick ab, wie immer, wenn sie nicht die ganze Wahrheit sagte. Zwischen uns galt eine unausgesprochene Vereinbarung: Urgroßmutter hieß »sie«, und Mama hieß »Mama«. »Sie wollte Opernsängerin werden«, fuhr Aba fort. »Sie hatte ein absolutes Gehör, einen wunderbaren Mezzosopran …«

Ich hörte verwundert zu: Wieso erzählte sie mir all diese Dinge, die ich schon wusste?

»Ich vermute, von ihr hat Mama das Timbre ihrer Stimme geerbt. In St. Petersburg war sie Schülerin von Natalia Prjeobraschenskaja, der Name sollte dir etwas sagen. Doch leider hat sie nie in ihrem Leben auf einer Bühne gesungen. Nicht einmal die kleinste Rolle hat sie irgendwo bekommen. Sie war zu klein, und wie du weißt, ist die Körpergröße auf der Bühne von ungeheurer Bedeutung.«

Urgroßmutter als Opernsängerin? Ich traute meinen Ohren nicht.

Ich schaute auf die sonnenbeschienene Mauer im Hof – sie war die Bühne, auf der ich mir Urgroßmutter vorzustellen versuchte. Ich zog ihr ein rot-schwarzes Kleid an, setzte ihr ein glitzerndes Diadem auf, schmückte ihre Finger mit den Ringen aus den Schubladen – doch vergeblich, leider, denn statt der Carmen- oder Amneris-Kostüme sah ich nur einen verwaschenen Schlafrock, schlurfende Pantoffeln und einen runzligen Daumen, der den Teekessel betastet, um festzustellen, ob das Wasser darin warm war. Anschließend sah ich die Opernbühnen vor mir, auf denen meine eigene Mutter gestanden hatte. Ich stellte Urgroßmutter neben sie und zwang sie, im Duett zu singen – Großmutter und Enkelin, alt und jung, klein und groß. Die eine war erfolgreich, die andere nicht, beide waren tot. Die Erfolgreiche war jung gestorben, die Erfolglose musste viele Jahre mit ihrem Scheitern leben.

»Nach der Absage des Theaters trat sie in einen Chor ein, und bei den Proben lernte sie Urgroßvater kennen.«

»Und dann wurde Urgroßvater verhaftet und der Krieg fing an?«

»Am schlimmsten war es in Kazan: Sie sagte kein Wort und nahm immer weiter ab, sagte kein Wort und nahm weiter ab – es war kaum mitanzusehen. Sie ging in einer Fabrik arbeiten. Sie hasste diese Arbeit, aber dadurch bekamen wir die größte Brotration. Sie gab mir ihre Portion, denn ich wuchs und war ständig hungrig. Und dann kam der Alexej-Pawlow-Chor zu einem Gastspiel. Mit diesem Chor hat sie Kazan verlassen.«

»Und was war mit dir?«, fragte ich entsetzt.

»Sie konnte nicht anders«, sagte Aba resigniert. »Der Gesang war ihr Leben.«

Die Ziegelsteine wurden erst zu schwarzer Brotrinde, dann zu den nackten Mauern von Bahnhofsgebäuden.

»Mama, Mamalein, lass mich nicht allein!«, schrie Aba, als sie hinter dem Zug herlief, der immer mehr an Fahrt gewann, und dieser Schrei geriet zu einem Heulen, ungehobelt und kehlig, so ganz anders als die Laute, die zur selben Zeit ihre Mutter von sich gab.

Auf dem Foto blickte Alexej Pawlow, der Dirigent, ein selbstbewusster und gutaussehender Major, direkt in die Kamera. Leb wohl, verhasste Fabrik, leb wohl, Durchgangszimmer fremder Leute! Im Zug bekam die neue Solistin eine militärische Uniform, und die erste Probe fand in Pawlows geschlossenem Abteil statt. Er zwang sie, so hohe Noten zu singen, dass sie das Abschiedsgebrüll ihrer Tochter übertönten.

Bei Pawlow nahm sie sich von Anfang an heraus, was ihr zustand: Sie wurde erste Solistin im Chor, und an den Abenden sang sie, nur für ihn, ihre Lieblingsarien. Aus dem Augenwinkel bemerkte sie die Vergötterung in seinem Blick. Sommer und Winter, Städte und Konzerte kamen und gingen, bis sie schließlich in Lemberg landeten, einer Stadt so vornehm wie Pawlows neue Gefährtin. Der Major beschloss sofort, dass sie sich hier niederlassen würden – die Gerüchte von gefährlichen ukrainischen Nationalisten, die in der Gegend Jagd auf Sowjets machten, kümmerten ihn nicht, und er vergaß seine in Moskau auf ihn wartende Ehefrau, die Bibliothekarin war.

»In Kazan war es traurig, es gab nichts zu essen. Ich wohnte bei unserer Schulerzieherin. Wie groß die Freude, als Mama schrieb, sie erwarte mich in Lemberg!«

Die Lemberger Wohnung war klein und eng, dafür aber mitten im Zentrum. Pawlow hatte eine gefunden, in der keine Möbel der früheren Bewohner standen. Er hasste es, sich fremdes Gut anzueignen, und es störte ihn nicht, in der ersten Zeit auf dem Boden zu schlafen. Ein paar Tage nach Abas Ankunft aus Kazan musste er mit dem Chor wegfahren, und kurz darauf kam die Nachricht, dass er irgendwo in Wolhynien von einem Querschläger getroffen worden sei. Urgroßmutter begann, Zigaretten zu rauchen, und wurde noch dünner. Ihre Wangen und Augen sanken tief in ihren Körper ein – dorthin, wo ihre Stimme wohnte. Dann kam der Sieg, die Kastanien blühten, und Hermann erschien.

Es ist wahr: Gesungen hat sie nie für ihn. Sie spürte, dass der Gefühlsausbruch, der sie in den Grundfesten ihres Wesens erschütterte, eine Bedrohung für ihren Gesang darstellte, weil sich die Liebe in ihrem Körper genau an der Stelle eingenistet hatte, an der zuvor ihre Stimme gewesen war. Damals machte sich ihre Stimme sehr selten bemerkbar, nur in der Hitze des Geschlechtsakts hatte sie plötzlich das Gefühl, die Last des Geliebten drücke auf so etwas wie eine fortgeschrittene Schwangerschaft, obwohl ihr Bauch damals flacher war als der der allerschlanksten Balletttänzerinnen.

Nach Hermanns Brief kehrte ihre Stimme aus dem Exil zurück und begann, ihr auf der Suche nach einem neuen

Ausgang Streiche zu spielen. Sie konnte sie nicht bändigen, und in den immer häufigeren hysterischen Anfällen kam es dazu, dass sie entsetzlich schrie, jammerte und wimmerte, aber auch dumpf heulte und quietschte wie eine Besessene. An besseren Tagen befahl ihr die Stimme, auf ein improvisiertes Podest in der Wohnung zu steigen und, mit Publikum oder ohne, ihre Lieblingsarien zu singen. Um Rettung vor diesem Klanggewitter zu finden, begann Aba damit, Heiligenbilder zu malen, unter anderem den mir bekannten Jesus mit Dornenkrone und grünem Haar, blutüberströmt und mit der gut sichtbaren oberen Zahnlücke im leicht geöffneten Mund. Damals brachte dieser Hermann-Jesus Stanisława aus der Fassung: Sie schrie und stampfte mit den Füßen auf und verlangte, ihn ihr aus den Augen zu schaffen. Im Alter bekam er dann überraschend einen Ehrenplatz in ihrem Zimmer.

In der nächsten Schachtel waren Fotos der Offiziere.

Neben einigen stand Stanisława – den Blick direkt ins Objektiv gerichtet, immer umgeben von Tabakrauch, während alle ihre Gefährten den gleichen Gesichtsausdruck hatten wie Jurij Gagarin nach seinem ersten Weltraumflug. Viele Jahre lang arbeitete Urgroßmutter von da an im Bezirksrat und widmete sich in ihrer Freizeit der Stimmausbildung begabter Militärs, die in der Lage waren, den männlichen Part in ihren Lieblingsduetten zu übernehmen. Der spontane Gesangsunterricht fand in ihrer Wohnung statt. Aba hörte durch die verschlossene Tür zu.

»Ein Foto von Großvater Alexander«, bemerkte ich.

Es war viele Jahr nach dem Krieg, als Alexander Pabian an Urgroßmutters Ufer vor Anker ging, der in Donezk geborene, wortkarge Leiter des Lemberger Garnisonsorchesters.

»Ich bitte Sie, das ist die falsche Tonart. Wie leiten Sie denn Ihr Orchester?«

Er imponierte der Witwe durch seine Nachgiebigkeit und Melancholie, die sie irrtümlicherweise für poetische Traurigkeit hielt, und dadurch, dass er erheblich jünger war als sie. Sie kam allmählich ins Alter und wusste sich nicht würdig darin einzurichten. Ob es auch ein gemeinsames Foto von ihnen gab, auf dem er Gelegenheit hatte, Gagarins Miene aufzusetzen, weiß ich nicht. Wenn, dann ist es mit Sicherheit später vernichtet worden. Aba legte sein Porträt nicht zu den anderen auf den Stapel, sondern drückte es an ihre Brust und trug es in ihr Zimmer, legte es ganz bestimmt nicht in die schwarze Schatulle mit dem Chopinprofil zurück. Die Besuche des Orchesterleiters bei Urgroßmutter begannen zu einer Zeit, als Aba den Pianisten liebte.

»Mama, lass mich heute Abend ausgehen.«

»Mit diesem Musikanten? Kommt nicht infrage!«

»Warum nicht, Mama? Warum?«

Bravouröse Akkorde und reichlich Tränen. Chopin hatte nicht das Temperament eines Rebellen, er weinte in der Nacht, weinte auf dem Bahnsteig, dann im Zug und nach der Ankunft in den »Wiedergewonnenen« Gebieten im Westen Polens, er weinte, weil ihre Mutter nicht erlaubt hatte, dass sie heiraten. Ihr blieben die Polonaisen, die Briefe in der schwarzen Schatulle und diese

Tränen, die den lichten Weg nach Westen netzten, der ihr versperrt geblieben war. Dann kam ihre Mutter auf die teuflische Idee, sie mit ihrem jungen Liebhaber zu verheiraten, der eine sichere Karriere vor sich und nicht die Absicht hatte, Lemberg zu verlassen.

Die Trauung fand an einem Wochentag statt und wurde von dem letzten Priester der St.-Maria-Magdalena-Kirche vollzogen. Auf dem ersten gemeinsamen Foto steht das junge Paar vor dem Haupteingang der Oper, der Bildausschnitt so, dass das Lenindenkmal nicht zu sehen ist. Alexander trägt Zivil: einen hohen Hut, einen schweren Wintermantel und eine Hose mit sehr weiten Beinen, wie sie damals in Mode war. Er sah aus wie jemand, dem man ein Theaterkostüm angezogen hat, und seinem Gesichtsausdruck nach zu urteilen, wurde er gewaltsam auf dieses Foto geschleppt. Über dem Bräutigam dräut schon das Gespenst der Depression, über der Braut das der unheilbaren Krankheit.

Auch wenn Stanisława ihre Tochter selbst zu dieser Ehe bewogen hatte, hasste sie Alexander ab dem Moment, als er als ihr Schwiegersohn über die Türschwelle trat. In den Jahren des gemeinsamen Lebens hat sie diesen Hass vorzüglich bewirtschaftet, hat ihn in jedem Zimmer, in Küche und Bad heimisch gemacht, hat ihn in der Tiefe jedes Geräts herangezüchtet, mit jedem Gericht gekocht, in jedem ausgesprochenen Wort untergebracht. Das Ausmaß der Verwüstung glich dem nach der Explosion einer Atombombe. Großvater war ständig traurig und starb jung. Aba bekam eine chronische Krankheit.

Mama war nicht aus Liebe geboren, also musste sie sterben.

»Mama, du hast mein Leben zerstört.«

Rebellische Worte fielen nie. Die Tochter gehorchte der Mutter, wofür diese sie nur noch mehr verachtete. Und so ging das jahrelang: Das Schweigen der einen gebar die Verachtung der anderen und umgekehrt. Das Schweigen und die Verachtung wuchsen ineinander – bis zum Lebensende fesselten sie Mutter und Tochter enger aneinander als die Tatsache, dass der Körper der einen im Körper der anderen entstanden war. Doch dann war die Enkelin geboren und machte den Versuch, sich aus diesem Gefängnis der Gebärmutter zu lösen.

»Großmutter, ich habe mich bei der Gesangsfakultät des Konservatoriums beworben.«

»Kommt nicht infrage.«

»Warum, Großmutter?«

»Du hast kein Talent. Du wirst in Armut leben.«

»Großmutter, ich habe beschlossen, Sängerin zu werden. Ich habe Talent. Hörst du?«

»Gleich mach ich das Fenster auf und schreie über die ganze Straße, dass meine leibliche Enkelin mich foltert. Gleich wird die Miliz hier auftauchen.«

»Ich mache das Fenster für dich auf. Schrei! Schrei so laut du kannst! Jetzt!«

Mama hielt mit den wichtigsten Worten nicht zurück.

Den letzten Verehrer hatte Urgroßmutter, als sie schon in Rente war, lange nach dem Tod ihres Schwiegersohnes. Der alleinstehende Geigenlehrer kochte Diätgerichte für sie und nahm sie auf Spaziergänge mit. Sie mochte es, wenn er für sie spielte, und für das geringste Vergehen schlug sie ihm ins Gesicht. Trotz seiner Bitten zog sie nicht zu ihm – sie wollte »die Familie nicht im Stich lassen«. Ich erinnere mich an den Tag der Beerdigung dieses anständigen Kerls – Urgroßmutter fuhr nicht zum Friedhof, sondern wartete, dass eine Bekannte ihr etwas vom Leichenschmaus mitbrachte. Es war Sommer, sie saß in schwarzen Spitzenhandschuhen und Schleierhut breitbeinig auf einem Stuhl, und ich ging um sie herum, mit nichts an als einem rosa Höschen. Irgendwann sagte sie ärgerlich:

»Du Schamlose! Schau in den Spiegel, wie unanständig du aussiehst! Dieses Höschen ist eng, man sieht alles, was du zwischen den Beinen hast!«

Ich trat damals vor den Spiegel und überzeugte mich davon, dass sie recht hatte. Von allein wäre ich nie darauf gekommen.

Ich blies den Staub von den Libretti und ordnete sie nach dem Erscheinungsdatum. Die inzwischen unbeleuchtete Fläche der Hofmauer wurde zu einem Meer, und ich war die Taucherin, die darin nach Perlen sucht. Meine Urgroßmutter war eine erfolglose Opernsängerin gewesen, meine Großmutter eine erfolglose Malerin, meine Mutter war eine erfolgreiche Opernsängerin, ich werde eine erfolgreiche Malerin sein, meine Tochter eine erfolglose Opernsängerin oder eine erfolgreiche Malerin, ihre Tochter wird, je nachdem, für was meine Tochter sich entscheidet, entweder eine erfolgreiche

Opernsängerin oder eine erfolglose Malerin sein. Ausbleibender Erfolg mal ausbleibender Erfolg ergibt Erfolg, wie in der Mathematik. Wir sind wie Matrjoschkas, die eine im Bauch der anderen, wer in welcher, weiß man nicht genau. Man weiß nur, welche lebt und welche nicht. Wir sind wie Matrjoschkas, alle durchbohrt von einem einzigen Schuss, und ich hatte früher gedacht, Urgroßmutter fehlt in dieser Kette. Sie war eine erfolglose Opernsängerin, also ist meine Großmutter eine erfolglose Malerin und meine Mama, obwohl Primadonna, ist tot.

Aba holte den Rest der Papiere, den ganzen Stapel schaffte sie nicht auf einmal.

»Im Alter hat sie in der Kathedrale gesungen«, sagte ich.

»Sehr selten und nur an Wochentagen. Sie hatte eine Freundin im Domchor.«

»Der Gere-e-echte wird bleiben auf deinem heiligen Berge. Wer wird wohnen in deiner Hütte? Wer wird bleiben auf deinem heiligen Berge? Wer ohn Wandel einhergeht und recht tut und redet die Wahrheit von Herzen. Der Gere-e-echte wird bleiben auf deinem …«

Die Messe wurde im Glanz der goldgefassten Lampen gehalten, doch sie wurde, wie üblich, nicht auf die Bühne gebeten. Vor dem Tod hatte sie ganz viel weiße, runzlige Haut an sich, die wie ein zerfranster Schleier auf ihr lag. Vielleicht hat sie sie zu Hause, hinter verschlossener Zimmertür, abgelegt wie der Froschkönig, und eine schlanke Cio-Cio-San aus sich herausgelassen, die

die besten Arien sang, während wir dachten, es sei der Fernseher. Wir sahen die weißen Haare mit dem kindlichen Mittelscheitel, die Brille mit den dicken Gläsern, die vom Schlafrock verhüllten Elefantenbeine, an denen der Urin herunterrann – tropf tropf tropf. Sie achtete darauf, dass die Quelle nie versiegte, trippelte in die Küche mit ihrem Weckglas, hielt den Daumen mit dem gefeilten Nagel an den Teekessel und goss sich heißes Wasser ein. Bis zu ihrem Lebensende legte sie Wert auf Maniküre.

Aba hielt einen Lappen in den geschwollenen Fingern, entstaubte das Gesicht Jesu. Er hatte all die Jahre zugesehen, wie Urgroßmutter die Wurst auf dem Wachstuch schneidet, wie sie sie mit ihren verbliebenen Zähnen mühsam kaut, wie sie im Liegen Schwarz-Weiß-Filme guckt. Er hat gehört, wie sie laut pupst, seufzt, Lieder summt. Hat Jesus am Abend gewartet, bis sie den Fernseher ausmacht und mit ihrem Hintern die knarzenden Federn des Schlafsofas massiert, sich hinsetzt und mit den Armen weit in seine Richtung rudert?

»Im Namen des Vaters und des Sohnes, Jesu Jesu.«

Hat er zugesehen, wie Tränen auf ihre Wangen treten und sie unter der Brille vorschielt, um zu prüfen, ob es jemand bemerkt?

»Böse Tochter, böse Enkelin, sie laden ihre Mutter nicht an den gemeinsamen Tisch!«, sagte sie das zu mir oder zu Ihm? Hat Jesus gehört, wie sie ihre alte Tochter in der Küche beschimpfte?

»Idiotin! Verfluchte Irre! Stück Vieh!«

»Bist du selbst«, erwiderte ihr Aba peinlich berührt.

Die Mutter stieß sie mit dem Hintern im schmalen Küchengang, ja, sie schubste sie sogar. Aus einem Loch in der Wand rieselte Putz auf das wellige Linoleum.

»Schamlose Nutte!«, flüsterte sie, wenn sie im Flur der Enkelin auflauerte, die aus dem Theater zurückkam. »In welchen Hauseingängen hast du dich herumgedrückt?«

Wir waren wie Matrjoschkas, aber nur zu dritt. Für sie war kein Platz mehr in der Kette. Sie war böse, niemand hat geweint, als sie starb.

Seitdem die Hausmeisterin im Gefängnis gelandet war, begann Luba, unseren Hof sauber zu halten. Sie lief zerzaust mit Besen und Schaufel herum. Sie warf Müll in den dunklen Gulli, in den die Kinder der Hausmeisterin den Inhalt ihres Eimers schütteten, ebenso die Leichen der Tauben, die sie getötet hat. Sie wurden von dem Ungeheuer gefressen, das am Grund wohnte. Es schluckte auch die letzten über den Hof streunenden Sonnenstrahlen. Urgroßmutters Zimmer ging nach Norden, nichts zu machen, dort war es immer düster.

»Diese Broschüren sind wertlos. Wir bringen sie in die Oper, einzig und allein aus historischem Interesse«, sagte Aba über die Libretti, als sie ohne die Fotografien zurückgekommen war, die sie endlich irgendwo hatte verstecken können. »Hier richten wir das Esszimmer ein«, fuhr sie fort. »Ab jetzt brauchen wir das Essen nicht mehr von der Küche ins mittlere Zimmer zu tragen und können so die Teppiche leichter sauber halten.«

Der polnisch-ukrainische Krieg

Ich habe Kopfschmerzen, vermutlich kriege ich gleich einen Migräneanfall«, sagte ich mit leiser, kindlicher Stimme. Mir war klar, wie jämmerlich das klang.

Mikolaj hörte es nicht oder tat so, als hörte er es nicht. Er zog weiter in Richtung Theaterstraße, wo er den ersten Zwischenhalt unseres Spaziergangs vorgesehen hatte.

Es war ein sonniger Nachmittag im Juni, aber ich hatte in diesem Sommer den Eindruck, meinen Straßen sei Schatten und Feuchtigkeit genommen worden, meine Straßen waren abgedunkelt und begannen, mir Vorwürfe zu machen. Tag für Tag hissten sie Flaggen mit schwarzem Trauerflor. Auch ihm machten sie Vorwürfe, hüllten ihn dauerhaft in den Regenbogen der sieben Arten von Traurigkeit, nur bekümmerte ihn das nicht. Im Gegenteil, er schien gewachsen zu sein, ich reichte ihm nicht einmal bis an die Schulter. Er schwebte in die Höhe, als hätte er, wie Perseus, Flügel an seinen Künstlersandalen, als hätte er sie auch an seiner Künstlertasche, die er immer über der Schulter trug. Ich schleppte mich wehleidig hinter ihm her, kriechend wie eine Schlange. Das hätte alles anders aussehen können, wenn wir Freunde geblieben wären, dachte ich. Wenn ihr euch die Reinheit bewahrt hättet, flüsterten die hellen Mauern der Kathedrale, an der wir gerade vorbeikamen und die ich in letzter Zeit mied, weil der ätherische Jesus darin schwarz geworden war und sein Gesicht wie verkohlt aussah.

»Klar und einfach wie ein Axthieb«, erklärte Mikolaj. »Eines Tages ist die Stadt in zwei Hälften geteilt.«

Irgendwo habe ich das schon mal gehört, dachte ich, wusste nur nicht mehr, wo und wann.

»Du hast recht«, bestätigte er, obwohl ich nichts gesagt hatte. »Die frühere Einheit war nur eine Illusion, aber du weißt ja, wie gern man sich etwas vormacht.«

Wir kamen an einer Schule und dem ewig geschlossenen Naturkundemuseum der Dzieduszyckis vorbei und betraten das ehemalige Offiziersgebäude.

»Schau dir nicht die Gedenktafel an«, befahl er und schirmte meine Augen wie mit Scheuklappen ab. »Sie ist nicht nur hässlich, sondern enthält auch falsche Informationen.«

In der kalten Eingangshalle hielt uns niemand auf, wir stiegen die Treppe hoch.

»An diesem Ort hat alles begonnen. Hier befand sich der *Narodnyj Dim*, der kulturelle Hauptsitz der damaligen Russinen, die sich immer mehr als Ukrainer fühlten. Das Besondere an diesem Gebäude sind die drei Eingänge von drei verschiedenen Straßen – der Theaterstraße, der Korniakt und der Ormiańska. Es gibt keinen Ort, von dem aus ein einzelner Mann sie alle gleichzeitig im Auge behalten könnte. Das war der Grund, warum Witowski dieses Gebäude zum Sitz des Generalstabs der ukrainischen Armee – der Sitscher Schützen – gemacht hat.«

Ich warf einen Blick aus dem Fenster, Mikolajs Gestalt ersetzte die Silberkugel des Rathausturms, über dem die ukrainische Flagge wehte, und kurz darauf war es schon das Rathaus selbst, das zu mir sprach:

»Witowskis Soldaten hatten ein ziemliches Problem damit, ausreichend große Stücke gelber und blauer Stoffe aufzutreiben, die in der Nacht zum ersten November auf dem Rathaus gehisst werden sollten. So etwas gab es nicht im polnischen Lemberg. Im letzten Augenblick rettete ein Wächter der ersten ukrainischen Konsumgenossenschaft *Narodna torhiwla* die Situation. Er brachte ein Banner, das an großen Feiertagen auf dem Kramladen gehisst wurde. Nach dem Krieg wurde es in einem Museum aufbewahrt, später von den Sowjets vernichtet. Es ist das erste Exponat der imaginären Sammlung, die ich dir heute zeigen will.«

Von der Turmspitze wallten zwei grelle Tuchbänder bis auf die Erde herab, schleppten sich hinter uns her durch die Theaterstraße. Ich probierte sie heimlich Mikolaj an, hüllte seinen Körper ein, wollte wissen, ob ihm das Märtyrertum stand. Doch meine Phantasien zerschlugen sich an seinem strengen Blick. Er dachte gar nicht daran, die Erinnerung an den in eine Flagge gewickelten Leichnam mit mir zu teilen. Andere hatten die vertraute Narbe zwischen den Schulterblättern freigewickelt und geküsst, eine andere Zunge hatte das angetrocknete Blut von den Sommersprossenlichtungen geleckt, andere Hände hatten den Leichnam angekleidet und ins harte Sarglager gebettet.

»An den neuralgischen Punkten der Stadt ließ Witowski Maschinengewehrnester aufstellen. Die Gewehrläufe zielten auf die Passanten auf dem Heiligen-Geist-Platz und den Hetmans-Wällen, sie ragten über die Opernbalkone, von der Terrasse des Wiener Cafés.«

»Das Schießen von dort hat Tradition«, scherzte ich, doch keiner von uns beiden lachte.

Es gab schließlich andere Traditionen – zum Beispiel das Schachspiel auf der Allee, die zur Oper führte. Soeben kamen wir an den Bänken mit den Rentnern vorbei: Guten Tag – Guten Tag – Sie gestatten – Ich habe Weiß, da fange ich an – Jetzt ist Schwarz am Zug. Ich frage mich, wer die Partie gewinnt.

»Der erste November 1918 war ein tragischer Tag für Lemberg. Der Anfang vom Ende der Stadt – so wie es sie bisher gegeben hatte. Ganz gleich, wie der Krieg verlaufen ist. Und gleich, wer Sieger war und wer Besiegter.«

»Nötig sind zwei Städte nebeneinander mit zwei unterschiedlichen Namen, Lwów und Lviv. Ist es das, was sich damals gezeigt hat?«, fragte ich. »Zwei Städte mit dem gleichen Marktplatz, den gleichen Straßenbahnen und Kastanien? Doch es gab nur eine Stadt, und deshalb hat der Krieg begonnen, der sie dann in zwei Hälften geteilt hat?«

Der gedrungene Bau der Oper flatterte auf der glatten Oberfläche der gasgefüllten Ballons, die bei den Händlern an der Allee büschelweise wuchsen. Teil eines schlechten Bühnenbildes, ebenso schlecht wie die Szenografie ihrer Beerdigung: Flaggen, Menschenmengen, Orchester. Jemand anders hatte ihr den letzten Blick geschenkt, jemand anders den Sarg geschlossen.

»Pass auf die Gullideckel auf«, warnte Mikolaj, als wir das Theater umrundeten. »Sie sind nicht immer fest geschlossen, man fällt leicht hinein.«

Die Gródeckastraße sah aus wie ein erhitzter Tunnel ohne einen einzigen Baum. Hier durchkreuzten Straßenbahnen, Autos und Minibusse gegenseitig ihre Pläne auf der Hindernisbahn des aufgewellten Pflasters. Wir missachteten die Verkehrsregeln und traten auf die Straße, wurden von allen Seiten angehupt und rollten über die Schienen wie zwei Tramwaggons oder wie zwei mit einem Abschleppseil verbundene Straßenbahnen.

»Ich werde dich nicht zu den Orten des Waffenruhms der einen oder der anderen Seite führen. Werde dir weder Heldenorte noch Symbole zeigen, werde abgenutzte Formulierungen wie die von den ›Verteidigern Lembergs‹ vermeiden. Nichts werde ich dir von den Kindern erzählen, die man später ›Adlerjungen‹ nannte. Aber ich zeige dir einige weggeworfene oder vergessene Dinge. Die, die nicht zur Legende passten.«

Auf die unselige Flagge folgte eine fehlgelenkte Detonation. Mikolaj erzählte, und ich stellte mir die Szene vor: die ukrainischen Jungs, verloren in den ihnen fremden Wohnhäusern der Stadt, polnische Jungs, denen es, obwohl sie in ihrer eigenen Stadt waren, nicht gelang, die Kaserne in die Luft zu jagen – vielleicht weil sie sich in den vorhergehenden Jahren auf etwas anderes vorbereitet hatten als das Sprengen von Gebäuden. Der Sand war überall, in den Schuhen und in der Luft, er sammelte sich ringsum, über die ganze Straße verstreut. Man hatte den Eindruck, gleich müsse ein Wind aufkommen und ein

Sandsturm toben, der den mit heißer Luft gemischten Staub über die Köpfe wirbelt, über die Straßenbahnen und die Kuppel der St.-Anna, das zwischen Gródecka und Schewtschenko breit hingesetzte Gotteshaus, das zu Sowjetzeiten als Möbelgeschäft diente.

Nicht mit Sand, sondern mit anderen, helleren Substanzen füllten die polnischen Studenten sich die Taschen und gingen in die Abwasserkanäle. Sie fühlten sich wohl in den Eingeweiden der geliebten Stadt. Sie rückten unter Tage immer näher an die Ferdinand-Kasernen heran, den am weitesten nach Westen vorgeschobenen Brückenkopf der ukrainischen Front. Fleißig wie Ameisen liefen sie mit vollen Taschen auf und ab. Die Feinde beschossen sie aus den Kasernen und hatten keinen blassen Schimmer, dass sie zur gleichen Zeit von unten näher rückten und in den Kellern der Berg mit dem gefährlichen Pulver mit jedem Tag größer wurde.

Die Eingeweide der geliebten Stadt. Der Kanal unter dem Theater. Die größte Erniedrigung seines Lebens.

Die Aktion erschütterte die Straße gewaltig, die Ferdinand-Kasernen aber zitterten nicht einmal. Die Polen aus der Bemstraße hatten die Entfernung falsch berechnet – es krachte ein paar Meter zu weit weg.

Ein unter Zwang gesagtes *Ich liebe dich*, ein wertloses *Ich liebe dich*, ein einziges *Ich liebe dich*, das letzte vor dem Tod, nach dem nichts mehr wiedergutzumachen ist.

Die Männer in der Kaserne hatten panische Angst vor Feuer. Der Anblick von ölgetränkten Lappen, die in die Fenster flogen und hier und da einen Brand verursachten, versetzte sie in irrationale Panik. Aufgewachsen in strohgedeckten Bauernhütten, wussten sie nicht, dass das Feuer den dicken Steinmauern nicht so viel anhaben konnte. Einer von ihnen war der Dichter Roman Kupczyński. Er saß gerade allein in einem der Säle, als plötzlich die Tür Feuer fing. In nur wenigen Sekunden war aus den kleinen Zünglein eine Flammenwand geworden, die sich bedrohlich auf ihn zu bewegte. Wasser war keines zur Hand, nur eine Schale mit Borschtsch, die Roman blitzschnell ergriff. Rote Suppe ergoss sich in den roten Rachen. So besiegten die Lemberger Landeier die Bestie des Krieges.

Anders war es, wenn die Bestie im Schlaf zu mir kam. Ich konnte mich nicht wehren, wozu auch? An mir schien sie kein Interesse zu haben, aber sie ließ mich auch nicht gehen. Ich musste ihr zusehen. Es war im Zirkus, aber nicht in dem richtigen in der Gródecka, wo die gelben Pantoffeln der Clowns den Sand der Manege aufstieben ließen und dressierte Kätzchen mit Kokarden tanzten, sondern an einem unbekannten Ort, der in einer ehemaligen Kirche eingerichtet war. Dort fand der Soloauftritt der Bestie statt: Sie tanzte ohne Sicherung direkt unter der Kuppel, jonglierte mit Kugelblitzen, zeigte dem johlenden und grölenden Publikum akrobatische Tricks. Mich fröstelte bei dem Gedanken, dass ich der Entweihung eines Gotteshauses beiwohnte, dass ich dabei zusah, wie das wilde Tier sich dort austobte, wo die sechsflügeligen Seraphim ihren Ort hatten. Noch eisiger wurde mir in dem Augenblick, als die Bestie auf dem Trapez schaukelnd Schwung holte, unter Lachsalven über die Köpfen der Zuschauer direkt auf mich zuflog und mir, als sie schon zum Greifen nahe war, eine Kaugummiblase ins Gesicht blies.

Nach dem Zusammenbruch des Imperiums zerfiel das Zirkusgebäude in der Gródecka zusehends. Der Putz fiel schichtweise von der Fassade, die Pflastersteine vor dem Eingang bröckelten, verloren die Form, die ihnen einst gegeben wurde, und bildeten Stauungen, Schlaglöcher, Krümmungen. So wie es bei Menschen vorkommt, dass ihre Gesichter im Alter die ganze Wahrheit über die Entscheidungen ihres Lebens verraten, so entblößte auch hier das kindliche Traumland, der Möglichkeit einer weiteren Täuschung beraubt, all seine herzergreifende Hässlichkeit. Das Gesicht ihrer Mutter – der hinkenden, gescheiterten Malerin. Mikolaj war auch von der Beerdigung geflohen, um nicht in dieses Gesicht schauen zu müssen.

Wir gingen an dem Zirkus vorbei und bestiegen den von einer filigranen orthodoxen Kirche gekrönten Hügel.

»Mein nächstes Exponat sind Briefe«, sagte Mikolaj. »Während die Polen und die Ukrainer sich gegenseitig umbrachten, schrieben die zwei Erzbischöfe sich Briefe, die ein Kurier über die Frontlinie trug.«

Über der Sankt-Georg-Kathedrale, dem Sitz der griechisch-katholischen Kirche unter Erzbischof Scheptycki, wehte die weiß-rote Flagge. »Scheptycki hat Polen, ich habe die Ukraine«, schrieb der polnische Erzbischof Józef Bilczewski. »Auf dass der brudermörderische Krieg baldmöglichst endet, schließlich harrt unser nach alledem das Jüngste Gericht.« »Während einer Durchsuchung meines Palasts«, klagte Scheptycki in seiner

Antwort, »haben die polnischen Soldaten meine gesamte private Korrespondenz beschlagnahmt.« Bilczewski antwortete darauf, er könne nicht schlafen, weil ukrainische Kugeln seine Fenster zerschmettern, und schlug vor, dass sich am nächsten Sonntag alle drei, sie und Erzbischof Teodorowicz, jeder von seiner Kanzel, die Stadt und das Land dem allersüßesten Herz Jesu anvertrauen mögen mit der Bitte, Bürgerkrieg und Anarchie abzuwenden. Die Entfernung zwischen den zwei Hügeln ist im Grunde nicht weit, von Sankt-Georg ist man ruckzuck nach unten gelaufen. Dann bleibt nur noch das Stück nach oben, zum Palast am Fuße des Hohen Schlosses. Der direkte Weg verbot sich, überall Barrikaden und Patrouillen, überall wurde geschossen. Deshalb tauchte der Kurier in die Seitengassen ab, durch Berge von Laub, das seit Kriegsbeginn nicht weggeräumt worden war. Einen Augenblick meinte er, nicht über Blätter zu schreiten, sondern über die beschriebenen Seiten der Briefe, die er von einem Hügel auf den anderen, von Scheptycki zu Bilczewski und zurück, trug. Es war November, es wurde früh dunkel. Aus den offenen Türen der St.-Anna drang Gesang – Königin Polens, bete für uns. Es roch nach Rauch, das freie Polen war näher und weiter entfernt als je zuvor. Auf einem der Hügel flüsterte man ihm zu, Scheptycki habe hinter dem Altar ein Telefon mit direktem Draht zur russischen Front, auf dem anderen beteuerte man, Bilczewski habe bei sich im Schlafzimmer eine elektrische Klingel zu den Wohnungen der Kleriker installieren lassen. In den Vorjahren hatte es im November reichlich geschneit, in diesem Jahr nicht. Ob das Gemetzel in Lemberg weitergehen würde, wenn es jetzt schneit? In den Seitenstraßen war es still, der unerschrockene Lampenwärter fuhr mit einer langen Metallstange auf dem Rad vorbei, öffnete die kleinen Scheiben und zündete das Gas in den Laternen an, und der Kurier dachte an die Briefe, die er in der Innentasche seines Mantels transportierte. Er hätte es nie gewagt, sie zu öffnen, man hätte ihm eine Pistole an den Kopf halten können. Er wollte nicht wissen, worum es ging. Hauptsache die Erzbischöfe schrieben sich weiter, Hauptsache sie verbreiteten weiterhin ihr Gebet über den Straßen, das ihn sicher von einem Hügel auf den anderen trug und ihn unsichtbar machte für die Soldaten auf beiden Seiten der Front. Was war das aber auch für eine Barbarei. Die Ukrainer beschmierten in den von ihnen eroberten Straßen die polnischen Namen mit Dreck und zerstörten Denkmäler, wetterte Bilczewski zu Scheptycki, und ich merkte an, dass Ende der neunziger Jahre die Straßenschilder erneut mit weißer Farbe überstrichen wurden: Die sowjetischen Namen wurden entfernt, neue hatte man sich noch nicht ausgedacht.

»Es läuft darauf hinaus, dass dieser Krieg noch nicht zu Ende ist, dass er weiter andauert?«, fragte ich.

Zur Antwort lächelte Mikolaj mich an und sah mir zum ersten Mal an diesem Tag in die Augen. Da dachte ich an den Refrain des französischen Liedes, der am besten zum Ausdruck brachte, was zwischen uns vorging: *Je t'aime, moi non plus.* Ich liebe dich, ich dich auch nicht.

Von der Gródecka bogen wir in eine kleine Straße mit einem unleserlichen Schild ab.

»Hier hat der unselige Granatenwurf stattgefunden«, sagte er.

Rote Äpfel mit den unregelmäßigen Formen von Zylindern und Vielecken, hier und da von Ausschlag bedeckt, leicht angefressen von Vögeln und Würmern, ideal für Marmelade. Den Äpfeln in einer Schale auf dem Fensterbrett galt ihr letzter Blick. Eine Sekunde später lief sie ans Fenster, weil sie den Schuss gehört hatte, den der Wärter dieses Hauses auf die auf der Straße vorüberziehende Patrouille abgegeben hatte. Zur Antwort warfen die Ukrainer blitzschnell eine Granate, die sie auf der Stelle tötete. Und was eben gerade noch sie gewesen war, fiel jetzt aufs Parkett, das in diesem Augenblick Feuer fing. Czerski drang in die Wohnung ein und rutschte der Länge nach auf den verstreuten Äpfeln aus. »Ukrainischer Fähnrich tötet aus Versehen seine polnische Geliebte«, meldeten die Zeitungen später. Wie weiterleben nach dem Granatenwurf? Darüber stand nirgends etwas geschrieben.

Die ersten drei Jahre nach dem Schuss bewegte Mikolaj sich in drei miteinander verbundenen Bildern: das Knirschen von Mariannas schmalen Händen, die er drückte, das Abtauchen in den Untergrund und der zarte Eintritt in die Mundhöhle einer anderen.

Wir gingen weiter in Richtung Kopernikusstraße.

Während des Krieges wechselte das Hauptpostamt mehrere Male den Besitzer, und als die Polen drin waren und die Ukrainer draußen eine Blockade errichtet hatten, erfand einer der Polen das System mit der Leine. An einem hoch über der Straße aufgespannten Seil, das ein

Fenster der Post mit dem benachbarten Wohnhaus in der Kraszewskistraße verband, segelte langsam eine Kiste, die Briefe und Essen zu den in der Post eingeschlossenen Soldaten transportierte. Ein Ukrainer erkor die Kiste zum beweglichen Ziel, und der Schießwettbewerb begann: Trafen die Ukrainer, fielen Töpfe mit Suppe und Hauptgericht auf das Straßenpflaster. Dann befestigten die Polen eine Büste von Taras Schewtschenko an der Kiste, und die Schüsse hörten sofort auf. Später brach ein Feuer aus. Beiden Seiten war klar, dass sie das Gebäude verlassen mussten, damit neutrale Feuerwehrleute hinein konnten.

Nach drei Jahren erlosch der Brand von Trauer und Selbstvorwürfen. Mikolaj ließ seine Haare wachsen, machte Karriere an der Akademie und heiratete.

Bisweilen zeigte dieser Krieg ein menschliches Gesicht. Zum Sonnenuntergang ruhten die Waffen, und es wurde gemeinsam gezecht. Ukrainische Kellner bewachten polnisches Dynamit und *vice versa*, viel Wodka wurde getrunken und viele Fotos gemacht, die es nicht in die patriotischen Alben schafften: Die polnische Legende blieb schwarz-weiß, die Ukrainer erschufen keine eigene. In den Ferdinand-Kasernen fand ein polnisch-ukrainischer Ball statt, bei dem betrunkene Offiziere einander über Massendesertionen klagten und die Positionen festlegten, die sie anderntags verschonen würden.

»Weißt du, dass hier das jüdische Viertel begann?«, fragte Mikolaj, als wir in die Gródecka zurückkehrten.

Ich schüttelte den Kopf.

»Die Juden spielten die Rolle eines Vielecks, das nirgendwo hineinpasst. Sie machten ein Drittel der Einwohner aus, aber Polen und Ukrainer kämpften über ihre Köpfe hinweg um die Stadt. Offiziell wahrten sie Neutralität, die von ihnen gebildete Miliz trug weiße Armbinden. Doch nach der Einnahme der Stadt warfen die Polen ihnen vor, auf Seiten der Ukrainer gewesen zu sein, und veranstalteten ein Pogrom.«

Wir kamen zu einem zerstörten Spielplatz. Ich setzte mich auf eine wackelige Schaukel. An der Wand daneben war eine Gedenktafel angebracht, die besagte, dass hier einmal eine Synagoge gestanden hatte. Jemand hatte den sechseckigen Stern mit einem scharfen Werkzeug weggekratzt. An dem Tag, als die Kämpfe um Lemberg endeten, gingen die Straßen, in denen die Juden gewohnt hatten, in Flammen auf. Auch die Chassidim-Shul-Synagoge aus dem siebzehnten Jahrhundert, verziert mit einer festlichen Renaissance-Attika im Lemberger Stil, brannte. Die Portiere, auch Parochet genannt, geschaffen nach dem Vorbild des Vorhangs, der das Allerheiligste vom Rest des vor langer Zeit zerstörten Jerusalemer Tempels trennte, fiel, der Kantor sang, der Rabbi betrat die Bima. Doch das ehrwürdige Podium wackelte und schwankte nach allen Seiten, und an seiner statt wurden ein Karussell, eine Rutsche und Schaukeln errichtet, die an meiner Kleidung rostige Spuren hinterließen.

Alle wissenschaftlichen Artikel Mikolajs handelten von Glasmalereien, und der Schwanengesang war eine viel kommentierte Arbeit über die Glasmalerei in unserem Treppenhaus. Es war eine Art Therapie – als hätten die bunten Glasstücke, die er vor der Vernichtung bewahrte, die Macht, seine Wunden zu heilen. Und dann kam ein Mädchen mit ihren Augen und ihrer Haut ins Treppenhaus und verdeckte für einen Augenblick das Mosaik.

Kupfermünzen klimperten im Schoß der zahnlosen Schaffnerin der Tram Nummer sieben – aus ihrer Tasche schob sich die Fahrkartenrolle. Die Frau kicherte, als ich ihr sagte, dass ich kein Geld habe, denn sie war genauso eine wie ich. Ihr lag überhaupt nichts daran, wie viele Fahrkarten sie heute oder morgen verkaufen würde. Sie wusste, dass davon nichts abhing. Sie trippelte in abgewetzten Hauspantoffeln ans andere Ende des Waggons, obwohl Mikolaj für mich bezahlen wollte, krabbelte auf das Schaffnerpodest und schlief ein.

Wir erreichten den abgelegenen Pohulanka-Park, und ich setzte mich ins Gras. Das Weiß von Mikolajs Hemd war weißer als die weißen Kreuze der polnischen Verteidiger Lembergs, lichter als der lichteste Säulengang. Mikolajs Gestalt war höher als die Säule des Erzengels Michael, die kürzlich links neben den Adlerjungen emporgewachsen war, und seine Stimme stiller als das Wogen des trockenen Grases.

»Wir sind Zeugen einer künstlichen Aufbauschung des Problems der Wiedereröffnung des Friedhofs. Dahinter stecken Politiker von beiden Seiten der Grenze. Absichtlich vertiefen sie die Teilungen und Stereotypen, sie spielen die großen Patrioten, und die Menschen glauben ihnen, weil sie Losungen und Legenden gewohnt sind.«

Er machte eine Pause, schloss leicht die Augen und

dämpfte seine Stimme noch weiter. Ich spürte, dass die Worte, die er gleich sagen würde, etwas Unwiderrufliches haben sollten.

»Hör mir zu: Es gibt Beweise, dass die Knochen vermischt worden sind. Auf dem Friedhof der Adlerjungen liegen Polen und Ukrainer nebeneinander. Dort wo die Sitscher Schützen auf dem Janowski-Friedhof beerdigt sind, ruhen auch Jungs und Mädchen von beiden Seiten der Front. ›Wir haben Auge in Auge gekämpft, jetzt liegen wir zusammen, Arm in Arm.‹ Während der Kämpfe um Lemberg wurde ein Lazarett im Hauptgebäude des Politechnikums eingerichtet, dorthin wurden die Verwundeten gebracht. Die Ärzte kümmerten sich um alle, unabhängig von ihrer Nationalität oder der Frage, wer auf welcher Seite gekämpft hatte. Wenn sie starben, wurden sie in der Nähe begraben.«

»Aber später gab es doch Exhumierungen.«

»Gewiss, nach dem Krieg wurden die Knochen sortiert und auf unterschiedlichen Militärfriedhöfen bestattet. Aber schon damals war es mit der Präzision schlecht bestellt. Schon damals wurden die Knochen durcheinandergebracht.«

»Wir haben Auge in Auge gekämpft«, sprach ich nach und dachte an Mama. Nie hat sie das Gesicht desjenigen gesehen, der vom Dach des Hauses auf sie geschossen hat.

Geschwächt von dem mir anvertrauten Geheimnis und vom Kopfschmerz, legte ich mich auf den Rasen. Die Migräneanfälle kamen, seit ich mit Mikolaj zusammen war. Sogar Aba war machtlos, die mich einst vor

Ziegenpeter und Windpocken gerettet hatte, vor Läusen und Würmern. Migräne ist nicht heilbar, versuchten befreundete Ärzte ihr zu erklären, doch sie gab nicht auf. Sie fütterte mich mit immer neuen Tabletten – alle waren weiß, nur durch ihre Größe und Gestalt unterschieden sie sich –, aber keine half. Aba war verwundert, ich überhaupt nicht. Für mich war die Situation sonnenklar: Der Schmerz war die direkte Konsequenz der Sünde, also der Affäre mit einem verheirateten Mann.

Auch Mikolaj behandelte mich mit weißen Pillen. Seine waren kleiner, wie Körner. So wie Aba weigerte er sich hinzunehmen, dass sie nicht wirkten. Er brachte mir immer neue Sorten, schüttete sie mir Händevoll in den Mund, und ich stammelte, mich verschluckend, das Leiden sei eine Folge der Sünde, worauf er zustimmte und mir gleich darauf, ebenfalls im Rahmen der Therapie, den Mund mit seiner harten Zunge massierte. Aba hatte nur Hohn für die Homöopathie, ich aber schluckte, was sie mir brachten. Es war mir einerlei.

Beide waren wir erschöpft nach der polnisch-ukrainischen Schlachtentour. Die Sonne hatte ein Feuer in meinem Kopf entbrannt, darin glomm der wachsende Schmerz. Millimeter für Millimeter eroberte er sich neues Gebiet, erweiterte die Angriffsfront, wollte mich ganz einnehmen, und ich leistete keinen Widerstand. Ich öffnete ihm das Tor und hatte es eilig, die Kapitulationserklärung zu unterschreiben. Ich fiel in ein Gebüsch, nahm Mikolajs brennende Zigarette. Wir saßen auf einer Wiese unweit des ehemaligen Pionierpalastes, noch so einer Sowjetruine, später in »Palast der Jugend« umbenannt, wenngleich »Palast der Euthanasie« besser gepasst hätte. Die Zigarette war aufgeraucht, dennoch flog mir graues Pulver auf die Bluse, bestimmt der Putz von den Wänden. Schutt und Asche, Gräber an den Straßen, auf Plätzen und Hinterhöfen – die übliche Bilanz eines Bürgerkrieges. Die Feuersbrunst war niedergebrannt, nur Rauchfahnen kräuselten sich noch, aber auch sie würden verschwinden, sobald der letzte hustende Zug genommen und die Kippe in den Müll geworfen wäre. Ich drehte mich um, um Mikolaj um eine neue zu bitten, und sah, dass er eingeschlafen war: Jeder Teil seines Körpers war einzeln auf dem Rasen ausgebreitet. So stellt man die Ergebnisse archäologischer Ausgrabungen aus, wenn jeder Fund von allen Seiten gut sichtbar sein soll.

Die Asche der von mir aufgerauchten Schachtel zeichnete einen Kreis auf dem Gras, in dem ich saß und zusah, wie Mikolaj die Augen öffnete und langsam seine Knochen streckte.

»Wie bringst du alles zusammen?«, fragte ich flüsternd. »Die Bildhauerei, die Vorlesungen, die Geschichte Lembergs?«

»Bis dreißig ist die Zeit des intensiven Lernens. Danach kommt alles nur noch auf den Prüfstein, es muss sich im Handeln bewähren.«

Meine Zeit bis zur Dreißig erschien mir wie ein endloser Korridor mit vielen halb geöffneten Türen zu beiden Seiten. Zum Glück war er lang genug, dass der beunruhigende Moment der »Bewährung« irgendwo weit außer Sichtweite lag. Wir gingen zur Straßenbahnendhaltestelle.

»Und was würdest du tun, wenn heute in Lemberg ein polnisch-ukrainischer Krieg ausbrechen würde?«, fragte ich.

»Ich würde mir eine Kugel in den Kopf jagen«, antwortete Mikolaj im geschraubten Ton der Überzeugung und hielt gebieterisch die Sieben an, die dort, wo wir standen, ohnehin gehalten hätte.

Glasmalerei II

Plombe« wurde das neue Gebäude in der Lücke zwischen den Altbauten genannt, auch wenn man bei exakterem Gebrauch der zahnärztlichen Terminologie eher von einer »Prothese« hätten sprechen müssen. Wir hatten keine Zweifel, dass es nicht hierher passen würde, dass es inmitten der österreichischen, hochwohlgeborenen Wohnhäuser zum Bastard geraten müsse, weshalb das Warten auf seine Geburt, die den ganzen Frühling, Sommer und einen Teil des Herbstes andauerte, gänzlich freudlos war. Es fing damit an, dass es laut wurde in unserer schmalen Straße. Kipplader mit Zement tummelten sich, und hinter dem eilig hochgezogenen blauen Bauzaun machte immer wieder ein langer gelber Kran Verneigungen vor dem falschen Götzen.

In jenem Frühjahr bekam Mikolaj einen eiligen Auftrag, und wir sahen uns immer nur kurz: Am Tage ein schneller Kaffee in düsteren, *kafe* genannten Spelunken, in der Nacht das nach Flieder duftende Gras des Stryjski-Parks, der unbeleuchtet, unaufgeräumt und still war. Wegen Aba und ihren empörten Blicken, in denen ihre ganze Verurteilung unserer Beziehung zum Ausdruck kam, mieden wir mein Zuhause. Von Mikolajs Atelier hielten wir uns fern, denn er hatte beschlossen, dass seine neue Skulptur eine Überraschung für mich sein sollte und ich sie erst im Glanz ihrer Vollendung zu Gesicht bekommen sollte.

Zu Hause zu sitzen fiel mir auch deshalb schwer, weil es Aba schlechter ging. Die Medikamente, die ihr die letzten Jahrzehnte Linderung verschafft hatten, wirkten nicht mehr, und neue waren nicht erfunden worden. Alle Gelenke taten ihr weh, am meisten die Knöchel, Knie und Finger. Bisweilen hörte ich durch die halb geöffnete Tür, wie sie auf der Couch liegend vor Schmerz leise wimmerte. Sie suchte die ihr bekannten Ärzte auf und kehrte ungetröstet zurück. Niemand wusste, was zu tun war. Ratlosigkeit hing in der Luft. Ich wusste nicht, wie ich ihre von Tag zu Tag fortschreitende Krankheit aufhalten sollte, und sie war außer Stande, meine Affäre zu beenden, die ihrer Überzeugung nach mein Leben zerstörte. Ich wiederum war überzeugt, dass das, was mit ihr geschah, meine Schuld sei.

Die kleine Straße vibrierte bei Tag und bei Nacht. Die Pflastersteine zitterten unter den Rädern der Baumaschinen, entnervte Fahrer hupten, wenn sie nicht durchkamen, und die Fensterscheiben in den umliegenden Häusern klirrten. Erdverdichter, Rammen und Walzen waren in Betrieb. Bohrer bebten. Pumpen rumpelten. Mit großem Gedonner fielen Betonplatten zu Boden. Staubwolken hingen in der Luft. Hinter einem geschlossenen Fenster des Nachbarhauses hatte eine ältere Dame mit einer schief auf der Stirn liegenden, vergilbten Kompresse zu kämpfen. Die Arbeiter, die Urheber all dieser Vibrationen, mochten ihre Arbeit nicht. Sie waren arm, alt und hatten es weit bis nach Hause. Später, als die

Wände des Bastards aus der Erde herauswuchsen und höher kletterten, liefen sie ohne jede Sicherung auf dem Gerüst herum. An einem Julimorgen fiel einer von ihnen herunter und starb. Er lag lange Zeit auf der Straße. Wer wollte, hatte ausreichend Gelegenheit, die Konturen des zweites Kopfes zu betrachten, den die Blutlache um den eigentlichen, zerschmetterten Kopf zeichnete, und sehr kaputte Schuhe mit Ablagerungen von etwas, das an weiße Schulkreide erinnerte. Für die kleine Straße war diese Baustelle ein großes Erdbeben.

Wenn ich Aba nach ihrem Befinden fragte, speiste sie mich mit einem trockenen Bericht ab. Sie sprach jetzt immer auf eine Art zu mir, die erkennen ließ, dass sie böse auf mich war. Dass sie mir ihre Liebe entzog, zerriss mich innerlich, aber ich wusste, dass ich es nicht anders verdient hatte. Ich begann, ihr auch nur noch kalt und unhöflich zu antworten, nutzte jede Gelegenheit, sie lächerlich zu machen oder zu beleidigen. Wir vermieden jede, sei es auch die banalste Erwähnung von Mikolaj, dabei gab er uns doch beiden den Tagesrhythmus vor. In jenem Sommer kam ich immer sehr spät nach Hause, und sie legte sich nie schlafen, ehe ich zurück war, was mich in den Wahnsinn trieb. Bitten, Schreie, Szenen halfen alles nichts. Sie wartete immer bis zum bitteren Ende. Sie saß vor dem Fernseher, betete den Rosenkranz in Urgroßmutters ehemaligem Zimmer, nickte auf der Couch im mittleren Zimmer ein. Oder sie lauerte zwischen den Blumen auf dem Balkon. Wenn ich endlich in die Wohnung geschlichen kam – befeuchtet von Küssen, elektrisiert von Berührungen, von Orgasmen erhitzt –, ließ sie einen eiskalten Blick über mich gleiten und ging in ihr Zimmer. Danach konnte ohnehin keine von uns schlafen. Ich erinnere mich an eine der heißesten Nächte jenes Julis. Lange war ich mit Mikolaj vom anderen Ende der Stadt unterwegs, und ebenso lange standen wir unter meinem Balkon. Es war schon so spät, dass der Morgen jeden Augenblick dämmern musste, in keinem Fenster war mehr Licht. Wir hatten in meiner kleinen Straße Unterschlupf gefunden wie in einer riesigen Coladose, von deren Wänden wir die Reste fader Süße leckten. Das Blech rumpelte von unseren Bewegungen, wir kamen, halb entkleidet, im Stehen, und die alte hölzerne Haustür quietschte im Takt unseres Rhythmus. Und da sah ich, dass sie uns vom Balkon aus zuschaute. Ihr von Lockenwicklern gesäumter Kopf lugte zwischen den Blumentöpfen hervor, die blitzenden Brillengläser waren auf uns gerichtet. Wir standen ausgerechnet unter der einzigen Laterne der ganzen Straße, die brannte. Ich empfand Scham und Wut und habe seitdem nie wieder ein Wort mit ihr gewechselt.

In jener Zeit unterrichtete Mikolaj mich in der Kunst des Basreliefs. Wir beschäftigten uns mit den Gedenktafeln, die sich im Zentrum vermehrten wie Pilze nach dem Regen oder Fliegenpilze nach Tschernobyl. Von Walery Bortjakow vom Polnischen Theater stammte die Formulierung »in graue Seife gehauen«, die in den Künstlerkreisen Anklang fand. Wenn jemand versuchte, die Herkunft der einzelnen Tafeln zu ergründen, war rasch alles klar: Jeder, der Geld und eine Idee hatte, konnte zum Stadtrat gehen und eine Genehmigung beantragen.

War die Person, derer man gedenken wollte, politisch korrekt, erteilten die Beamten die Genehmigung, und die Sache interessierte sie nicht mehr. Der Antragsteller selbst suchte sich einen Entwurf und einen Bildhauer aus. Von Zeit zu Zeit spendierte der Magistrat eine Tafel, dann war wenigstens der Name des Gestalters bekannt. So entstanden weitere Werke, bei deren Anblick die Künstler sich an den Kopf fassten. Oder – wenn sie die Straße entlangliefen – den Blick abwandten.

Wir gingen durch die Stadt und stellten fest, dass die meisten Tafeln zu groß waren, zu tief hingen, gegen die Kompositionsregeln verstießen, sich vor allem mit ihrer Umgebung bissen. Sie waren von einem anderen Planeten als die Kirchen und Häuser, sie wuchsen wie Schimmelpilz auf den alten Gebäuden. Hier lugten fünf eng in ein Oval gefügte Eierköpfe aus der Wand heraus. Dort waren es Bronzestiefel, an denen jeder Passant sich den Kopf stoßen konnte. Und hier wieder glotzte das Gesicht eines dümmlichen Püppchens. Meistens kannten wir die Personen nicht, derer gedacht wurde. Schlimmer noch: Wir wollten sie gar nicht kennenlernen. Die ukrainische Geschichte verlor gegen den guten Geschmack. Diskutierten wir über eine, tauchten am nächsten Tag schon drei weitere Tafeln auf. Unterhielten wir uns über eine, war sie am nächsten Tag spurlos verschwunden – von Pennern als Schrott geklaut.

Mikolaj fand die sowjetischen Tafeln besser. Nicht alle, aber immerhin. Dieser Gedanke erstaunte mich – er brachte quälende Unklarheit in mein Weltbild. Zu uneindeutig schien es von nun an zu sein.

»Damals war die Stadt grau, verwahrlost, aber sie blieb sie selbst. Die heutigen chirurgischen Experimente an ihrem Leib sollen sie in etwas anderes verwandeln.«

Als Mikolaj diese Worte aussprach, an die ich mich gut erinnere, standen wir an der Ecke Kopernikus- und Słowackistraße, wo vor Kurzem die Gestalt irgendeines Roboters mit Militärmütze geprägt worden war. Als er mich danach in ein Haus in der Stefanykstraße führte, erklärte er mir die Unterschiede zwischen konvexem, konkavem und flachem Basrelief. Als wir in meinen Hauseingang traten, begann er, mich zu küssen. Ich guckte dabei auf das schmiedeeiserne Rundfenster über dem Eingang, um die Risse in den Wänden nicht zu sehen. Ich tat vor mir selbst so, als existierten sie nicht.

Damals dachte ich mir Legenden aus. Das seien die Netze großer Spinnen, die Luba beim Putzen übersehen hatte. Es seien Zierkannelüren, von denen wir in den kunsthistorischen Vorlesungen gehört hatten. Verformungen, hervorgerufen durch die Kontaktlinsen, die ich nie getragen habe. Die ersten Risse in den Wänden und an der Decke dokumentierte Mikolaj, indem er sich von Aba ein Stück Malerkohle lieh, neben jedem das Datum notierte und ein Foto davon machte. Die Nachbarn beteiligten sich nicht daran: Die von oben waren auf dem Sprung zur Aussiedlung nach Deutschland, mit Luba war schon vor einiger Zeit irgendetwas geschehen – sie hatte einfach aufgehört zu putzen. Angeblich war sie zu einer Religion übergetreten. Sie rief mich sogar an, um mit ihrer tiefen Stimme, aus der tragischer Wahn klang, »für alles Unrecht« um Vergebung zu bitten, womit sie mich ganz schön in Verlegenheit brachte. Sie ging ohne Hut, entblößte ihre grauen Haaransätze vor aller Welt, und zu Mikolaj sagte sie mehrmals, mit dem Finger auf die aufplatzenden Wände zeigend: »Das Ende naht!«

Das Treppenhaus hüllte sich in weißen Staub, und unsere Schuhe waren so gepudert wie die jenes toten Arbeiters. Mikolaj lud Dozenten und Studenten in unser Haus ein, lief sich die Hacken im Stadtrat wund, ging mit schlecht frisierten Fräuleins in schlecht sitzenden Kostümen Kaffee trinken. Auf sein Betreiben kam sogar ein Fernsehteam bei uns vorbei: eine leicht beschwipste Journalistin auf silbernen Stöckelschuhen und ihr völlig besoffener Kameramann. Mit einer VHS-Kamera qualmten sie vor dem Hauseingang erst einmal mehrere Zigaretten, bevor abends irgendein Quark über die Lemberger *sainte-chapelle*, den »ukrainischen Jugendstil« und den großen Geschäftsmann und Mäzen über den Äther ging, der »das Kunstwerk vor der Vernichtung retten soll«. Wer dieser Retter war, sollte sich noch herausstellen. Wir schickten unsere ersten E-Mails überhaupt an Bekannte in Polen: Sie trugen gut geschnittene Anzüge, moderne Brillen und kannten sich aus in der Kunst – in sie setzte ich meine größten Hoffnungen.

Ich erinnere mich an den Tag Anfang August, als die ersten Gläser im Mosaik platzten. Mikolaj erklärte mir fachmännisch, dass sich infolge des Drucks von außen die Verbindungsstellen der Bleiruten lockerten, die Felder sich krümmten und die Gläser herausgedrückt wurden. Ich betrachtete die Glasmalerei und sah, wie es wogte. Das war, ich wusste es, keine harmlose Brise, es war ein todbringender Sturm. Die neuen Lücken entstanden etwas unterhalb der Wurzeln der Eiche, sie verbanden sich mit dem seit Jahren fehlenden Reich des Feuers. Das Nichts breitete sich aus wie in dem Film *Die unendliche Geschichte*. An jenem Tag füllte Mikolaj mich übertrieben behutsam aus und schaukelte mich übertrieben sanft. Wir lehnten am Fensterbrett, direkt hinter meinem Rücken war die Glasmalerei. Ich war mir sicher, dass Luba uns durch den Spion beobachtete.

»Ich kann nicht mehr daran denken.«

»Denken ist unsere Pflicht. Wenn nicht wir – wer dann? Wenn nicht jetzt – wann dann? Wir sind die letzten Mohikaner. Wir sind die Einzigen, denen nicht egal ist, dass Lemberg stirbt. Wir können sie nicht im Stich lassen, wir dürfen nicht Verrat üben.«

Mein letztes Gespräch mit Aba fand ebenfalls im August statt. Nach einem Ausflug mit Mikolaj ins Umland hatte ich entdeckt, dass sich eine Zecke in meinen Bauchnabel gebohrt hatte. Einige Tage später schwoll der Nabel an, und mir schien, die Zecke würde immer größer, ich selbst immer kleiner. Ich ging in Abas Zimmer und setzte mich auf den Couchrand. Ich wollte, dass sie sich mit mir versöhnte, dass sie mir vergab, dass sie mich – so wie früher – rettete. Doch sie hatte nicht die Absicht, ihren gerechten Zorn abzulegen. Voller Unmut goss sie mir Sonnenblumenöl in den Nabel. Ärgerlich versuchte sie, die Zecke mit den Fingernägeln herauszuziehen. Wütend riss sie ihr mit der Pinzette den Kopf ab. Als das geschafft war, legte sie sich auf die Couch und drehte mir wortlos den Rücken zu. Ich saß daneben, betrachtete Kościuszko, wie er die Bauern zum Aufstand führt, und fand die Mängel der Komposition heraus. Bis heute stelle ich mir die Frage, warum ich sie nicht einfach umarmt habe? Warum nicht geküsst? Warum nicht herausgeschrien, was ich fühlte?

Der Mann, der das Grundstück neben unserem Haus gekauft hatte, fuhr einen goldenen Jeep, war aber weder kahlköpfig noch dick, und Bauernschläue blitzte in seinen Augen. Wir fingen ihn am Eingang zur Baustelle ab. Mikolaj redete, ich stand daneben und hielt seine Hand. Der Typ antwortete höflich.

»Aber ich bitte Sie, nur keine Sorge«, sagte er. »Ich bin kein geschmackloser neuer Russe, für den nur die Kohle zählt. Ich habe von der Glasmalerei gehört und bin mir bewusst, dass sie einmalig ist. Ich habe beschlossen, sie zu retten. Von den lokalen Behörden habe ich schon alle Papiere für den Abbau, ich warte nur noch auf die Genehmigung aus Kiew, denn das Haus ist im ukrainischen Denkmalregister eingetragen. Sobald die Genehmigung kommt, wird die Glasmalerei überholt und anschließend in das Hotel verlegt, das ich nebenan baue. Dort wird sie dann für immer geschützt sein.«

Mikolaj drückte schmerzhaft meine Finger.

»Das ist Barbarei!« rief er. »Die Glasmalerei ist der Struktur dieses Hauses eingeschrieben! Gemeinsam bilden sie eine organische Einheit. Sie zu entfernen ist so, als wollte man Ihnen die Leber herausreißen! Der Normalbürger wird keinen Zutritt zu dem Hotel haben. Erst zerstören Sie ein denkmalgeschütztes Haus durch Ihre unverantwortliche Baustelle, dann wollen Sie es noch um ein Kunstwerk berauben, das eigens für dieses Haus geschaffen worden ist.«

Der Typ nickte verständnisvoll, gab uns zwei Visitenkarten und fuhr mit seinem goldenen Wagen davon.

Dieses Drama hatte noch einen weiteren Aufzug. Ende August war Mikolaj in Warschau und traf die zuständigen Leute im Kulturministerium. Sie ließen sich von dem Argument des polnischen Kulturerbes überzeugen und sagten die Finanzierung der Renovierung von Haus und Glasmalerei zu, die in diesem Szenario definitiv an ihrem Platz bleiben sollte. Nötig war nur das Einverständnis der Lemberger Behörden. Das versuchten wir zu bekommen, aber die zuständige Beamtin war erst im Urlaub, und als es dann zu einem Treffen kam, schrie sie gleich nach einer wirren Einleitung zum Thema Prozesse und Verfahren heraus, wir seien ein unabhängiger ukrainischer Staat, der sich selbst um seine Baudenkmäler kümmern könne, und die Behörden der »Kosakenstadt Lemberg« würden es nie zulassen, dass Bürger eines fremden Landes sich in ihre inneren Angelegenheiten einmischen. Unser Vorgehen grenze an Landesverrat. Die goldglitzernde Bluse spannte sich um ihre birnenförmigen Brüste und den apfelförmigen Bauch. Von den Wänden des Kabinetts sahen uns die benebelten Augen des örtlichen Buddha an, des Kosaken Mamaj.

Mikolaj war damals in der Endphase der Arbeit an seiner Überraschungsskulptur, die im September fertig werden sollte. Ich ahnte von Anfang an, was es werden würde. Lemberg ist schließlich keine große Stadt, Gerüchte sickerten durch. Doch mit eigenen Augen habe ich sie erst bei der Enthüllungszeremonie gesehen.

Diesmal versammelte sich nur eine Handvoll Leute, es gab weder Fanfaren und Orchester noch einen Chor – nur das Getöse der gelben Minibusse auf dem Freiheitsprospekt. Und auch wenn am Ort des Denkmals mit den im Sockel versteckten Grabsteinen Beete waren und Blumen wuchsen, musste ich doch an das Septemberspektakel vor einigen Jahren denken. Diesmal sammelten sich die Menschen am Künstlereingang – genau an der Treppe, über die Mama jeden Tag zur Arbeit gegangen ist. Die neue Gedenktafel wurde von einem blau-gelben Band geziert, das der Oberbürgermeister der Stadt durchschnitt, ein Typ, der so kleingewachsen war, dass er ein Trittbrett brauchte. An seiner Seite wogte die Körperfülle der uns bekannten Beamtin vom Architekturdepartment, heute in einer engen schwarzen Trachtenstickerei. Mikolajs Ehefrau, die in der Nähe stand, war ihr absolutes Gegenstück: groß und dünn, in einem hellen, wehendem Kleid. Im Haar hatte sie eine weiße Binde – solche trugen die Lemberger Studenten, die im Jahr neunzig auf dem Majdan gehungert haben. Ein eigenes, zigarettenrauchendes Grüppchen mit Korallenhandkettchen bildeten die Studenten der Akademie. Ich stand abseits. Gekommen war auch ein bekannter Bildhauer, spezialisiert auf Büsten des Dichtersehers – schmuddelig graue Schnurrhaare, vom Alkohol benebelter Blick. Er wetterte ins kaputte Mikrofon: »*Neosiażna kulturna spadszczyna. Ternystyj muczenyćkyj szliach.*

Rozbudowa nowoji Ukrajiny. Pochowajte ta wstawajte. Kajdany porwite.«[*]

Der Platz vor der Oper bebte. Eine Gruppe junger Burschen in grauen Hemden marschierte auf uns zu. Sie trugen schwarz-rote Flaggen und sangen etwas Kriegerisches. Auf der Brust hatten sie Metallabzeichen mit den Buchstaben »IN«, was für »Idee der Nation« stand, in ihrer Form ähnlich dem Hakenkreuz. Ich erschauderte, dachte, sie wollten dagegen protestieren, dass eine Frau an der Mauer des Nationaltheaters für Oper und Ballett geehrt wird, die keine ethnische Ukrainerin gewesen war. Die Marschierenden jedoch verstummten und machten an der rechten Seite der Tafel Halt. Zum Glück, sie waren gekommen, um Mama die Ehre zu erweisen.

Mikolaj stand an der linken Seite, allein. Er hatte zu diesem besonderen Anlass ein festliches aschgraues Hemd ohne Stickerei angezogen. Sein langes Haar ähnelte diesem Grau immer mehr. Er verkörperte erhabene Gleichgültigkeit: der große, von allen unverstandene Künstler. Er ließ sich nicht dazu herab, etwas oder jemanden anzusehen. Er himmelte eine unsichtbare Ferne jenseits der Häuser an.

Aber ich schaute die ganze Zeit. Auf die gar nicht üble Komposition des flachen Basreliefs, das wie erhaben wirkte, aber viel zu tief hing. Das keinen Bezug zur Umgebung hatte und ausgezeichnet in die Reihe der makaberen modernen Geschwülste passte, von denen es auf den

* Unüberschaubares Kulturerbe. Dorniger Leidensweg. Aufbau der neuen Ukraine. Begrabt und steht auf. Zerreißt die Ketten.

Mauern der Stadt nur so wimmelte. Von der Tafel starrte mich eine weitere *Barbie made in Ukraine* an. Vergebens riss sie ihren Fischmund auf, um zu singen – mit diesen Tönen, die mit ihr ermordet worden waren, sollte sie die Masse der flaggenbewehrten kleinen Roboter zum Kampf aufrufen. Ich schaute sie an und schaute. Dann verhängte auch ich meinen Blick mit künstlerischem Dunst. Dahinter erschien zuerst ein kleiner Altar des Bildhauers Sebastian Fesinger aus dem achtzehnten Jahrhundert mit einem Basrelief der Heiligen Marianna – weiß, alabastern, verrätselt. Dann tauchte aus der gut durchscheinenden Oberfläche des Minerals die von Sommersprossen und unerwünschten Härchen bedeckte Haut auf, an manchen Stellen rau wie Velour, an anderen glatt wie Satin. Und noch die länglichen Fingernägel und die Augen mit gelblichen Sonnen rings um die Pupillen. Ich wollte mir auch ihre Stimme in Erinnerung rufen, doch das gelang nicht: nichts als das Gerumpel der ineffizienten öffentlichen Verkehrsmittel. Die Tafel war aus Bronze gegossen, sie würde also nach einiger Zeit grün anlaufen. Den Ereignissen vorgreifend, kann ich sagen, dass es tatsächlich so kam. Und die Mitglieder der nationalistischen Jugendgruppe, die später mehrmals ihren Namen und die Uniform änderte, zündeten ewige Lichter davor an. Am ersten November, dem ersten Januar und im Juli – zum Todestag.

Da krachte es erneut, und ich dachte erleichtert, das Theatergebäude würde – wie seit Jahren befürchtet – im Boden versinken, doch es war nur ein patriotisches Lied, das zum Ende des Festaktes angestimmt wurde.

Dann der Applaus. Der Oberbürgermeister der Stadt schüttelte Mikolaj die Hand, nahm seinen Hocker und fuhr mit seinem schwarzen Volvo zu dem wenige hundert Meter entfernten Rathaus zurück. Ich sah, wie Mikolaj die Architekturbeamtin seiner Frau vorstellte und wie sie zu dritt miteinander plauderten. Ich ging langsam nach Hause.

Mikolaj holte mich auf Höhe des Ethnographiemuseums ein.

»Ich warte um acht an der Boim-Kapelle auf dich«, flüsterte er mir ins Ohr. Er hätte es auch laut sagen können: Ohnehin wussten alle über uns Bescheid. Aus sicherer Entfernung winkte mir der luftige Ärmel seiner Frau zu, und selbst sie lächelte, knochig und falsch.

Ich ging nicht zur Boim, ich wollte alleine sein. Zuerst wollte ich mit der Straßenbahn in einer Endlosschleife fahren, aber ich hatte Angst vor den Kontrolleuren, also ging ich zu Fuß durch die Stadt. Pohulanka, Lytschakiwski-Friedhof, dann das Hohe Schloss. Als es dunkel geworden war, lag ich auf den feuchten Wiesen des Kaiserwalds, wurde von Ameisen und Mücken gebissen. Um diese Zeit suchte man mich überall: in der Kathedrale, bei Mikolaj, auch unter diversen Nummern aus meinem Telefonbuch. Die Baustelle erreichte ich gegen halb sieben an einem wolkenlosen, sonnigen Morgen, so frisch, als entfaltete er sich über den Zypressen eines Mittelmeerkurorts und nicht über einer von der Geschichte gequälten Stadt. Ich kam wenige Minuten nachdem der Rettungswagen Aba abgeholt hatte, die in der Nacht eine Hirnblutung erlitten hatte.

Der Majdan

Es ist ein enger Geruch, dachte ich, wenn man einen Geruch so definieren kann. Die Süße war abstoßend und unnötig, an der Grenze zur Zersetzung. Sie erinnerte an eine Kiste halb verfaulter Äpfel, weniger verfault vielleicht als gegoren, Äpfel, die viele Monate im Keller gelegen haben. Und ich weinte viele Tage lang, nicht mit den Augen, sondern mit der Nase. Aus meiner Nase flossen unangenehme Flüssigkeiten, die ich nicht zurückhalten konnte. Ich nahm keinerlei Gerüche wahr – weder Zigaretten noch die geliebten Parfüms, dabei hatte ich nur ein bisschen Gas in der Hruszewskiego geschluckt, während jenem Jungen ein Licht- und Knallgeschoss unter den Füßen detoniert war und seine Augen zerstört hatte.

Das Gas mit dem Geruch verfaulter Äpfel – außergewöhnlich schädlich, von allen internationalen Konventionen geächtet – wanderte in den Bauch hinab, und ich lief ihm nach. Ich rutschte in mein eigenes Inneres hinein trotz der beschädigten Gleise, und später begann ich, durch die Nase zu weinen. Es lief aus mir heraus wie ein Bach, wie ein unter der Kruste der Stadt verborgener Fluss. Ich weinte mit den Augen jenes Jungen: Geöffnet waren sie blau, geschlossen erinnerten sie an einen Regenbogen, waren umringt von gelben, violetten und grünen, immer helleren Strahlen, denn er lächelte die ganze Zeit. Er lächelte, als es im Kiewer Krankenhaus gefährlich wurde und man es evakuieren musste, als er liegend in einem alten Lada weggefahren wurde, als die polnischen Nonnen ihn über die Grenze brachten und sogar dann, als die langen Tage des Wartens auf die Wiederkehr des Augenlichts begannen.

Mein Geruchssinn kehrte zurück, als eine Kugel die Tasche eines Mediziners traf und die Medikamente ausliefen. Ich nahm ihren scharfen Geruch trotz der wunden Schleimhaut wahr, es war der Geruch von Krankheit und Angst. Dieser Eindruck wurde verstärkt vom Geheul der Sirenen, wie es einst die Seeleute in die Irre gelockt hatte. Jetzt glaubte ihnen niemand, und wir gingen in losen Reihen die Instytuckastraße bergauf in Richtung Parlament. Was sagst du dazu, Mama, dass so eine Revolution ohne dich passiert?, fragte ich mich insgeheim. Zu meiner Rechten schritt ein Paar etwa Zwanzigjähriger mit großen Kapuzen, eingehüllt in eine riesige blau-gelbe Flagge, die sie von beiden Seiten festhielten, wie ein Laken, das sie am Ende des Tages auf einer Wiese ausbreiten, um darauf Liebe zu machen, mehr als einmal. Links von mir sah ich einen kräftigen Herrn in Tarnkleidung, die Furchen in seinem Gesicht glichen den sich selbst überlassenen Straßen der ukrainischen Provinz. Er trug ein selbstgebautes Holzschild und rauchte. Vor mir ging ein anderer Mann in einem teuren Anzug, mit Lackschuhen und einem Bauarbeiterhelm, verziert mit Ostereiermotiven. In einer Hand hielt er zwei Flaggen, die polnische und die Banderas, und ich dachte – Rot ist doch unschlagbar populär bei Flaggen, da kann man nichts machen, Mama. Und dieser Mann war es, der vorher »Sie schießen!« geschrien hatte. Von dem Augenblick an wurde ich den Eindruck nicht los, dass das, was hier geschah, nicht zu der Stadt passt, zu ihren normalen Straßen, zu dem renovierten Lebensmittelladen an der Ecke. Noch ein paar weitere Leute schrien dasselbe, doch niemand drehte um oder lief bergab.

Es roch nach Rauch, am Ende der Straße war ein regloser Kreis schwarzer Stachelschweine zu sehen, davor ein gerade entzündetes Lagerfeuer. Man fürchtete einen Angriff – jemand reichte mir von hinten einen Reifen, der weitergerollt werden musste, in die nächsten Hände. Wir gingen bergauf, filmten uns selbst und die anderen mit Handys und Tablets, als hätten diese Geräte Zauberkraft und könnten bewirken, dass der auf dem Bildschirm gezeigte Tod kein Tod mehr ist. Die Scharfschützen lauerten auf den Dächern, immer wieder hörte man dumpfe Knalle. Unter den Balkons huschten Jungs in Rettungswesten vorbei und trugen Verwundete in Richtung Majdan, und ich dachte daran, dass jener Junge nicht mehr angeschossen werden kann, er ist in Sicherheit, er ist in Polen. Quadrate von Sonnenlicht schmiegten sich an die Häuser, über denen abwechselnd schwarzer und weißer Rauch aufstieg, wie aus dem Schornstein eines verrückt gewordenen Vatikans. Irgendwo zwischen den Dächern warnten uns Fernlichter und verbanden sich mit bordeauxroten Strömen, die aus den Körpern von Menschen und über sie hinab flossen und eine Landkarte der Freiheit zeichneten, jener Bestie, die seit

Jahrhunderten immer wieder nach frischem Blut verlangt. Du warst nicht allein, Mama. Ein Arzt mit rotem Kreuz auf dem über den Mantel gestreiften T-Shirt küsste oder wiederbelebte einen am Boden liegenden Mann, dem der Wind das Haar vom Kopf reißen wollte, der Wind wollte den Kopf und ihn selbst nach oben tragen. Die Straßen buckelten, damit wir die Steine leichter aus ihnen lösen konnten. Sie wurden wie die Autoreifen von Hand zu Hand weitergereicht und in Richtung Stachelschweine geworfen. In diesem Krieg waren die Straßen auf unserer Seite. In der Pflastersteinkette vor mir befand sich eine Dame mit einem aus der Mode gekommenen Filzhut. Sie hatte keine Handschuhe, ihre Hände bluteten, und das passte zu ihrer Maniküre. Gemeinsam mit der Jugend kämpfte das Alter auf unserer Seite. Seit jeher hat sich die Geschichte ruppig in unser Leben gedrängt, Mama, und ich bin ohne Helm unterwegs, eben habe ich aufgehört, mich gegen die Geschichte zu wehren. Ein Junge mit Rucksack, so ähnlich wie jener andere, sprang vor die Reihe der metallenen Schilder und warf seinen Stein Davids gegen sie. Ich ging in seine Richtung, das Handy in der erhobenen Hand, ich nahm alles auf.

Krakau, 2010–2014